尚思伽作品

太平鬼记

尚思伽 著

生活·讀書·新知 三联书店

图书在版编目（CIP）数据

太平鬼记：增补本 / 尚思伽著 . -- 北京：生活 · 读书 · 新知三联书店，2021.3
ISBN 978-7-108-07085-2

Ⅰ . ①太… Ⅱ . ①尚… Ⅲ . ①短篇小说- 小说集- 中国- 当代 Ⅳ . ① I247.7

中国版本图书馆 CIP 数据核字 (2021) 第 021472 号

责任编辑 曾 诚
装帧设计 李 猛
设计协力 杜英敏 宗国燕
责任校对 安进平
责任印制 宋 家
出版发行 生活 · 讀書 · 新知 三联书店
北京市东城区美术馆东街 22 号 100010
网　　址 www.sdxjpc.com
经　　销 新华书店
印　　刷 三河市天润建兴印务有限公司
版　　次 2021 年 3 月北京第 1 版
2021 年 3 月北京第 1 次印刷
开　　本 787 毫米 ×1092 毫米 1/32 印张 12.25
字　　数 197 千字 图 9 幅
印　　数 0,001-4,000 册
定　　价 59.00 元

印装查询 010-64002715 邮购查询 010-84010542

目 录

影分身

序　让逝去的生命灿然重辉

江湄

尚晓岚在《太平鬼记·后记》中写道："史书停止的地方，小说就开始了。"在中国传统学术系统中，"小说"著录于"子部"而"补史氏之阙"，并不属于虚构文体，而是被当作"杂史""别史"来看待的。晓岚的《太平鬼记》，皆取材于《左传》《史记》《汉书》，始于《史官》而终于《别史》，假托"鬼生"，有叙有论；附录各篇则比附唐人传奇写当代世情人心，使之蒙上了一层奇古的神秘色彩。这样一组精心制作的文字的艺术品，似乎自觉突破当今所谓史学、文学的壁垒，也有意超越现代小说的文学性格，而延续着"迂诞依托，欲有所言"的古典小说传统。2017 年 7 月，时当邓广铭诞辰 110 周年，三联书店再版了邓先生的宋代人物研究系列，即通称的"四传二谱"，晓岚就此采访了邓广铭之女、著名宋史学家邓小南教授，在这篇题为《历史学家为什么忘记了“人”？》的专访中，晓岚慨叹，由司马迁开创的史传传统，绵延千载，而为当今历史学家所放弃，她认为，邓广铭的“谱传史学”实在是一份需要被激活的遗产。打通文史而写作，使那些逝去的奇伟之人、非常之事重新灿然生辉，让生活在现实中的普通人也能感悟历史，从中获得深沉的思想和情感以加持人生，这是晓岚短暂的一生念兹在兹为之努力的大愿，2012 年出版的这部历史小说集就是她进行的一次重要探索。

2016 年 7 月，李志毓把晓岚《中书令司马迁》的初稿发给我看，当时，我已经在《读书》杂志上拜读过《荒原狼的嚎叫》等文章，对她心存感佩，读罢，就约请晓岚、曾诚、志毓一起喝咖啡聊《史记》，之后，我收到她寄来的《太平鬼记》。当时，我兴味盎然地一口气读完，感到整部小说集充满着中国史上那个英雄时代的精气神，我心里明白，那就是看起来温婉可人的尚晓岚其内在的精神世界。不过，说实话，我当时只是把它当作好看的故事来读的，而这一次，当我满怀悲憾，不忍晓岚那刻印于精美文字间的生命轻易泯灭，重新展读其书，不禁后悔自己当初是多么漫不经心、多么粗糙乏味，根本就没有能够欣赏这件晓岚用文字精心编制的艺术品，没有好好体会她的表微阐幽之意。在这里，就谈谈我这次阅读的些许感受，算是给有心的读者做一个粗略的导读。

首先，我想让读者重视的，是反复锤炼的文字、精巧构思的形式及其营造出的意境，读者于此切勿轻忽，需反复琢磨，用心把玩。在我们这个时代，人心普遍粗糙肤浅，非直截浅露刺激不足以有感，像晓岚这样精心制作一组玲珑的文字艺术品，当然难觅知音。晓岚假托生逢盛世而丧其神智的鬼生，取材《左》《史》《汉》，从让人意想不到的角度新编一段段惊心动魄的历史传奇，所作“鬼生曰”，仿效《左传》“君子曰”、《史记》“太史公曰”，论往事而喻当今。晓岚喜欢文物，对此有长期的学习和研究，她在每篇故事的开头，都选用一件特具象征意义的文物，说明其出处；她所写的场景、服饰、物件、习俗，不像长篇小说那样刻意铺陈，描写繁缛，而是寥寥数笔，精当简要，似不经意间营造出历史的质感；晓岚的文字，精洁朴素，字字珠玑，感慨风发，与古文尤其是《史记》的文气很是配合，几乎每篇每段皆可成诵。她的描写叙事，简洁有致，疏疏落落，《诗经》《乐府》错杂文间，苍古之气氤氲纸面，完全可以当作一组史诗来读。每一篇文末都标记了成文时间，写于2009年6月至2011年7月间，而篇目的编次并不按照写作时间的顺序，在这里我想提醒读者的是，小说的编次是有意涵的。

在我看来，《变法》《知音》《万人敌》从某种意义上构成了整部小说集的主调，也呈现出晓岚的精神底色。《变法》《知音》《万人敌》分别取材于《史记》的《商君列传》《刺客列传》《项羽本纪》。然而，《变法》的主人公并非商鞅，而是因反对新法被处以劓刑的公子虔，通过这个形象生动地再现了包括太史公在内的传统史家，对战国时代历史进步潮流的深察其弊，与今人对变革对富强对进步的一味崇拜大唱反调；《知音》写的是高渐离继荆轲之后再次以筑击杀秦皇的故事，在《史记·刺客列传》中这不过是荆轲刺秦的尾声，晓岚却把它演绎得更加荡气回肠；《万人敌》好像是晓岚为《项羽本纪》所作的补记，用吕马童被愧恨痛苦所缠缚的余生，渲染出中国人心目中慷慨悲歌、义不偷生的项王那凛凛不灭的英魂。这三个故事所表达之思想所抒发之情志，正与《太史公书》相通。《史记》以人物传记为中心，它是以一场又一场令人感慨万千的人生戏剧来展现古今之变的，这意味着，司马迁对历史的考察和审视有一种人生的立场，这种人生的立场，使司马迁书写的历史就像一个个壮阔强伟的生命以历史时势为舞台进行的酣畅淋漓的演出，而这演出的高潮，往往就是这些伟大的人生在造就历史的同时与历史相冲突而最终得到的失败。司马迁自己，也与他所身处的时代发生了激烈的悲剧性冲突，他正是通过自己的人生悲剧，去理解何谓伟大的人生及其与历史的关系："古者富贵而名摩灭，不可胜记，唯倜傥非常之人称焉！"可以说，《史记》就是一部失败英雄的史诗，它专门树立失败而伟大的人生丰碑，以对抗、纠正、评判历史本身。《史记》中那些千古传诵的名篇如《伯夷列传》《项羽本纪》《刺客列传》《屈原贾生列传》……都有一种只身与整个现实对决，"虽万被戮，岂有悔哉"的悲壮勇毅决绝，千载之下，有可以令人感泣不能自已者焉。这里面，是我们中国人世代相传的对人生的深情、对历史的洞察，也是对价值的抉择和断定，是一种弥足珍贵的精神传统，是千载史魂。鬼生曰："余略涉《史》《汉》，尝思何谓盛世？秦皇汉武之隆盛，莫不与血腥残暴相随，统御严酷，与民争利，泥沙俱下，良莠不齐，岂独文治武功、万邦来朝之荣光哉！"这样的"鬼语"也是这一精神传统的体现。

《史官》置于首篇，似乎有微言存焉。这篇小说写的是春秋时晋献公惑于骊姬杀太子申生的故事，主人公却是史官史苏。上古的史官，同时也是卜者，他们是天命的通晓者和代言人，在历史中倾听、追寻、记录着“天命”。史苏生活的时代，三代王道澌灭，天命信仰崩塌，史苏将一切载之史册，是要让这行将衰微的天命，在变乱的世间留下最后的声音。晓岚写道，当史苏扣上了龟室的门，“他仰起头，满天的星宿，正用一种明亮、寒冷又无动于衷的目光，逼视着他”。在《中书令司马迁》的最后一幕，晓岚也让太史公仰问于天，悟见天命：

> 你面无表情，就是表情，你没有答案，就是答案……你说什么？对，我一点也不重要，世间的荣辱不重要，不朽的名声也不重要，我早该明白这一点……耻辱不会消失，但它不那么沉重了……我看到了最后吗？根本没有最后，过去、现在、未来连成一体，时光奔流，无穷的远方，在我面前展开……真美啊！人生，总是有遗憾的……

我相信，当晓岚写下这句话，那一刻，她一定真切感到“上下古今，恍若目前”。天命就是没有开始没有尽头的时间河流本身，它无常而有道，它一方面让我们把自己坦然交付于命运，一方面又让我们信靠人文化成的世道人心，在无可计量的偶然性之中，在不可预知的瞬息不停的变化之中，不失却主宰。我总觉得，《陌上桑》与《史官》之间有一种呼应关系，它写的是一名出生农家的小女子受到命运无情拨弄的一生，而她的一生却奇特地牵连着历史的盛衰，她就是开创汉朝中兴局面的汉宣帝之母翁须。每当命运陡转，吉凶莫测，翁须就说：“再贱的命也是一条命！天下这么大，谁家不可以居？何处不可以活？”晓岚借翁须之口，表达的是面对无常命运的有常态度。

晓岚的历史小说，我认为，其重点不在虚构，其长处不在想象，而是用文学的方式承继着中国文化的历史意识，承继着中国人对于历史的那种宗教般的情感，她努力通过人物深入历史的精神和情感世界，而对于历史的呈现又寄托着自己在时代生活中的思想感情，她的历史小说写作，是徘徊于古往今来，感同身受，瞻前顾后，与千载史魂相接。陈寅恪称赞庾信《哀江南赋》用古典以述今事，能“融会异同，混合古今，别造一同异俱冥，今古合流之幻觉”，他说，这实在是“文章之绝诣，而作者之能事也”！这一段话也可以用来形容晓岚在《太平鬼记》中营造的古今相映之境。

刘净植在回忆晓岚的文章中说，她们一起聊天时经常自嘲，总是要在文艺作品中寻找意义，找问题要答案，这在别人眼中其实是挺可笑的，但晓岚却说，不管别人怎么看，对她而言，没有这一层的表达，这作品技术上再完美、呈现上再精致，那也是次一等的，甚至这种精致会让她感到不耐烦。学历史的我，受命为晓岚的历史小说集写序，自然更不可能在作品技术上多说什么，而只能在她的作品中寻找意义了。

2019 年 11 月 1 日

鬼生，不知其名姓。六九年生人，年二十忽罹大难，神智俱丧，寄身于京郊某病院，日月如梭，忽忽十八载矣。性孤僻，谈鬼论史，语多狂诞，世所不容。幸已平复，现入商界，前途未可限量。余研读其病历，爱其怪力乱神之辞，君子固不为此，然太平盛世，亦可供消磨永日。由是效法先贤，辑为“太平鬼记”。

史官

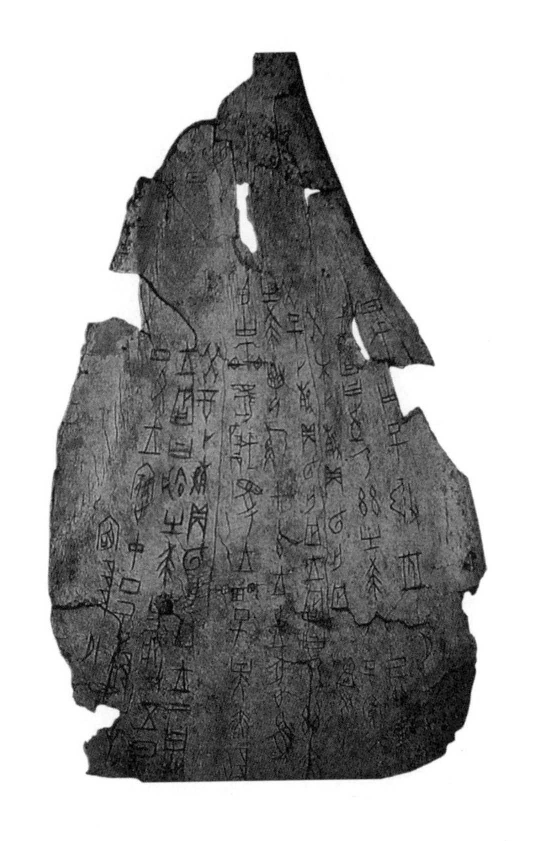

卜骨

西周

山西省洪洞县坊堆村出土

山西省博物院藏

牛肩胛骨，背面有钻窝十六个

正面钻窝处有许多小兆（预测凶吉的裂纹）

右边有刻辞一行共八字

一进龟室，史苏就闻到一股霉味儿。他敞开门窗，阳光立刻闯了进来，在灰暗的地面上画下一个个大小不等的格子。秋阳总是这样明澈，连飞舞的灰尘也被照得亮晶晶的。史苏暗自叹息，五年来变故频发，竟连龟室也疏于打理了。

一片片龟甲静默着，呆在它们各自的时间里。周成王削桐叶封弟、晋国初立的年代，已经邈远了，只留下一些零星的兽骨，史苏隐约记得是在西墙边的角落里。共和以来的甲骨想必也不齐全了。但是史苏可以肯定，自桓叔封于曲沃，到武公代晋，再到当今的晋侯，历经四代，征伐祭祀，卜算决疑，每一片龟甲都在。当年，正是他把一车车的龟甲从曲沃搬到绛，放进了这间龟室。

史苏顺手拿起一片龟甲，吹了吹上面的灰尘。方形的钻孔，美妙的裂纹，还有那两行卜辞，都是他的手笔——应该说是上天借他的手，为晋国留下的祝福。他甚至记得这只来自齐国的灵龟，个头特别大。那时他也还年轻，照例择了吉日，沐浴斋戒，升坛衅龟。白雉和骊羊的血把青黑色的大龟染得通红。他手中的刀，锋利得像冬日的寒冰，轻柔得像春风吹过田野，腹甲和背甲剖下来的时候，灵龟的身体还是完整的。当时他就对这片漂亮的腹甲赞叹不已，这几年他竟没再见过这样将近一尺的大龟甲，龟室里新藏的，尽是些五六寸的小玩意儿。看来国运衰微，灵龟有知，远远地避开了。

没有人点数过这里有多少片龟甲。他和祖先的生命，都与这些神奇的裂纹交织在一起，又化作了简册上的一勾一画。他觉得，比起荀息、里克那样当权的大夫，这是一种更为深沉的荣耀。他曾以为这份荣耀毫无疑问会由儿子继承，但是现在他不敢肯定了。如果晋国不复存在，家族的使命将在他手里终结。一想到这些，史苏就觉得心头烦乱，他努力整理着思绪，很显然，此刻应该考虑的不是荣耀，而是怎样躲避即将到来的一场大乱。

晋侯的宫中，变得出奇的安静。磔鸡驱邪的血腥味、巫师低沉的咒语都消散了，只剩下一丝药草的苦味，牵绊着晋侯的性命，徘徊在廊柱之间。这淡淡的气味也要散去了吧，那时，一切都将结束，一切都将开始。

史苏检视着龟甲，它们没有一片相同，大小不一、形状各异，色泽的差别非常细腻，更别说那上面的裂纹了。

这些年，他几次试图把龟甲按照时序整理一下，每次都是开个头就放弃了。倒不是因为事情烦琐，而是做着做着，心中就会升起一片渺茫的厌倦的云雾，年轻时那种专注又轻快的感觉到哪里去了呢？这种厌倦，才是最可厌的东西。

要是能像父亲一样就好了。他死在晋侯继位的前一年。而且，他从不怀疑巫史的职责是天命所系。临终之时，他又把绝地天通的上古往事、祝宗卜史的尊荣和代代相袭的职守对史苏讲了一遍。那就是回光返照的时刻吧，父亲垂死之际焕发的光彩，没有被时光抹去，却徒然地增添了几分悲凉。看不见世道的变化是父亲的幸运。他不会知道，就连世典周史的司马氏也离开周天子，跑到了晋国。司马苌精通典籍，见闻广博，两人相谈甚欢，但当史苏问及离开洛邑的原因，司马苌的面色立刻黯淡了，他只是轻轻地说，为臣者不可妄议君之过。

其实，早在平王东迁洛邑、周室衰微之前，各个诸侯任用的巫觋，就有一些驼背、跛足、奇形怪状之人，如今则变本加厉，招摇撞骗的传闻不绝于耳，巫蛊媚术，更是等而下之，为人不齿。纵然这等恶行无碍祝宗卜史各司其职，但四官在渊源上毕竟与巫觋难脱干系，卜筮之事，也是众口纷纭，多有谤词。更何况，他的身体也有缺陷，对于一个昭告天命、记录人事的掌史大夫，最有讽刺意味的莫过于这个缺陷了。

一片龟甲停在了史苏手中。终于找到了。他心中一阵悲哀，又是一阵快意。他一直想再看看这片龟甲，在晋侯弥留之际，这个愿望变得愈加强烈了。

阳光渗入了这片牙黄色的、散发着温润光泽的龟甲，裂纹是锯齿状的，犹如尖利的牙齿，还有两道清晰的纵纹，穿过这排牙齿。很特别的纹理，如果只看图案，它甚至显得很漂亮。火焰毕毕剥剥地灼烧着，龟甲慢慢地呈现出这个图案的时刻，史苏永生难忘。

天意，就从那一刻开始显现。

史苏记得，那也是一个秋日。头天夜里，落了一场雨，水积在院子里，东一块西一块映着天光。

地上的蓝天忽然碎了。晋侯一脚踩到水洼里，他浑不在意，一边走一边问跟在后面的史苏："咱们的乌龟这回又说什么了？"

史苏躬身答道，占卜的结果是齿牙衔骨之相，征伐骊戎，虽胜不吉，先胜后败。然后，他稍微犹豫了一下，决定还是说出自己进一步的推断："齿牙……口，口也，离……离散之象，不可……不可不防。"

晋侯默不作声，脸上浮现出似笑非笑、近乎孩童的神色。然后这笑意冲口而出变成了一阵大笑："什么口啊牙的，晋国难道不是寡人说了算？"

从来是他说了算。史苏早就发觉，晋侯和他的父亲很不一样。武公一生虽然杀伐无算，将敌手剿灭殆尽，但在天命问题上却很谨慎，卜筮不吉，就另择时机再卜再问，不现吉兆，绝不动手。而晋侯的不敬天命，几乎从他一继位就开始了。他要把长女嫁到秦国，卦相不吉，但他没有丝毫犹疑，照嫁不误，口口声声都是秦晋联姻的好处。晋侯对待占卜那种随随便便的态度，似乎只是懒得把这套代代相传的礼仪废除掉罢了。吉兆权当助兴，凶兆也毫不在意。灵龟蓍草，他大约只看成一个摆设。史苏劝谏过，争辩过，但没有一次能让晋侯改变决定。

晋侯的笑容总是很爽朗，也总是让史苏感到难堪。他也不明白自己怎么会落下这个毛病。私下里与朋友闲谈，他也能滔滔不绝，可一到朝堂之上，尤其是事关占卜，他的舌头立刻就变得迟钝。晋侯一定觉得这很滑稽。有一次优施在宫中凑趣，就是抱着一只灵龟学他口吃的样子，晋侯虽然斥退了这个倡优，但分明笑得很开心。史官之职，只是在名义上维持着往日的尊荣，早晚还会沦落到更为不堪的地步吧。

阳光下的龟甲显得格外宁静，无论是多年前那个杀伐的秋天，还是眼前这个垂死的秋天，似乎都和它无关。

就这样把一切都记录下来吗？有些字句史苏早已在心中酝酿，晋侯的生命就要落幕了，他一生的行迹，他的昏聩，他的刚愎自用，他屠戮亲生骨肉的残忍，最终将由他这个史官昭之后世。但是……史苏心中时常冒出一个念头：如果晋侯听从了这片龟甲的旨意，如果他舍弃了小小的骊戎，史乘上记载的又将是什么呢？

二十余年来，晋侯伐灭骊戎，灭霍、魏、耿，设计吞并虢、虞，晋国的疆域扩大了，朝中颇有人为此兴奋不已，但史苏始终冷眼旁观。开疆拓土，意味着国力的强盛，晋国如今在诸侯中的势力，确非武公之时可比，作为史官，他不能视而不见。但代代相传的教训也告诉他，嗜好征战，不恤民力，并非仁义之君，也不是立国之本，终究无法服众怀远。

还有，晋侯与秦联姻，目前边境虽然还算安宁，可秦国一向是虎狼之心，秦伯也绝非受制于妇人的等闲之辈，谁知道会不会为将来种下祸根呢？

史苏虽然不曾随晋侯出征，却能想象他在战场上的模样。每逢征战，祭祀授兵，他虽神态庄重，合乎礼仪，却怎么也掩饰不住骨子里的兴奋，完全没有朝堂上那股懒散随便的劲头儿。他一身戎装登上战车，原本魁伟的身材更显英武。据说在战场上，晋侯经常吓得荀息等三军将领魂飞魄散，他完全不顾身份，为了杀伤一个小小的兵卒，也敢把自己置于险地。这不是君子之勇，不过是蠢人的莽撞。

即便如此，如果没有骊戎之役，晋侯的一生，也配得上他一国之主的尊荣，绝没有那般令人发指的污秽。可惜人生是没有如果的。

史苏凝神端详着面前的龟甲。晋侯固然是个莽撞糊涂的人，但他毁于妇人之手，却是史苏一生中觉得最难以置信的“天意”。

走进龟室前，史苏看到了骊姬。她拉着奚齐，从晋侯的寝宫中跑出来，叫住了正要离去的荀息。

骊姬面色苍白，头发被风吹得飘了起来，身子似乎在微微发抖，全然没有了平日里的傲慢，倒很像她初来晋国时那种风尘仆仆的模样。她先是呆呆地看着荀息，忽然推了一把奚齐，命他跪下。

荀息一言不发，也不看骊姬，只是跪下还礼，然后把奚齐扶了起来。前来问病的里克此时也未离去，在不远处看着这一幕，脸上照旧没有任何表情。

看来，晋侯已经把奚齐托付给荀息了。史苏想，晋侯的神志依然清醒，他不但预见到身后之事，而且没有选错托孤之人。荀息的表情，平静而沉毅，看样子已经做好了一切准备，他的前途恐怕比任何人都艰难。自晋侯的病势眼见着无望，里克等人的活动想必也频繁起来了，说不定此时已经和逃亡在外的重耳或者夷吾取得了联络。五年前他称病在家，坐视太子冤死，两位公子出逃，如今才想起来匡扶正义吗？不过也不唯里克，当年面对晋侯的逆行，朝臣们都噤若寒蝉，都是听之任之的帮凶，也包括他自己。

史苏想起了第一次见到骊姬的情景。他并不觉得这个女人很美。他喜欢丰腴的女人，骊姬太瘦了，不过，这也让她显得很别致，一个北方的蛮夷，生得却如楚地女子一般苗条，但是那窈窕里分明又膨胀着几分野性。她与晋侯同车而归，她蜷缩在晋侯怀中，四处张望，眼神中有几分好奇又有几分惊惧，就像一匹随时要奔逃的母马。而晋侯全不管太子和三军将士披甲相候，只一味在她耳边轻声絮语。那一刻，史苏顿时明白了龟甲预示的“胜而不吉”是什么意思。

回想之下，史苏觉得自己从骊姬联想到母马，其实和第二次见到这个女人有关。那是不久之后的一次围猎。早听说骊戎人是养马和驭马的能手，不料亲眼得见，却是通过一个女人。骊姬旁若无人地将一匹白马从车上卸了下来，她一边轻轻挠着马耳，一边低声咕哝着什么。然后她抓住马鬃，也不知怎么身体就飞了起来，跨在马背上。她回过头，冲晋侯一笑，转眼就飞奔而去。骊姬那一瞬间的笑容，她眉毛轻佻，眼睛闪闪发光的神态，确乎和晋国的女人很不一样。史苏还记得，那一刻他忽然觉得口中有些干燥，他把目光转向晋侯，就看到一张兴奋得几乎发狂的脸。晋侯跳下车，优施立刻心领神会地伏在地上，晋侯踩着他的背，姿势有些笨拙地跨上一匹健壮的黑马，冲向骊姬的背影。众人愣了一下，才催动车马，鼓噪着跟了上去。

史苏呆立在马蹄和车轮扬起的尘土中，他想起一个传闻。据司马苌说，骊戎人的宗庙里，祭祀的并非自己的先王，而是一种人首马身的怪物。这种怪物就在骊戎的森林里，昼伏夜出，迅捷如闪电，有人说吼声如雷，也有人说似婴儿啼哭，逢之必死。骊戎人每年的大祭，供奉的也并非牛羊，而是一个大约十四五岁的处女，由巫师也就是骊戎王在宗庙中剖取心肺，将血涂遍木头刻成的怪物。那木头也是骊戎森林中的神木，据说一旦喝饱了鲜血，就会变得光滑无比，发出汩汩的流水般的声响。骊戎王每逢征战，都要割木取血，以血涂面，抓获的俘虏，一律血祭这神木刻成的怪物。所谓淫祀，莫过于此。想必是多行不义，人血饮得太多，晋侯轻而易举踏平了骊戎，骊戎王一把大火将自己和宗庙、怪物烧了个干净。史苏当时听闻此事，着实松了一口气，他原本担心一向百无禁忌的晋侯会对骊戎人的淫祀感兴趣，倘若晋国的宗庙里也配祀一个怪物，那惹来的可不仅是诸侯的嘲笑，而必定是名正言顺的讨伐。

史苏本不相信世间有喝人血的木头和半人半马的怪物，但看到骊姬如同长在马上的模样，他忽然觉得司马苌也许不是信口开河。

围猎后不久，晋侯就要立骊姬为夫人，朝堂哗然。里克认为当迎娶中原大国之女方合乎礼仪，侍奉太子的狐突甚至说了些很锋利的话，就连荀息都劝晋侯三思。公子夷吾要说什么，被郤芮使了个眼色制止了。公子重耳一副事不关己的样子。唯有申生太子，显然是左右为难，不断说些事君以敬、事父以孝的话，劝阻着自己手下的大夫。

史苏一言未发。看着晋侯在一片喧哗中面沉似水的模样，他知道说什么都没用。对于争得面红耳赤唇焦舌敝的大夫们，他有一丝同情，又有一丝得意，仿佛只有他才摸得到晋侯的心思。

“都别说了！”晋侯忽然一拍几案，声震屋瓦。

朝堂顿时一片静默。

“是寡人要娶夫人，不是你们！”

不过，晋侯的怒火瞬间就消失了，他脸上又浮现出史苏熟悉的那种近乎孩童的笑容，语气也和缓了：“不过呢，这个事既然大家有疑问，还是交给咱们的乌龟来办吧。史苏大夫呢？你怎么不说话？”

“臣……臣领命。”史苏躬身道。

“打仗，寡人说了算，娶老婆，寡人要顺应天意！”晋侯开怀大笑。

那片龟甲到哪里去了？史苏四处翻找着。

二十余年过去了，他依然记得那读起来颇为晦涩的兆辞："专之渝，攘公之羭。一薰一莸，十年尚犹有臭。"

一切都应验了。自从晋侯专宠骊姬，生下奚齐，又与骊姬之妹生下卓子，一切就滑向了不可挽回的境地。骊姬设下圈套，构陷太子下毒弑父，性情温良的申生被逼自尽，重耳、夷吾两位公子逃亡在外，晋国的希望一一破灭，朝政臭气熏天。

史苏终于在墙角的一堆碎片中找到了龟甲，它也不完整了。史苏还记得，当时晋侯沉着脸，狠狠地把这片龟甲摔在他面前："你的乌龟怎么老跟寡人作对！再用蓍草卜一卦！"

蓍草显现的当然是吉兆。如此亵渎灵龟，天理难容。本来先卜后筮，颠倒了次序，已是不合礼法。从筮不从卜，更是倒行逆施。所谓的吉兆，实际上是凶兆，是警告，更是惩罚。

这一点，永远别指望晋侯能够明白。得了吉兆，他立刻喜笑颜开。史苏照例劝他听从龟卜的结果，骊姬绝不能做君夫人，他也依旧笑得很爽朗："寡人要顺应天意！"

说到底，他是铁了心要娶这个女人。

史苏记得，那是他最后一次在晋侯面前据理力争，他失去了以往的淡漠。事后他都不明白自己哪儿来的那么大火气，他不是早已对晋侯不抱希望了么，他不是早就想明白了一切不过是例行公事么，也许是这片被摔裂的龟甲激起了他的愤怒吧。但他终究不敢直接指责晋侯被女色迷惑，他只是反复申说筮短龟长，必须遵行龟卜的道理。王者，无不敬受天命。天意昭昭，国运所系，敬天爱民，是立身之本。他明知道这些话对晋侯没有意义，却越说越激动，口吃也越来越严重。

晋侯一直默不作声，若有所思地看着他，忽然就抛出了一句话："史苏大夫，你真觉得你能窥见天意吗？要是你错了呢？"

从那以后，史苏就很少占卜了。晋侯似乎也有意冷落他，卜筮之事，更多地交给了郭偃。二十年了，他从未忘记晋侯的话，那不是嘲弄，晋侯是一脸的认真。那句话一直在折磨他。由他来解释天命，仅仅是因为他凑巧生在了史官之家吗？但谁又能说这个“凑巧”不是天命呢？他的解释、他的预言一定没有纰漏正确无误吗？如果他错了是否也是上天的意愿呢？如果他是那种辩才无碍、大言欺人的草野狂徒倒也罢了，可他是要面对宗庙社稷、后世子孙的史官，天人之际那种深奥微妙的关联，真是他可以把握的吗？二十年来，史苏难得睡上一夜整觉，他学会了收摄心神，摒除杂念，但稍不留神，思绪就会纠结在这团乱麻上，他整夜地回想自己的每一次占卜，反复思量它们的因果，最后总是掉入一团渺茫的空虚中，不了了之。

史苏把碎裂的龟甲拼在一起，那句兆辞依然清晰可辨。如今他终于可以回答晋侯了，代价却是太子的死，两位公子寄身异邦，还有近在眼前的大乱。如果当时再坚持一下呢？想起晋侯认真的样子，史苏觉得后背生出一层薄薄的冷汗。他必须摆脱这个念头，晋侯是个一意孤行的人，无论如何他都会娶那个女人，而那个女人必定会给他生下儿子，一切都不可避免。晋侯违背天命，咎由自取。

晋侯为新夫人大摆宴席。钟鼓齐鸣，乐工们把《关雎》唱得声传四野，酒浆和菜肴流水一般呈上来。朝臣们轮流向晋侯和夫人祝酒，仿佛他们从来不曾反对过这桩婚事。优施当庭起舞，唱了一首郑国的淫靡小调，唯恐晋侯笑得不尽兴，又把民间盛传的齐襄公兄妹乱伦之事添油加醋讲得绘声绘影。晋侯似乎一点没意识到故事的不成体统，他笑得东倒西歪，把酒都洒了。骊姬却只是微笑，初来乍到的惊慌已经无影无踪。她一身华服，态度矜持，举止虽不合宫中礼仪，却别有一种轻快敏捷的气息。她的腮上飞起一抹桃红的酒晕，这酒气蒸腾着，荡漾到她的眼睛里，勾兑出亮闪闪的眼波，又从眼眶里溢了出来，流到晋侯不能自制的笑声中。史苏看在眼里，心中的叹息更深。他忽然发现公子重耳也在望着骊姬，眼睛里黑沉沉的看不出在想什么。重耳察觉了史苏的注视，他冲史苏一笑，调转了目光，和太子说笑起来。

史苏没有动箸。喧哗声混合着酒肉的浓香从四周拥挤过来，他觉得胸口憋闷，一阵阵地恶心。

晋侯已经喝得手舞足蹈，他竟跑到乐工席中，把编钟乱敲了一通，大声唱了起来："駉駉牡马，在坰之野。薄言駉者，有驈有皇，有骊有黄，以车彭彭，思无疆，思马斯臧……"

晋侯有个好嗓子，嘹亮开阔，很有气势。这首从鲁国传来的歌，大约是他最喜欢的。史苏暗想，晋侯固然宠爱骊姬，但说不定他这辈子最爱的是马。黑马白马黄马，唱来唱去都是马。厩里的马已经有一大群，每年他照样会从屈地挑选良马。他是一方诸侯，六艺之学大多马马虎虎，相马术这种旁枝末节却很精通。

朝臣们也应和起来，雄壮的歌声在酒席间起伏，忽然又响起了杂沓而响亮的马蹄声，只见优施四肢着地，口中嗒嗒有声，模仿着马的步态向骊姬爬了过去。骊姬扬声大笑，摸了摸优施的耳朵，递过一杯酒。优施张口衔住酒爵，转身向晋侯爬去。

史苏不由得皱紧了眉头。优施的媚态，是变本加厉了。而且他显然有种天生的灵敏，总能在不同的场合找到最值得献媚的人。

晋侯接过优施叼来的酒爵，摇摆着身体挡在了史苏面前，他笑得已经快唱不下去了："駉駉……牡马，在……坰之野。薄言駉者，有骓……有駓，有骍……有……骐……"

史苏急忙起身。晋侯把酒爵递给他，又挥手叫来司正：

“把史苏大夫的菜肴给我撤掉！”

晋侯笑嘻嘻地说：“骊戎之役，你说是胜而不吉，一半对，一半错。对的一半，赐酒！错的一半，罚你没肉吃！寡人打了胜仗，得了美人，哪有比这更吉利的！”

酒席之间，众人的笑声轰然响起。

史苏看了看四周，喧哗声显得很不真实。在一片笑脸中，他忽然看到一双乌黑的眼睛很认真地盯着他，他下意识地以为那是公子重耳，却马上发现竟然是优施。他心中一惊，转向了晋侯，稽首谢酒，一饮而尽，朗声答道：“占卜的结果……就……就是如此，若臣有……有所隐瞒，是臣不能尽忠职守，臣该受的惩罚，就……就不只是没有菜肴。再说，就算……就算没有祸患，防范一下有……有什么害处？但愿是……是臣错了，那是晋国……之福……”

晋侯拍拍史苏的肩膀笑道：“好啦，好啦，你的乌龟，你的天意都对寡人很好……来人！斟酒！谁的酒爵也不许空着！”

那一场盛宴，被回忆滋养得格外华美，也格外凄凉。有酒无肴，按说是当众给他难堪，不过至今他也认为，这个惩罚，取乐的成分大于羞辱，晋侯是兴之所至，酒后失德。真正令他挂怀的，其实是优施那若有所思的目光。一个下流的倡优，为什么要用那种眼神看着他呢?

让史苏介怀的还有一件事。他记得，在耳畔响彻那首鲁国的颂歌之际，他心中回荡的却是另一首歌谣:“哲夫成城，哲妇倾城。懿厥哲妇，为枭为鸱。妇有长舌，维厉之阶。乱匪降自天，生自妇人！”

自五年前太子死后，有不少人或明或暗地向史苏致意，称赞他的预见性，说他是最好的卜者。史苏唯唯诺诺地应付着，说鉴古知今，是史官的本职。他不能忽略的，是想起这首“瞻印昊天”之际，他真正的心情。歌谣就像一根尖利的针，扎向时光深处。夏桀、商纣、周幽的亡国往事，早已成了诸侯大夫必修的老生常谈，当他发现这样的故事可能就要在面前上演的时候，一种莫名其妙的兴奋，分明压倒了心中的忧惧。这种心情，是否背弃了史官之职呢?

那天，筵席散后，史苏也微醉了。乘着酒兴，他竟对平日怀有一分戒惧的里克说了许多话，口齿似乎也变得利落了。他提到了这首歌，说夏桀、商纣、周幽，无不是灭国得女，娶敌手之女还万分宠爱，种下祸乱的根基，最后还不是都亡于妇人之手?谁说兵戎相见都是男人的事?上阵打仗靠男兵，像妹喜、妲己、褒姒，还有骊姬这样的，那就是敌人派到后方的女兵！骊戎之役，灵龟分明显示了离散之相，晋国必乱！骊戎嗜血，晋人必以血偿之！亡无日矣！

里克微微眯着眼睛，安静地听着，偶尔插句话，却不做任何褒贬。史苏忽然意识到自己的话不妥。里克是个心机深沉的人，言语也谨慎，从不像其他大夫那样明显地逢迎太子或是某位公子。在朝政上，他也会劝谏晋侯，但从不坚持。晋侯待他虽不似待荀息那般亲密，但也十分倚重……果然，里克只是淡淡地说："倘若真如灵龟所示，我们多加防范就是，这也是做臣子的本分。"

史苏想，不相信灵龟的，并非晋侯一人。

像里克这样的人，大约是相信一切皆可为的，区别只在为与不为，成与不成。他们可以把利害成败分析得头头是道，从而选择为或不为。他们不关心这利害成败背后的天命，所以也不明白有些事是无法防范的。比如谣言。

自骊姬生下奚齐，绛的街巷间就出现了一些奇怪的流言。说这位新夫人白天是女人，晚上就会变成一匹马。晋侯的寝宫中，时常在夜晚传来马的嘶鸣声，许多人都听见过，有人说那叫声很欢快，也有人觉得很惨厉。据说还有一位寝宫的侍者，曾亲眼看见在黑沉沉的宫殿里，有一匹白马立在晋侯的榻旁，喷着鼻息，把帷幕吹得微微飘动，然后抬起前蹄踏灭了地上的烛火。侍者第二天就不见了。后来有人在晋侯的马厩里看到过一个被挖了眼睛的人头，埋在食槽的干草下面，是由于厩中的马匹都惊慌不安、不肯吃食才发现的。也有人说不是人头，而是血糊糊的、看上去有点像一对眼睛的东西和一截小腿。还有一种传闻，说人头其实是马从食槽里衔出来的，它们一点都不畏惧，因为晋侯得到了骊戎的秘方，养马用的不是普通的草料，而是浸过血的干草，并且必须是人血，这样养大的马，不但肥壮，而且习惯了血腥气，在战场上才能无所畏惧，拼力向前。

史苏不相信这些无稽之谈。晋侯的马厩里，明明是上好的干草，他拾起一把草闻了闻，一股清香，微微散发着苦味。他觉得自己的举动很可笑。

史苏又专程去拜访了司马苌。马和血，都与骊戎人的淫祀有关。他猜想这就是谣言的来源，又被无知的人胡乱编造了一番。司马苌告诉他，骊戎人的怪物，典籍中并无记载，他是听公子重耳说的。他也试图查考这个怪谈的来历，却全无线索，有人说是优施从宫里传出来的。然后司马苌的表情变得有点神秘，他说，宫中之事，还是不要追究为好。

史苏不想追究什么，宫闱之中污秽的传闻，他也并非一无所知。事情只要一搭上优施，就让人既厌恶又迷惑。不过有一点很清楚，巷陌间的流言，意味着百姓的怨望、人心的离散，晋国的根基已经动摇了。灵龟的预兆，在一步一步地应验。

太子申生在新城自杀的消息传来时，宫中忽然飘起一股若有若无的怪味。起初以为是积藏的肉醢腐坏了，庖人着实将御厨清理了一番。然而恰逢重耳、夷吾两位公子来朝，重耳一进宫就晕了过去，从此人们越来越觉得这怪味像是血腥气。时值隆冬，惯常的北风竟然无影无踪，腥臭的味道一天天地积聚起来，在蓝得静止的天空中发酵。

在史苏的印象中，似乎是一夜之间，绛城内外的桃树就被砍得残缺不全。新岁未至，家家户户就在门口立起桃梗，插上桃枝。宫中的每一间房屋，都用桃茢祓除了一番，晋侯的寝宫尤其仔细。宫内外的侍卫，也都配了桃弓棘矢，稍有异状，就乱射一气。

史苏没有立桃梗，也没有佩桃殳，他很想见见太子的鬼魂。巫师们常把遇鬼之事说得活灵活现，他这辈子却从来没有这样的遭遇。太子下毒弑君，这话别说骗不过他，只怕也骗不过国人。倘若太子的魂灵能把事情的经过和他详细说一说，哪怕被晋侯衅了战鼓，他也要秉笔直书。

朝堂上空荡荡的。晋侯独自一人，半卧在王座上，似乎是睡着了。明亮而干燥的光线从窗户里倾泻而下，一丝一缕像是能用针挑起来。

晋侯睁开眼睛，打了个哈欠，淡淡地说："你来干什么？寡人不是说了今日不朝么？"

史苏恳请为太子立祀。他知道此时若说为太子洗冤，必然牵扯出骊姬的诡计，那是火上浇油。他只说，国人都在议论宫中的异味，认为是太子的鬼魂作祟。祭祀太子，可以平息物议，也是顺应民心。

晋侯冷笑一声："申生胆小如鼠，料他也不敢来寡人面前作祟！他自己要死，寡人可拦不住！"

史苏暗想，真不知晋侯这样一个人，怎么会生出柔弱仁孝的太子。

晋侯又道："你们要祭就祭，寡人从不与死人为难。"

事情这么容易，史苏倒有些错愕了。他原本以为要费一番口舌的。

这时，奚齐忽然骑在优施背上出现了。他一手举着张小桃弓，一手捶打着优施的后腰，高声吆喝着。优施极配合地学作马嘶，忽然间调子一变就成了驴吼，嗯—昂、嗯—昂地叫得震天响。奚齐吓了一跳，用桃弓狠狠地敲着优施的脑袋。骊姬跟在后面，哈哈大笑。见到史苏，她的笑容一下子停顿了。

十几年的岁月丝毫没有在这个女人身上留下痕迹。她的腰肢依然纤细，似乎轻轻一触，手就会弹起来。那张干净得发光的脸，像是能把所有的污秽之事一扫而空。关于她是马妖的传闻，国人大约已经淡忘了，她终于成了尊贵的君夫人。她冬日是火，夏夜如冰，没有她，晋侯就不能入睡，这一点尽人皆知。

史苏行礼告退。晋侯忽然道："臣弑君，子弑父，你的史乘里不都是这种事吗？寡人再告诉你一件事，重耳和夷吾已经偷偷跑掉了，现在奚齐是晋国的太子，你别忘了记上一笔！"

晋侯将奚齐揽在怀中。那孩子咯咯笑着，冲着史苏，将桃弓拉得嘣嘣响。骊姬走过去，擦了擦奚齐额头的汗，衣袖轻轻拂过晋侯的面颊。

史苏觉得，晋侯有了几分老态。忽然间，一种深深的疲乏潮水般涌上来，把他淹没了。

史苏最后一次见到晋侯，是在马厩里。

齐侯在葵丘会盟诸侯，晋侯在路上染了风寒，中途就返回了。当史苏听到晋侯召他入宫的时候，不禁有些惊奇，因为晋侯多年来像是把他忘了。当他发现自己被带到了马厩里而不是晋侯的床榻前，就越发惊奇了。

晋侯轻轻拍抚着一匹额头上有块黑斑的白色牡马，看上去还好，只是脸色有些灰暗，显得很疲劳。那马的年岁不小了，肚子已经塌陷，两条后腿处更是瘦得见了骨头。它温顺地低下脖子，鼻子里喷着热气，把嘴凑到晋侯手边，吃着一把干草。

“大夫认得它吗？它也是我们晋国的功臣。”

史苏摇了摇头。不过他疑心这就是骊姬飞身而上的那匹马。当年的情景，依然如龟甲上的刻痕那般清晰。

晋侯嘹亮的嗓音忽然就衰弱、沙哑了，但也变得和缓了："在屈产的宝马里，它也是万里挑一的。七年前，把它作为礼物送到虞国的时候，寡人可真是舍不得。"晋侯笑了笑，"好在荀息说话算话。你知道的，他向虞国借路，把咱们的老仇人虢国灭了，反手把虞国也收拾了，还把这匹马披红挂彩地带了回来，可是那天寡人却不怎么高兴，你猜为什么？"

史苏又摇摇头。

晋侯叹了口气："它老啦！老马看着最让人伤心！寡人也老了，怎么变得这么多话！"

史苏躬身劝晋侯好好调养，话没说完他就住口了，他又看到了晋侯若有所思的目光。

"人老了，想的事就多了。寡人这一辈子，怎么也比不上齐侯是不是？此时，他正在葵丘，一呼百应，威势前所未有，周天子也得派人献礼。而寡人在马厩里，和匹老马在一起。"

史苏一时不知该如何应对，晋侯从未这样和他讲过话。

"将来人们会从简策上读到，齐侯是尊王攘夷、会盟诸侯的明主，寡人是个大大的混蛋，为了个女人，连亲生儿子都不要了。"

“齐侯……有……有管仲辅佐……”

晋侯笑了起来：“对呀，而寡人谁的话也不听，连你的乌龟也不信。你的预言都应验了，应该很高兴吧？”

“臣……臣有失职守……”史苏心中一痛。那个一直折磨他的问题在此刻变得更尖锐了——当初，他为什么不拼命坚持呢？即使因此丢了性命，他也将名传后世，身死不朽，这不正是史官渴求的荣耀吗？

晋侯摆了摆手：“你没做错什么。”沉默了一会儿，他又道：“不过寡人也不后悔。”

风卷起一片沙土，贴着地面打着旋儿滚了过来。晋侯打了个寒战，用手梳理着被吹乱的马鬃。他轻轻地笑了起来：“寡人也来卜上一卦，用不着你的乌龟……寡人死后，晋国必乱，奚齐年纪还小，他们母子能保住性命已是万幸……哈哈，这个不算预言，傻子也知道是不是？”

史苏无言。晋侯从来不是一个认不清形势的人。莫非自骊姬生下奚齐，他就知道将会发生什么？他下了决心，也下了狠手。太子申生被逼自杀不算，他还攻下重耳和夷吾的封地，追杀两位公子，他想要铲除后患，把一切为奚齐安排好……

“太子……太子冤……冤枉……”

“好了，我知道你们都觉得他死得冤。他不是还显灵来着？”晋侯有些不耐烦，“他从小就婆婆妈妈的，没个男人的气概……算了，寡人要说的不是这个……”

晋侯脸上又浮现出那种近乎孩童的笑容，像是看到了什么好玩儿的东西：“你觉得重耳怎么样？”

史苏想起了重耳黑沉沉的目光。这位公子生有异相，据说是骈肋，但他从不张扬，永远一副随遇而安的样子，对王位更是没有表露过半点兴趣。倒是他的几个家臣，赵衰、狐偃等人，显得十分干练。

“公子重耳是……仁……仁德之人……”

“这个世界仁德管什么用？莫非你以为齐侯靠仁德就能匡定诸侯？要是讲仁德，寡人祖祖辈辈都在曲沃呆着呢，哪来的今天的晋国！没有了乌龟，你就不会说点有用的话吗？”

史苏唯有沉默。晋侯召他来，到底是为了什么呢？

晋侯的胸膛起伏着，他深深吸了一口气，道：“这些年，你一直跟寡人作对，寡人要做什么，你都说不吉利，还在外面散布谣言，说风凉话，寡人几次想除掉你，可事到临头又改了主意……后来寡人就想，吃肉也要有骨头才香，寡人偏要留着你这块骨头，看看天意究竟是个什么东西……哈，哈哈！”晋侯笑得眼泪都流出来了，“寡人一生纵情恣意，活得痛快！这就是寡人赢了你的天意！”

晋侯迈步向寝宫走去，身体一晃，险些摔倒。史苏要上前搀扶，被他一把推开了。他走了几步，又冷冷地扔下一句话：“晋国必定是重耳的。你若有本事留得一条命，将来就去跟他讲天意吧！”

史苏一直琢磨不透晋侯召见的真正用意。是为了将要形诸简册的词句召见一个史官吗？可那些有关仁德的论述是不会给他留下好名声的，相反他必须考虑要不要隐去这些令人反感的言辞。那么晋侯是把他当作对头发泄一通吗？更不可能，晋侯这等目空一切之人，怎会把一个小小的卜史放在眼里。

一道阴影飘进龟室，停留在史苏面前，斩断了地上残留的斜阳。

史苏抬起头，看见优施冲他一笑。

史苏第一次定睛打量他。优施是公认的美男子，举止颇有风度，如果不是那双精光四射、过分灵活的眼睛，他大可以冒充朝中的显贵。史苏一直觉得他难以琢磨，比他带来的这道暗影还要飘忽。他自然是奴颜婢膝之人，可有时胆子又大得出奇，说些含沙射影的话，让人简直分不清他是在逢迎还是在讽刺。晋侯高兴的时候不吝赏赐，一旦被惹火，他就免不了皮肉之苦。可过不几天，晋侯又会把他召来。史苏厌恶这个优伶，却不敢小看他。毫无疑问，他是宫中消息最灵通的人，而且与朝中的大夫多有往来。

优施行了一礼。随即蹲下身，拨弄着一片龟甲，道："大夫很会躲清静啊。现在宫里都乱成一团了。"

史苏道："晋……晋侯……"

"这会儿可能已经差不多了吧。早晚的事。"

优施悠闲的语气让史苏感到一阵恶心，他本来就讨厌这种伶牙俐齿的人。

"宫中很快会乱起来，不知道要死多少人。您不打算先避一避？"

连日来史苏一直在思量这个问题，他在朝中并无靠山，也从未参与立储之事，这本来意味着安全，但是他的儿子和荀息之子走得很近，难保不会祸及家人。

优施似乎对他的心思了如指掌："荀息大人一向尽忠竭

力，他既然答应了晋侯扶助奚齐，就是死路一条。他势单力孤，肯定不是里克的对手……”

史苏暗想，优施果然心明眼亮。但还是道：“你……你怎么断定……”

优施哈哈一笑：“这是明摆的事，您和我一样清楚，怎么装糊涂呢？”

见史苏不说话，优施的语气里有了几分得意：“我虽然高攀不上里克大夫，但还是能说上几句话的，如果您需要……”

史苏立刻道：“不用！”他心中苦笑，这究竟是什么世界啊，一个优伶居然也敢大言不惭地要提供庇护。

优施发出一声短促的冷笑。他站起身，理理衣襟，道：“其实，我是来告辞的。也来道谢。”看到史苏疑惑的表情，他又道：“多年前您说过，晋国不是安居之地。我那时就觉得您说得对，可咱们的君侯听不进去啊……太子一死，我就下了决心，现在这一天终于到了。”

“你……去……去哪里？”

“哪里还不都一样？好在咱们的君侯没说要拿我殉葬。”优施满不在乎，顿了一下，脸上掠过一丝狡黠，“我也不打算给君夫人殉葬。”

他提到骊姬的语气很奇特。史苏心想，莫非那些影影绰绰的传闻是真的？莫非他真的敢在晋侯眼皮底下和骊姬私通？甚至有人说，他为骊姬陷害太子一事，探问过朝臣的口风，里克就是被他警告，才称病不朝的。优施就像角落里的老鼠无处不在，但他究竟做了什么又没有一件能够坐实。无论如何，晋侯一死，骊姬就危在旦夕，这个小人无非是怕受牵连。

“您一定奇怪我为什么专程来告辞吧。”优施道，“这么多年，我看来看去，就您是个明白人。我很佩服。和您说说话，我走得踏实。”

优施弯腰抄起一片甲骨，眼睛一亮：“这就是那个齿牙衔骨之相？送给我行不行？”

史苏摇摇头，他懒得开口。这个优伶如此喋喋不休，得寸进尺，让他觉得十分厌烦。

优施轻轻用甲骨拍打着掌心，淡淡地说：“您瞧不起我，是吧？”

史苏想，既然问出了这句话，说明这个人的聪明也有限。

“优伶是贱业，你们当然瞧不起。不过我看咱们是一样的，我是说我和您。”

史苏笑了：“不……不一样。晋侯见到我就皱眉头，见到你……”

优施哈哈一笑：“您的意思是，我是谄媚的小人，您是君子。但是您别忘了，我演戏，您也演戏。”优施晃了晃手中的甲骨，“占卜的时候，宣告卜辞的时候，您敢说您不是在演戏？”

史苏觉得血往上涌，他很想破口大骂，舌头却笨拙地一跤绊倒。

“我当面给晋侯讲故事，您在简册上讲故事。所以都一样。你们这些宗史卜祝，都是在演戏，不过排场比我大多了，哈哈！”

史苏心中一沉，愤怒被疑问替代了。他可以蔑视优施的胡言乱语，但如果晋侯也将他视为装模作样的巫师，装疯卖傻的优伶呢？到底是什么，使这个人蔑视天命，践踏卜史的尊严呢？有个模糊的念头一闪而过，然后他再也捕捉不到。

优施的笑声戛然而止，就像那笑声举剑自刭了一样。他的面色严肃起来：“您别生气，我开玩笑呢。您不会跟一个下贱的倡优生气吧？”

史苏摇头也不是，点头也不是。他并不相信这个优伶是来闲聊的，于是道："你找我……到底……为……为什么？"

"确有一事。"优施的眼睛闪烁起来，声音里染上了一点哀伤："如果奚齐真的被杀，又无人收葬，您就做做好事吧。他年纪还小，并没有做错什么，他只是……没有做一国之君的命。"

史苏有些诧异，他见过优施疯疯癫癫地陪着奚齐玩耍，那不过是一个倡优的本色，没想到他会对这个孩子存有感情。猛然间，史苏心中冒出一个念头，他霍地站了起来。他尽力做出平静的表情，心却被一柄鼓槌擂得咚咚响。莫非那些秽乱的传闻，竟还有这样一个不为人知的答案？如果奚齐竟是优施之子，晋侯的一生就不仅染满了悲惨的血，也浸透了荒谬的血。

"我想您不会忍心让一个孩子曝尸荒野的。何况，他好歹也会做几天晋侯，能名留史册，跟我这种下贱之人可是天壤之别啊！您会给他记上几笔的是吧？"

也许是真的，也许他不过是信口胡编。也许他会痛快地承认，也许他会一脸无辜地否认。史苏不知道自己要不要再追问，作为一个史官，他第一次感到无可奈何，面对优施这种人，真与假的边界比衅龟的刀刃还要薄。

优施把甲骨交到史苏手中，脸上又浮现出那种狡黠的笑容，他眨眨眼，道：“话说完了，您……您多……多保重。”

优施离开后，史苏呆坐了许久。龟室里的阳光已经消散了，秋凉卷着暗影沁入肌骨。他慢吞吞地生起一盆火。

一阵嚎哭声飘了过来。史苏走出龟室，侧耳细听，哭声停顿了一会儿，又断断续续响了起来，正是来自晋侯寝宫的方向。

晋侯的死讯很快就会传布开来，然后是设祭、下葬。不知里克等人发难，是否等得及晋侯入土。

夜色已经变得沉郁。哭声停止了，留下无边的空白的寂静。史苏忽然看到一匹白马，在前方缓缓而行，马尾轻轻摇摆，温顺的姿态散发着一股芬芳。他心中一惊，定睛细看，白马却不见了。只有寒寂的夜和不远处的宫室里几星摇曳的灯火。

史苏回到龟室，他把双手拢在火盆上，觉得缓和了许多。火光让他的手指舒展开了，皮肤上泛着一层透明的金红。他想起一种传闻，说是有的巫师，能依据手上的纹路来占卜。当旁门左道都打着天命的旗号行事，都宣称自己能解释天意，巫史的职守就要丧失了，天命的信念就要衰微了。不敬天命，即可肆意妄为，这是乱世的征兆。

火焰卷起一片光亮，也让龟室充满了暗影。史苏看到自己巨大的影子在墙壁上微微晃动。他拈起有齿牙之相的龟甲看了看，扔进了火盆，接着又把那两片破碎的甲骨扔了进去。卜辞在火舌的舔舐中时隐时现，渐渐地响起了细微的碎裂声。史苏的胸中被空无的静默填满了，优施的言辞，梦寐般的幻象，还有其他纷乱的思绪，都变得很遥远。

晋侯赔上整个国家，还觉得自己赢了，那样的蠢话，也就是他的自我安慰罢了。真正的胜者，是这些虽不能出声却无所不晓的龟甲，是他这个口吃的代言者。他读懂了一切，但他已不能扭转这个世道。他和他断断续续的预言，都将隐遁在以往荣耀的时光中。悲哀的快意在史苏心中膨胀着，此刻，他终于领会了上天赐给卜史的命运。

真正的卜者，真正的史官，要尽到自己的职责，但也要跳出自己的职责。他不属于眼前的一时一地，不属于某个诸侯，他属于从不间断的时光河流。他将要载之简册的一切，也并非晋侯一人之得失，而是这行将衰微的天命，在变乱的世间留下的最后的声音。也许后世的有心人，会循着他的声音，去探索天命的真意。

史苏扣上了龟室的门。夜色渐深，蟋蟀的叫声敲打着九月的寒凉，风卷过树梢，四野间回荡着一片低沉的呜咽。他仰起头，满天的星宿，正用一种明亮、寒冷又无动于衷的目光，逼视着他。

大火星眼看就要隐没在西方了，即将来临的冬日将是严酷的。金光闪闪的太白散发着凛冽的杀气。忽然间，一颗流星迅捷地穿过太白的光晕，消失在龟室之后。史苏打了个哆嗦，向黑沉沉的夜色中走去。

鬼生曰：晋献公之悖天逆行，昏聩刚愎，惑于妇人，于史有征。然其豪爽决断，如快马利刃，亦不失骨格。史迁记假途灭虢之事，云荀息以屈产之马归奉献公，公笑曰："马则吾马，齿亦老矣！"其英爽之姿如在目前，令余不能释怀。文中想象献公之性格，多赖此事。

《国语》载晋献公言之于里克曰："立太子之道三：身钧以年，年同以爱，爱疑决之以卜筮。"献公之杀申生立奚齐，爱无疑也。卜筮之兆，三违之也。倘献公从史苏之言，焉有骊姬之乱？倘无骊姬之乱，焉有重耳出奔？倘无重耳出奔，焉有秦楚之助？倘无秦楚之助，焉有文公之霸？晋文公者，蒲地一公子耳。天道奥妙，祸福相倚，始于乱而终于霸，晋文之令名，亦成于献公之恶哉？

巫史同源，民神异业。昔在颛顼，重黎氏绝地天通，南正重司天以属神，火正黎司地以属民，天地之官各归其位。唐虞绍述之，相沿以至于商周。殷商以降，巫觋渐失其尊，位列祝宗卜史诸王官之下，常以为牺牲，人所贱视。祝宗卜史各司职守，史官记事，亦掌星占卜筮，观天命而察人事，人主所倚重。奈何乱世频仍，大道崩而人心离，迄于司马迁，遂有“固主上所戏弄，倡优畜之”之愤懑。

司马氏世典周史，惠襄之间去周适晋，盖逢晋献公在位之际。周惠王元年，献公即位。周襄王元年，献公卒。后司马氏散为三支，在卫、在赵、在秦。史迁者，秦少梁司马氏之后也。由是观之，史苏者，史迁之祖耶？尝与史迁之祖共席耶？虽不可考，亦增小说之兴味。

史官究天人之际，通古今之变，述往事思来者，集大成者，史迁也。史苏之名虽不彰，然其通天机而晓人情，占卜皆中，谈吐磊落（口讷讷不能言，小说家笔法也），亦《左传》《国语》之奇人也。故《隋志》著录之《龟经》，虽历千载犹托其名。

天命不存则人欲肆，上帝若死则人心危，古今不贰，中外一体。奈何畏天命而察人事，今人俱忘之哉！当此利来利往、庸禄纷扰之世，史苏之明，何可追也！

2010年4月8日

君　子

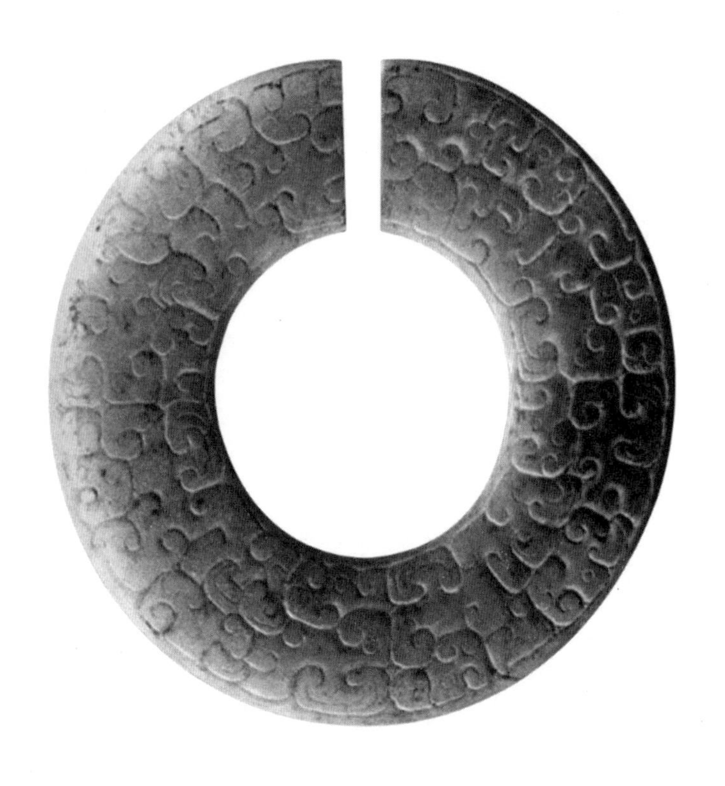

玉玦

春秋

四周很静。站在院子里，也能听到夫子重浊的呼吸。端木赐心想，莫非就是今天了？

“泰山坏乎，梁柱摧乎，哲人萎乎！”七天前，他匆匆赶回鲁国，还没进门，就听到夫子哀伤的歌声。夫子正拄着拐杖在院子里散步，身形佝偻，原本中气十足的嗓音，如败絮般黯淡着飘散开来。分别不到一年，夫子的模样，竟像是老了十岁，而且一见到他，眼泪就下来了，连连问他为什么来得这样迟，就像溺水之人终于看到了一根浮木。当晚，夫子就一病不起了。

端木赐觉得很累。刚刚在齐、吴、越、晋四国走了一大圈，旅程不顺利，一路的绞尽脑汁、唇焦舌敝就不必说了，刚到吴国不久，就传来子路惨死的消息，他当时就觉得，夫子可能会承受不住。所有人都说颜回是夫子最喜欢的学生，端木赐可不这么想。他一向觉得，夫子最爱子路，别看子路经常冒傻气，也经常挨训，但他们之间那种随随便便的态度，绝对与众不同，夫子对儿子伯鱼，都没那么随便。颜回死的时候，夫子恸哭一场，也就罢了，但子路死得那么惨，据说夫子从那时起就见不得肉酱，闻不得肉的味道……那我呢？端木赐心里突然冒出一个念头，我这个学生对夫子意味着什么呢？如果被砍成肉泥的不是子路而是我，夫子会怎么样呢？

端木赐的嘴角，轻轻一撇。夫子曾说他是瑚琏之器，当时他很高兴，事后才意识到，夫子话中有话，他真正欣赏的是“君子不器”。为什么会想起这些呢？其实夫子一向待他很好。

州仇刚刚来过，说是奉国君之命，来探望夫子。可这个探病的人，连夫子面前的席子都没坐暖，就拉着端木赐到院子里说话了。他先是问出使四国的情况，端木赐搪塞过去了，他自己心里也没底：那一套连环计，到底会有什么结果呢？但至少齐国暂时不会对鲁用兵了吧，没听说边界有什么动静。万一真打起来，鲁国除了献城求和，还能有什么办法？

然后州仇的话锋就转了。恭维话谁不爱听呢？州仇的神色看上去相当真诚，这一面让端木赐觉得受用，一面又让他想起夫子老挂在嘴边的“巧言令色”，他不禁在心里笑了。

州仇说着说着，看了一眼房门，忽然就压低了声音，说最近朝野间有不少议论，比如少正卯的冤死，比如夫子和卫国的君夫人……端木赐立刻制止了他，态度很含蓄也很坚决，这倒让州仇红了脸，匆匆走了。

这些陈年旧事带起的谣言，怎么像灰尘一样总也扫不干净，而且偏偏又在这个时候迎风飞舞呢？越是琢磨，端木赐越是觉得，州仇的话，是特意说给他听的。州仇说什么并不重要，但如果这并不仅仅是他的意思，如果朝堂上的人，如果季氏甚至国君本人……

“子贡！早听说你回来了，瘦了一圈！累坏了吧？”冉求一身华服，走了进来，声音依旧低沉动听。他身后，还跟着一个挑担的仆役。

端木赐躬身行礼，他记得当年带着束脩来拜见夫子，碰到的第一个人就是冉求，这个神情干练的人让他顿时对未来的学业有了信心，不过谁又料得到后来的变故呢？

冉求回了礼，示意仆人把担子放在院墙边。他看看四周，故作轻快地说：“一点小米，夫子吃饭还正常吧？”

端木赐摇了摇头。

话刚出口，冉求就意识到自己的语调不自然，而且端木赐也必然察觉了。他心中一阵恼火。眼看着端木赐推开屋门，他犹豫起来，也许还是转身走掉为好。

端木赐回头道：“没关系的，夫子已经认不得人了。”

这间小小的屋子，每一个角落冉求都熟悉，但因为许久不来，又散发出异样的陌生味道。就像一个阔别多年的朋友，五官轮廓没有变，但那眉目之间的神情，却已然苍老了。

曾参第一个发现了冉求，他咕哝了一声，像是惊讶，又像打招呼，随即恢复了一向的木然神态。围在夫子身边的人们被惊动了，正在给夫子喂药的有若手一抖，放下了碗，颛孙师腾地一下站起身来，毫不客气地瞪着他，卜商、言偃却只是默默地看着。

端木赐轻轻咳嗽了一声，对颛孙师说：“子张，今天人比较多，你去安排一下大家的饭食吧，夫子的小米粥煮得再稀一点。”

“知道了，大师兄！”颛孙师抬脚便走，路过冉求身边时，重重地哼了一声。

冉求心中苦笑，“大师兄”这个词有点刺耳。他比端木赐还要大两岁，子路死后，夫子门下属他年长。他决定不跟小毛孩子计较什么孝悌，何况现在他也没这个心思——他设想过探病之时被夫子赶走，那时他将充满尊严地离去，心中再无留恋，却不料夫子已是这般模样。

原来那么魁伟的身材，忽然就缩小了许多，丰润的脸颊，也像冬天的草木，塌陷、黑瘦、枯裂了。夫子双眼微睁，但那细弱的缝隙里并不曾透出半点光芒，没有丝毫看到什么的迹象，倒是眼角凝着不少灰白干涸的眼屎，老人斑竟然成了黑褐色，像深深的污迹，让脸显得很脏。

冉求心中一酸。当年决裂之际，他曾暗自发誓不再登夫子之门，何必平白受辱？夫子待他一向苛刻。夫子只喜欢颜回那种乖宝宝，对卜商、曾参那种谨小慎微的人也很宽容，但一个人只要稍微能干些，特别是做了些实事，他就要挑三拣四了。季康子祭泰山，当然可以说是僭越，可他一个家臣怎么劝得住？谋伐颛臾，季康子固然有私心，却也不无道理，同样地，他就算想阻止也力不能及。难道对这个掌握着鲁国实权的人宣讲古礼，让他把权力让给国君？这么迂腐的话他可说不出口。夫子那一套美好的大道理，过过嘴瘾也就罢了。可是夫子当即面沉似水，狠狠训了他一通，好像是他怂恿季康子做了什么天大的坏事。更不可理喻的是，他当然要为季康子管理账目，开源节流，这是家臣的本分，难道他的俸禄，包括他孝敬夫子的粮米是天上掉下来的？而夫子竟然为此彻底翻脸，不但将他逐出门下，还让学生们大张旗鼓地声讨他，太绝情了。那是一段沮丧的时光，他好歹撑过去了。

冉求不记得从什么时候起，心中的恨意逐渐消失了。特别是几天前听说夫子病势沉重，他开始坐立不安。他忽然意识到，夫子其实像个小孩子，他尊崇的周礼，他仰慕的圣人就像小孩子想得到的饴糖，当这个世界已经没有糖了，他就拒绝长大，或者说，他拒绝去看一个没有糖的世界。

水已经喂不进去了，一片清澈的水光，从夫子的下唇涌出，被杂乱的胡须挂住了。冉求拿起一块布片蘸湿了，轻轻揩抹着夫子干裂爆皮的嘴唇。夫子知道他回来了吗？无论如何，他要尽一个弟子的本分，就像他也尽了家臣的本分。从前的恩怨，在如此真切的死亡、正在朽烂的身体面前，不值一提。

夫子灰黑色的嘴唇微张着，散发出一股臭味，让卜商觉得一阵阵地恶心。夫子老了以后，大约是七十岁以后吧，身上常有一股老年人的酸臭味，现在又增添了死的味道，臭得更厉害了，弥漫在屋子里，沾在衣服上，怎么也洗不掉，弄得他只好天天换洗衣服。

卜商放下夫子的左手，转到另一侧跪坐，把夫子的右手放到自己的腿上，继续不疾不徐地搓着。手很凉，他知道自己带来的那点温度没有任何意义，他再怎么用力搓动，这灰白的手只会越来越冰冷，然后一切就该结束了吧。不过他心里很安静，几天前夫子第一次昏厥时，他真有天塌地陷之感，可不过是两三天的工夫，那种惊慌和难受忽然就消失了。他觉得眼前这个毫无生气的人很不真实，真正的夫子好像在另外一个地方，还是带着温文的微笑，和他谈诗论艺。夫子不愧是个技术绝佳的御者，只要简单的两三句话，就可以把他带到清新的旷野上，能让他在先人的典籍中摸索出一条道路，没有比那种看到一点亮光，忽地就豁然开朗更美好的体验了。

卜商一向视夫子为榜样，他觉得诸位同门中，没有人比他更接近夫子了。学而优则仕，这个道理他明白，夫子也常常鼓励他要进取，提醒他学问做得再细密再精深，不能致用，也于事无补。每逢这时，他就频频点头。其实他一点不想当官从政，冉求那种心口不一、助纣为虐的小人之儒，他不屑为之；端木赐那种八面玲珑、奔走诸侯门下逞口舌之利的商人兼辩士，类同贱业；更别说颛孙师那种莽汉，言偃那种嗜好空谈的人了。他心里最期望的，就是有朝一日，能够像夫子一样讲学授业，像夫子一样被弟子们簇拥着，谈笑风生。

那么，这一天就要到来了吗？卜商心中一跳，眼前这个人只要气息一断，他不就有资格另立门户了吗？他也将被弟子们尊称为夫子，他说的话也将被恭恭敬敬地聆听，说不定还将有人遵从他的教诲，做出一番大事业，那不是比自己亲身去从事肮脏的政事更加名传千古吗？

一瞬间的念头，把卜商吓坏了。他手上加力，摩挲着夫子的手臂，想让这个垂死的身躯温暖起来，他拼命回想夫子平日的模样，夫子对他说过的话，可他越是想，夫子的面貌越是模糊，反而是他自己登坛讲学、从容不迫的样子，越来越清晰了。夫子也在听讲的人群中呢，他魁梧的身材非常醒目，他在轻轻摇头……卜商不禁大叫起来："夫子！夫子！"

"别叫了，只怕夫子没有醒，我们先聋了。"言偃淡淡地说。卜商自知失态，也就没吭声。他拭了拭额头的汗，忽然发现有若正目不转睛地看着他。

有若也是大个子，端木赐他们入门比较早的人都说，他长得很像中年时候的夫子。据说那时夫子被晏婴摆布了一道，仕齐失败，不得已返回鲁国，不过那是他一生中的黄金岁月吧，不但修订古书、广育人才，还当了四年官。那时的夫子应该是心境畅达、意气风发的吧，就像这个红光满面、神色雍容的有若一样。卜商心里忽然冒出一个念头，他反复思量着，不知不觉，手心里都是汗。

“爷爷！”伴随着一点压抑住的悲切，孔伋匆匆闯了进来，扑倒在夫子的榻前。南宫适跟在后面，放下包裹，打水洗脸。

端木赐暗自吁了一口气。他们终于到了。七天前他刚赶回鲁国，便发觉夫子的病势头不好，于是让南宫适马上去找出门游学的孔伋。如果祖孙俩竟然不能见上一面，那就太可怜了。夫子寿命长，可是家里人丁不旺。女儿和女婿公冶长早就走了，四年前独生子也先他而去。孔伋是他唯一的苗裔，然后最近的亲戚就是侄女婿南宫适了。

夫子的呼吸似乎平稳了一些，只是痰喘声时断时续。这样陪着也无益。端木赐让孔伋和南宫适留在夫子身边，招呼其他人到院子里去。

初夏时节，到处流荡着清澈的气息，阳光温和明亮得像君子的笑容。大槐树下已经铺好了席子，夫子平日也喜欢在这里和弟子们闲聊。

众人席地而坐，暗暗舒了一口气。这个明净的世界，终于隔开了那间灰暗的、散发着寒气的屋子。

不知从哪里跑来一只小黄狗，沿着墙根东闻闻，西嗅嗅，抬腿撒了一泡尿。

颛孙师从厨房出来，在言偃身边坐下。见众人一片沉默，他便亮开了嗓门："是要商量夫子的后事吧？该怎么办，夫子不是都教过吗？"

"不错。生，事之以礼；死，葬之以礼，祭之以礼。"曾参的神态保持着一向的庄重。

言偃清了清嗓子，忍住了喉咙里的笑。曾参的模样总是让他觉得好笑，但不像卜商那么令他不耐烦。他建议，礼仪方面的细节，等最擅长此道的公西赤赶到后再说。

颛孙师立刻表示同意，接着又补充道："夫子的葬礼得有个领头的人，我觉得子贡兄最合适，大家以为如何？”

众人纷纷点头。卜商心想，难怪颛孙师号称小子路，也是一样地爱出头爱冒傻气，怎么净说些尽人皆知、已成事实的话呢？

“但是有一点，在座的是不是都有为夫子送葬守丧的资格呢？”颛孙师瞪着冉求，话锋忽然锐利了。

冉求顿觉怒火攻心，他刚要张口，一旁的端木赐忽然拍了拍他的肩膀，低声道：“大家听我说句话。”

小孩子的斤斤计较和不明事理让端木赐有点不耐烦，他们看不出今后要倚重冉求之处吗？他盯着颛孙师，尽量把语气放和缓：“我们都在夫子门下受教多年，犹如兄弟一般。夫子常说入则孝，出则悌，这个时候吵架，夫子能走得安心吗？”

“是啊，礼之用，和为贵。子张的心情大家都明白，但脾气要收敛些才好。”有若不紧不慢地说。

见颛孙师不再说话，端木赐便分派了丧事的诸般事宜，并特意强调，丧事不可奢华僭越，但也无须过俭，所需资财由他备办，要给夫子一个隆重而合乎身份的葬礼。“其生也荣，其死也哀，我们要让鲁国的上上下下看看，什么是知礼，什么是仁孝。还有，夫子落葬之后，我打算在墓边结庐，至少守孝三年，大家怎么想？”

“那是自然。”言偃朗声道，“子贡你忘了，守不满三年就要逃跑的是宰予，他不知道在哪儿睡得正香呢。”颛孙师闻听此言，不禁嗤地一笑，又立刻端正了面孔。

端木赐顿时想起了当年的宰予，他听讲时打瞌睡，被夫子逮住了迎头痛骂，还一脸迷糊的样子，确实很好笑。不过，这些年纪小的学生，听到一些传闻，就以为宰予是位很不堪的师兄，还总拿夫子骂他的那句“朽木不可雕也”互相打趣，这可是大错特错。端木赐心想，若论才思的敏捷、言语的明辨，恐怕我也得敬他三分，更不用说你们这些后生小辈了。

端木赐默默打量着师弟们，他们都比他小十来岁，刚刚过了夫子所说的而立之年。曾参迟滞，卜商怯懦，言偃好高骛远，颛孙师急躁冒失，屋里那两个人更不用说了，孔伋还年轻，南宫适完全没见过世面，唯独冉求倒是干练，有手腕，朝堂上也有些人脉，可心里和夫子又存了芥蒂。能指望这些人为夫子做些什么呢？他们连夫子目前是什么处境都没意识到。

夫子自己或许是明白的，端木赐又想起了七天前夫子的眼泪和哀歌。那时他心中酸楚，想劝慰却找不到半个词。同时他也觉得满足，夫子似乎从未那般倚重某个弟子——包括子路和颜回。那天夫子哑着嗓子，断断续续和他说了许多话，散漫无边，从两年前那只被捕获的麒麟，到他头天做的一个噩梦，但并没有问他出使的情况。夫子已经意识到自己时日无多了吧，他依然叹息世道的衰朽，神情却不复往日的热切，那张平静却也淡漠的脸，让端木赐感到了一丝陌生和不安。

州仇的一番褒贬绝不是信口开河，话里话外的意思，相当微妙。端木赐心中冷笑，他若以为送顶高帽我就会上当，就太小看我端木赐了。学儒之人以夫子为首，人所共知，一损俱损，一荣俱荣。他想把我抬到夫子之上，我若戴了这顶高帽，岂不令夫子门下分崩离析，我自己也会落个叛师求荣的骂名。

葬礼是个机会，是驳斥流言蜚语、重树夫子威望、光大六艺之学的好机会。夫子的荣耀，就是我端木赐的荣耀，这不是一时一地之事，它关系着孔门的利害成败，这个千钧重担，只能由我来挑了。想到这里，端木赐顿觉充实，胸臆间一片悲壮和苍凉。

“我有个想法和大家商量。”卜商忽然开口了，他的眼圈微红，声音也有点哽咽，“也许这个想法不够周全，效果会怎样也难说，但我觉得还是应该提出来。如果有不当之处……”

“子夏！你到底要说什么啊？”颛孙师不耐烦了。

“我的意思是，万一夫子走了，就请子有坐夫子的位置，我们朝夕侍奉，就像见到他老人家一样。”卜商看着有若，此时他确信自己对夫子从无半点不敬，刚才那一闪念，其实也没什么见不得人的。说到底，他不过是想传承夫子的学问，若论这一点，同门中没有人比他更认真。

有若吃了一惊。众人都说他长得像夫子，这曾让他甚为自得。他是真心追慕夫子的，刚入门之时，他曾把胡子修剪成和夫子一样的形状，也比照着夫子的外衣做过件一模一样的，对着铜镜的时候他发现，除了圆圆的脑袋没办法削成夫子那种奇怪的形状，其他方面确实挺像。夫子看到他这身打扮，倒是没说什么，不过那古怪的眼神，让他惴惴了好久。然后他就把胡须削短了，衣服的颜色也刻意和夫子区别开来。他认真地反省过自己的愚行，刻意模仿夫子，算不算违背孝道？算不算犯上作乱？但他不敢拿这个问题去请教夫子。更让他不安的是，随着夫子的老去和他的年纪渐长，他们在外貌上居然越来越像了。这种苦恼，怎么对他人诉说呢？

见有若呆呆地不说话，端木赐的眼睛里漾起些笑意。他想，此事虽然过分了些，也是个树立夫子威望的办法，至少没有坏处。

一旁的冉求低下了头，暗想，对着这个呆头呆脑的有若行礼？还好他不必遭这个罪了。只要夫子一走，他和眼前这些人——也许端木赐除外——再无瓜葛。

一直沉默的曾参忽然道："我看此事不妥。"

"我看此事并非不妥。"颛孙师笑了笑。他觉得卜商的主意不坏，有若人厚道，值得尊敬，而且万一将来有什么不对劲，再把他请下来就是了。对待他和对待夫子，毕竟是两回事。

曾参正色道："夫子的学问，如江河奔涌，夫子的品德，如秋阳灿烂，夫子之位岂是长得像就能坐的？你说呢子游？"

言偃心想，看来人人都知道他与卜商不和，曾参也并非看上去那么迟钝，但是君子怎能因人废言？

“子舆，我觉得你过虑了。这不失为一个追思夫子的好办法。”

言偃也有自己的苦恼。面对行将死去的夫子，他惊讶地发觉，自己心中并没有什么特别的感受，连难过、悲哀都谈不上。周围压抑的气氛让他难受，那哀痛中似乎包含了几分矫情几分虚假，而他只想一切快点结束。连日来他因自己的淡漠深受折磨，心中忽冷忽热。他试图追问自己——难道这才是他认同卜商提议的真正原因吗？他不敢确定。

发觉自己是少数派，曾参心中激起一股倔强之气，决定据理力争：“慎终追远，民德归厚，这才是服丧的根本，也是夫子的教诲。如果忘记了这一点……”

曾参开始了关于孝、关于礼、关于仁的长篇大论，众人默默地听着，除了有若为自己成了矛盾的焦点感到不安，其他人的心思都飞到别处去了。头顶的槐花在风中轻轻摇摆，飘落的花瓣时疏时密，阵阵幽香不期而至。不知什么时候，那只小黄狗在几步远的地方蹲下了，目不转睛地看着众人，眼神忧郁得有点奇怪。言偃顺手捡起一块小石子冲它扔了过去，小狗哀叫一声，蹿到了墙根下。

曾参的面孔涨红了，一丝恼怒爬了上来。

言偃面带歉意："子舆，你接着说。"

曾参一言不发，起身向屋里走去。

太阳西斜的时候，夫子的眼睛终于睁开了。跟着，嘴唇也蠕动了几下。

卜商尽量靠近夫子。他想，将来编辑夫子的语录，遗言是很要紧的。几天前，他就在考虑这件事了，夫子一辈子只是删订诗书，自己并没写过什么，这种口传心授很不牢靠，如果把夫子平时说的话辑录下来，将来教授弟子就有了凭据。

然而夫子的眼白上翻，犹如盲人般一片死寂。喉咙里的痰声，却像低沉的雷鸣一般滚动起来，他的胸膛开始剧烈地起伏，面色憋得青灰，嘴角涌出了细小的白沫，残存的一缕气息，挤出瘆人的嘶嘶声。

孔伋摩挲着夫子的胸膛，低声抽泣。他的哭声卷起一片悲哀，释放了众人的泪水，就连言偃都红了眼圈，这多少让他觉得宽慰。

终于要结束了吧。端木赐用袖子拭去一道清亮的鼻涕，心中渐渐轻松起来，与庙堂上、生意场上的诸多繁杂事务相比，这种哀痛的场面更让他感到劳累。他回想了一下刚才安排好的葬礼事宜，觉得没有什么破绽。另外，游说四国到底会有什么结果呢？那些国君、权贵们似乎都被他掐住了要害，一旦成功，那么鲁国周边的格局，将有重大的变动，可惜夫子看不到这一天了。夫子的才华和魅力，到底是被这个时代浪费了，还是被他自己浪费了？

端木赐忽然意识到自己的思绪飘远了，他轻声道："给夫子更衣吧。"

穿戴整齐的夫子平躺着，从里到外，从头到脚一丝不苟，样样合乎礼仪。他的神态平静下来了，眼睛依然空洞地睁着，看上去更像一具木俑。

冉求心里一阵难过，又是一阵厌恶。人皆有死，他多半没有夫子这么命长，他的那一天或许已经不远了。一想到自己枯朽的身体任人摆布的样子，他后背上冒出了微微的冷汗，心头一片冰凉。他尽力搜寻愉快的事情，好把心思从死这件事上转开。往事带着淡淡的影子，在他心里飘荡。那是许多年前的一天，他和几个师兄弟围着夫子聊天。阳光在曾点的瑟上跳动，荡起一片温暖的光晕。夫子让他们各言其志。像往常一样，第一个跳出来发言的是子路，他把自己描绘成了一个抗击强敌、治理大国的英雄。夫子哧地一笑，那笑声犹在耳畔，既像不屑的嘲讽，又有几分对孩童的溺爱。有资格回忆这个场景的，只剩他和公西赤了，子路死得惨烈，不失为一个英雄，曾点走得潇洒，也不枉夫子对他的赞叹。那之后不久，便是上巳，夫子带着他和一干弟子，去沂水之滨玩了一天。风和日丽，新柳吐芽，水波柔软得像女人的皮肤。那天大家真是尽兴，尤其是夫子，心情好极了，向他们大谈韶乐的美妙，还在舞雩台上乘兴弹奏一曲，洋洋溢溢的瑟音融化在春日明亮的阳光里，春风钻进衣袖，鼓荡起阵阵涟漪，一切都是那么生机勃勃……冉求的心境变得柔软了，柔软中又生出了些甜丝丝的虚空和渺茫。死生事大，想也无益。他终于明白了夫子从不妄言生死的原因。

端木赐合上了夫子的双眼。众人的哭泣声渐渐转低，被一片沉郁的静默代替了。

冉求第一个离开。出得门来，是一片碧绿的麦田，深蓝色的远山后面，燃烧着片片红霞。土黄色的小路上，一个六七岁的男孩背着一筐青草，跨着一只大白鹅，脚尖点地，歪歪扭扭走了过来。男孩看到冉求，立刻从鹅身上跳了下来。白鹅如释重负，嘎嘎叫着，摇摆进了邻家的柴门。男孩怯怯地看了看这个衣着讲究的男人，转眼也消失在门后。

这是一个再平常不过的傍晚。四处炊烟袅袅，蒸腾着饭香，牲畜归栏，鸡鸣狗吠。只有夫子的院落，被寂静覆盖着，落满了众人拉长的影子。最后的阳光透过窗格，夫子的遗体变得朦胧黯淡了，唯有那块玉佩，跳动着一点温润的光泽。

鬼生曰：李零之《丧家狗》一出，天下哗然，崇儒者鸣鼓而攻之。然其章句明辨，议论通达，不失为一家之言，于孔子亦无不敬，物议沸腾若此，盖今崇圣之潮流所致也。

孔子之形象，历朝历代出于己心，莫不有所增减，千载不替者，唯此一端而已。圣人之像既成，欲拆庙堂而复其本原，亦属渺茫。何若以夫子为鉴，审往世而察今朝，此史家之态度也。

又，余喜东瀛人芥川龙之介之小说，其《枯野抄》记俳句师松尾芭蕉临终诸弟子情态，于本文多有助益。小说家言，唯在遣词造句雕琢人心，于史固不足征，然亦有其道存焉。

2010年1月19日

变 法

秦一号铜车马

陕西临潼秦始皇陵西侧出土

冬夜还睡着。咸阳的第一盏灯火，幽幽地亮了。

御者洗刷着马匹。水凉得扎手。老马不情愿地扭着脖子，打了个哆嗦。它站起来都有点吃力了，瘦得能摸到肋条。“老了，和我一样。可终究会派上用场。”这么一想，御者有点心酸，又有点高兴。被叫醒的时候，他以为又在做梦。车马已闲置了八年，从主人闭门谢客那天开始，生生将北地的神骏，闲成了废物。驾车的本领也跟着废了吗？御者抖抖双臂，嘴里打个呼哨，就像握着缰绳一般。老马垂着头，毫无反应，眼神温顺而浑浊。他叹了口气，张开手指，一点点将马鬃理顺。

庭院里还很黑，郑姬脚下一绊，连忙抱紧怀中的物事，心突突地跳。她倚住一棵树，定了定神。莫非主人一直知道她私藏了这样东西？他从没问过。快八年了，只有阖府沉入睡梦之时，她才敢拿出来看看。借着一点月光，她用手指抻平眼角，那些皱纹就消失了。她是亡国之人，少时的宫阙，早已被韩人占据，她托庇于此，本不敢造次。可她就从故国带出这么一样东西，实在舍不得毁掉。

青铜五枝灯将四周照亮，又投下参差的暗影。室内空空荡荡，仅有一席、一几、一案，木头上残留的漆纹，尚能看出昔日的华美。几个女奴走进来，捧着陶盆、水瓶等盥洗之物，并有一个木盘，托着件叠得整整齐齐，然而已略微褪色的黑色深衣。

公子虔披着件羔裘，坐在漆案前，后背佝偻着，灰白的头发，从肩头披散下来。他摆摆手，奴仆们将东西放下，退了出去。郑姬将怀中的东西放在漆案上，微微哆嗦着，伏地而跪。

公子虔掀开锦袱，室内骤然一亮。铜镜磨得光滑，反射着灯火的光彩。他扯下罩在脸上的黑缯，慢慢地举起铜镜。

镜中的脸浮着层黑气，一切都无所顾忌地松垂着，耷拉着，鬓角的白发，稀疏的灰眉，被皱纹包围的眼角，两颊的肉，干裂的嘴唇，花白的络腮胡，唯一可以挺拔起来的鼻子，却永远地消失了，只剩下两个黑洞，嵌在一块坑坑洼洼的疤痕上。黑灰色的脸上，唯有这块肉粉色的疤，鲜亮夺目。

公子虔将双肘支在案上，擎着铜镜，一动不动。八年前，府中所有的镜子，都被他下令砸毁，八年来，他第一次看到自己的脸，就跟看着别人似的。镜中的陌生人，是秦国的贵公子，昔日的太子傅，被施以劓刑的残废。

他将黑色面罩揉成一团，扔在漆案旁。他看看郑姬惊慌而迷惑的脸，轻声道：“梳洗，更衣。”

天空是清澈的淡蓝色，东方的地平线上，燃着几片绯红，几缕亮金。清晨的咸阳城被马蹄唤醒，闻到了甲胄和矛戈凛冽的铁腥味。十多辆车马，被装束鲜明的卫士们簇拥着，浩浩荡荡，呼啸而过，奔向鲜艳的云霞。

商鞅坐在队伍中间最华贵的一辆车上，裹着件白狐裘，外面罩着黑色朝服。身上很暖，脸却被迎面的寒风摔打着，口鼻呼出一团团白气。他早已习惯了秦国的冬天。彻骨的凉自有一分痛快，就像那些做不完的事情，斗不完的敌人，虽然让人心烦，但也让人振奋。

“再快一点。要第一个赶到王宫。”

御者抖抖缰绳，辚辚的车轮声，急骤而匀整。御者的胳膊，足有常人的小腿粗。商鞅见过它勾住人的脖颈，不知怎么一扭，头颅就像折下的花朵，死得很鲜艳。他是千挑万选出的死士，不仅车马娴熟，膂力过人，而且很机警。两年前，一个亡命徒混入府中行刺，就是他先看出端倪，当即将刺客格杀。商鞅换了个更舒服的姿势，斜倚在车厢上。想害他的人很多，必须防备，但不用害怕。新法大局已定，眼下要做的，是摸准新君的脾气，见机行事。他再次将计划梳理一番，包括朝堂上的应对之辞，觉得没什么破绽——只是有一点要特别小心，在商於封地，他习惯了自称寡人，而在咸阳，必须忘掉这个称谓，绝不可说漏了嘴……

车队忽然慢下来。前方响起一片呼喝咒骂之声。御者急忙勒紧缰绳，骏马刹不住脚，愤怒地嘶吼着。一名甲士跑过来，说前方有辆马车，坏在了路中间。御者脸色一沉，按住佩剑。商鞅摇摇头："等等。"

他直起身，透过飘扬的车盖和旌旗的缝隙，可以看到一辆破旧的马车斜在路当中。两个侍从正忙作一团，一个牵马，一个推车，旁边站着一个弯腰曲背的老者，看不清面容，但那身黑衣无疑是大朝之服。这倒不失为一个机会。他叫来甲士，吩咐了几句。

很快，道路就清空了。破车几乎是被商鞅的甲士们平抬到了路边。他还下令腾出一辆车马，赠予老者。一切都很得体。他并未上前通名，君子厚施不望报，一乘车马确实不算什么。不过，秦国上下，有谁不认得商君的旗帜呢？消息若能传到新君耳中，应该是个不错的开始。

旌旗猎猎作响，车马飞驰而过。商鞅侧过头，面带微笑。他的笑容温和而坚定，一向是最有感染力的。然而这次，他撞上了一张比铁还硬的脸——站在路边的老者，背驼了，却努力扬着头，那张脸衰败、丑陋得奇怪，替代了鼻子的是一块疤痕，上面有两个小黑洞，像一对眼睛，死死盯着他。

“是谁？”商鞅心中一惊，随即就想起来了。他算了算，已经八年了，削掉他鼻子，记得是在徙都咸阳之后。废井田开阡陌之令既行，他还在采邑上胡作非为，禁民买卖土地，扰乱税法。这些昔日的贵公子，总是拿法令当儿戏，更可悲的是那套抱残守缺的论调，全不知时代之变化。人老了必定会糊涂吗？商鞅冷笑一声，脸上结了层霜。

“看见了么？刚才那人？”商鞅后面一辆车上，他的门客赵良皱起眉头。

尸佼点点头：“是公子虔。”

“据说他八年没出过门，永远遮着脸。如今……你怎么想？”

“要看新君怎么想。”

“商君若有危险，大家都脱不了干系。尤其是你。”

“为什么尤其是我？”尸佼捻着胡须，笑了起来。

“你是主谋嘛。哪项新法背后，不是你在筹划？”赵良也笑笑，随即眉头又皱紧了，“你也不劝劝商君，形势不比从前了。”

“你别老皱着一张脸，看得人心慌。商君什么不明白？”尸佼道，“从道必吉，反道必凶。关键是，要看准道。”说着，他轻轻一勒缰，撒着欢向前蹿的马匹安静了一些，和前方的车马保持着匀整的距离。清脆的蹄声，踏碎了天边的朝霞。这时，一轮干干净净的红色太阳，已经利落地跳出来了。

新君登基大典的细节有些粗糙，让公子虔暗自捏一把汗。比如万舞，用八佾，如今倒也不必拘泥，各国都这么干——但是当左手执籥，右手秉翟，舞者居然拿反了。公子虔瞟一眼前来道贺的齐鲁诸国使臣，他们一脸端严，但只怕心里在偷笑。若是从前，他必会找奉常理论一番，现在却懒得开口。

公子虔最后一个赶到，将将在大典开始之前，新王已经坐下了。御者要背他，被他拒绝了。通向新君的路要一步一步走，这个念头一冒出来，就成了射出的箭。只是他这支箭，掉了翎羽，飞得歪歪斜斜，好容易赶到朝堂上，两腿酸痛，在袍服里直打哆嗦。

典礼毕，人群尚未散去。公子虔望望四周。大殿刚刚整修过，漆味还很刺鼻。新君正在和诸侯的使臣寒暄。朝堂上，多了不少陌生面孔，簇拥着商鞅说笑。红黑的脸膛，健硕的身子，喧哗声、笑声里夹杂着鄙俗的俚语，泄露了他们的出身。仅凭着军功站到这里的粗人，就算能开疆拓土，震慑诸侯，又怎能令黎庶安定，长治久安？五羖大夫倘若活到今天，也是要暗自叹息的。

甘龙等几个老臣围过来，他们都低着头，似乎是不敢看他的脸。被商鞅黥面的公孙贾，蒙着厚厚的面罩，黑缯上一对眼睛，跳动着几点泪光。其他的陌生人，倒是不断有人盯着他看，眼睛里热辣辣的，不知是鄙夷还是惊奇。刀削过鼻子刹那的冰凉，鲜血喷涌而出的火烫，又变得无比真切了。公子虔把心一横，强迫自己梗着脖子，扬着头——直到新君远远奔过来，一把抓住他的手。

公子虔忍着泪跪下去。他长大了，从捕雀捉蛇、不愿读书的顽皮孩子，变成了一个眉目沉稳、英姿勃勃的十八岁青年，从太子变成了秦王。那一刻，周围的喧哗都消失了。公子虔知道，所有的目光都落在他身上，包括商鞅——他还能有方才飞驰而过的那份得意吗？

秦王将他搀起，一只手轻抚他的后背。公子虔终于压不住嗓子里的号啕。这孩子没忘。当年，他还是太子之时，藏匿了一个复仇杀人的门客，被商鞅抓住把柄，先王震怒。最终，笞一百，是他替太子挨的，后背上耻辱的伤痕，只有这孩子见过。

商鞅掉过脸去，心头涌起一团厌恶，却又夹杂着一丝古怪的怜悯。公子虔这副颤巍巍涕泗滂沱的模样，实在不中看——早料到他会如此，仿佛天下的冤屈，都担在身上，仿佛一见到新君，就会昭雪。年轻的秦王，显然被眼泪弄得颇为尴尬，他拍着公子虔的背，四下望望，就像求救似的。老人不分场合，当众撒娇，比无知的孩童更惹人厌。他以为这样一跪一哭，就能废掉新法，报仇雪恨，执行他那套满嘴漂亮话、百无一用的仁政吗？新法乃天下大势所趋，魏有李悝，楚有吴起，秦有他商鞅，目的都是富国强兵，凌霸诸侯，就看谁更强，谁更坚决。再说，压制宗室贵戚，以防他们坐大为乱，重蹈三家分晋之覆辙，对谁有好处，秦王再年轻，也是明白的——对这一点，他最有信心。

“商君！”秦王大步奔过来，人未到跟前，双目已经捉住了他。商鞅心中忽地一跳。新君的气质，与先王不同，没有那么热切和开朗，但也并不阴沉，眼睛里的光肆无忌惮地闪耀着。商鞅连忙低下头，躬身行礼。

“先王常说，商君是天下奇才。寡人不敏，愿时时闻道于商君。”

“大王折杀微臣。尽忠效命，是臣的本分。”

商鞅能感觉到，后背插满了公子虔、甘龙等人的目光。秦王拉着商鞅的手，谈谈咸阳的变化，问问封地的民情，又说了些闲话。任谁都能感觉到新君态度里的倚重，这是与对待公子虔等人最大的不同。商鞅微微笑着，态度恭敬而不谄媚，言辞也恰到好处，事先打的腹稿，居然都用上了。他不禁有一丝得意。

秦王的目光忽然顿住了，话音里露出一分惊奇：“商君竟然有白发了？必是连年操劳所致。身体可有不适？”

商鞅一呆，真的么？梳洗时他从没注意过。“臣身体尚可。每餐半斗米，率军征战，想必也能胜任。”

“商君是股肱之臣，要多加保重。寡人给你拔了这根白发吧……”新君目光炯炯，似笑非笑。

“臣不敢。”商鞅弓着身子，下意识地退了一步。华贵沉重的杂佩，皮鞘镶金的宝剑，衬着秦王的裙裾，在他眼前乱晃。

“商君不必多礼。”秦王摆摆手，“大典已毕，商君这就回封地去吗？”

“臣……”

“不妨在咸阳多留几天，寡人新登大位，诸事纷繁，还要倚赖商君。”

“臣领命。”要留多久呢？商鞅的计划是，与新君深谈一次，倘若新法没有大的变化，就十天内赶回封地。一切都在他意料之中，可为什么心中却莫名其妙地不安起来？

“好！”秦王的笑声，如壮健的骏马脱缰而去，“商君尽忠国事，赐百金，帛十匹！”顿了一顿，他又道：“公子虔宗室重臣，教导寡人有方，赏赐比商君！”

商鞅和公子虔躬身拜谢，都有意掉开目光，没去看对方。秦王挺直了身子，两颊的青春痘越发显得饱满了，一粒粒红得发亮。

赵良回到馆驿时，薄薄的暮色若有若无，灶下火光熊熊，激起一团呛人的柴香。大门内，只见一个家奴卸下马匹，正要去洗刷。家奴见了个礼，道，公子虔府上送还了车马，说谢谢商君的盛情。

赵良苦笑一下，继续往里走。堂上无人，他穿堂而过，尚未及户，就听到商鞅的呵斥声：“你为何没见到？洗沐之时，你为何看不到？”跟着是当啷一响，有什么东西掉在地上。

赵良咳嗽一声。室内静了片刻，然后门一开，商鞅的宠姬低着头匆匆走出来，她抬眼看看赵良，红着眼圈。

赵良脱履而入，行个礼，在商鞅对面坐下。他眼角一瞥，看到地上扔着面铜镜。

“怎么样？”商鞅沉声道。

“甘龙收了，回赠了一双玉璧，公孙贾不见客，说是身体不适。”

“公子虔呢？也没见到？”

“见到了。”

"礼物收了？"

赵良摇摇头。

"倒叫他小看了。"商鞅哼了一声，"他说了什么难听的话？"

"那倒不曾。他只说捐弃前嫌，勠力同心，辅佐秦王，都是这类话。"

商鞅又哼了一声："你的主意不好。秦王知道了，会说我私交大臣，图谋不轨。"

"商君！"赵良的语调陡然急切了，"结纳宗室是必需的，你过去把他们得罪得太狠！公子虔闭门八年，今天突然出现，你觉得他是出来闲逛的吗？"

商鞅笑笑："所以我同意你去装装样子。"赵良一贯主张缓和与宗室的关系，这番投石问路，就算没用，也无大碍。商鞅不认为新君会重新起用公子虔，倘若没有这个自信，在秦国岂非白呆了二十年？

"这只是第一步。商君！你若将商於十五邑归还秦王，定能避过风浪，以图再起。"赵良恳切地说。

商鞅的眉毛一挑，冷笑道："原来你还是这个主意！原来寡人已经危在旦夕了！失去封地，寡人……我立足何处？"他最烦赵良提这个。商於的土地物产，肥得流油，而且他多年苦心经营，新法执行得最完备，堪做秦国表率。他都想好了，待辅佐新君走上正轨，最多还需十年，他就可以在封地颐养天年，和门客纵论天下，或者钓鱼射猎，看看歌舞……门客各有所长，用人要扬长避短，赵良追慕虚名，不及尸佼精明实干，但那张嘴还是很厉害的……商鞅很快压下怒气，他温和地笑着："良药苦口，多谢指教。是我失礼了。不过请先生说句公道话，我为秦国所做的一切，至少不逊于五羖大夫百里奚吧？商於封地，难道不是我应得的？"

赵良叹息一声，刚要开口，尸佼走进来了，商鞅顿时精神一振。

"景监那边怎么样？"

尸佼摇摇头："没见到。自先王薨后，他就躲起来不见客了。宫里还有传闻，说新君打算让他给先王陪葬。"

商鞅心中一凉。景监多少有恩于他。当年初到秦国，能向先王陈说变法大计，多亏这个最受宠信的宦者引荐。从那时起，公子虔之流，就把他的名字和佞幸绑在一起，因为羡慕所以轻蔑，因为无能所以妒恨，可笑之极……他把思绪拽回来。看来宫中的消息是断绝了，新君究竟打的什么主意？

商鞅站起来踱了几步，朝堂上，伏在新君身旁，那一瞬间的不安又涌了上来。他深吸一口气，又缓缓地吐出来。不能慌，多少危难都渡过了，如今也不会更难，而且有可能是自寻烦恼。新君不是面带笑容，还握住他的手么？

商鞅在长袖中握紧了拳。新君那只白嫩小手的温度，似乎还在。

庭燎燃起了。院落里的火光透进来，公子虔没有点灯。他歪着身子，凭几而坐，将疲惫的身子交给了四下的昏黑。

甘龙和公孙贾刚离开。公孙贾依然遮着脸，嚷嚷着世道太坏，仁义不存，要去做伯夷叔齐。甘龙却很兴奋，大谈怎样用回礼“稳”住了商鞅，又说新君绝不会放过他，否则怎会让他留在咸阳？公子虔觉得有些无聊。同辈人中，确实有些目光短浅、心胸狭隘之人，他们只想着自己的荣辱，或者只想打倒商鞅，出一口恶气，全然不知那套恶法，以及被它败坏的人心，远比一个商鞅可憎。

新法残民以逞，其中最大也是隐藏最深的祸害莫过于废井田开阡陌。耕地、赋税确实增加了，近在眼前的利益不知蒙蔽了多少人。可是土地的买卖侵夺几乎立刻开始，兼并之风一盛，必定是富者田地连阡陌，贫者无立锥之地。土地乃治民之本，饥饱不均，贫富悬殊，仅靠严刑峻法是压不住的，一旦出事，就是足以覆灭秦国的大变乱……那时就算把商鞅之徒灭族，或者从坟里挖出来挫骨扬灰，还有什么用？

一个黑影迅捷地掠过堂前，随即是一声怪叫。是那只夜枭。曾经——公子虔记不得是什么时候了，日子过得混沌，他觉得自己的一生，被劓刑分成了两半，今日的朝典，仿佛很久以前就发生了，而看到高树下摔着只雏鸟，又鲜明得像在昨天。他本想命人养起来，看看能不能救活。雏鸟卧在手心，凸着一对还没睁开的眼睛，浑身光秃秃，粉红的颗粒一个个耸着，尖利的嘴一张一合。他一阵恶心，把鸟扔在地上，一脚踏过去。接连两天，他都觉得脚底下有什么东西硌得慌。那双丝履最终是赏了奴仆。夜鸟叫起来，大约就从那时起，似哭似笑。最初很烦人，可日子长了，听不到怪叫声，他就睡不踏实。

商鞅，还有他那个来访的门客赵良，是同一类人，他们的嘴比鸟更尖利，游说四方，逐名利而生，忠孝仁义全不放在心上，一旦需要，趋炎附势，结交奸佞，残杀乡邻，攻打母国都不在话下。吴起杀妻求将，贪财好色，恶名远扬，临死还使出诡计，令楚国七十余家宗室大臣枉死——不过天理昭彰，残暴刻薄之人，是不会善终的。可惜这类人似乎越杀越多了，而且一个比一个出身低贱，一个比一个没廉耻。往圣先贤一再申说，无数的教训也已证明，治国之道，在德不在力，在教化不在刑法，难道这些都要被忘记了吗？

新君究竟是什么打算呢？毕竟已经八年不见了。小小年纪就敢藏亡匿死的孩童，心性还是那么磊落吗？要是已经被这败坏的世道沾染，秦国的未来，以及家族的未来，绝不会长久。即便上天庇佑，能如烈火烹油，繁盛一时，照亮的也只是永久的黑暗。

铅块般沉重的凉意，压在公子虔心头。身子像散架了，疼痛从每个毛孔向外冒。要是生在穆公之时该有多好，哪怕为蹇叔、为百里奚执鞭，也是追随贤君名臣，做个坦荡君子，让秦国真正地强大起来。如今这个衰朽的身子，还能做些什么呢？无数奸狡的说客，他们泛着油光的脸，喷着白沫的嘴，都将比他命长。

庭燎的膏脂似将燃尽，火焰摇摇欲坠。倦意影子一般粘在公子虔身上。胳膊几乎抬不起来，却固执地留住了年轻时肌肉贲起、血脉畅通的记忆。曾经——似乎是先王刚即位的时候，他陪着去射猎，双臂舒张，轻易地将弓拉满，利箭破空之声，像春天的阳光，锐利又轻盈，正插在一只鹿的眼睛上。

鹿倒在林地上，四肢乱蹬，嘴里吐着血沫，带血的眼睛却还睁着，温顺的余光瞟着他，没有一丝慌乱。那一刻，他却有些骇异，立刻抽剑斩下，脖颈里血花飞溅，硕大的鹿头向旁边一歪，眼睛还是看着他。

事情过去多年，不知从何时起，鹿眼又开始盯着他了。但他已不再觉得骇异，更不会惊慌。那只垂死的眼睛，在告诉他一些更重要的事，比秦国的土地还要广阔，比先贤的教导还要透彻，比商鞅的酷刑还要残忍……有时候，他会觉得自己已经触摸到圣人们经常谈论的“道”。

为了秦国，必须除掉商鞅之徒，这是他对母国和家族的义务。但是与那只明亮的死眼相比，商鞅不过是一团渺小的悲哀，其实也很可怜。

公子虔拾起漆案旁的黑缯——还是黎明时分扔下的那块——罩住了脸。庭燎灭了。他黑色的身体彻底融进了夜色，只剩一对眼睛在闪光，带着一点鹿的悲哀、狼的凶狡，和人的精明。

尸佼添上油脂，拨拨灯芯，室内骤然明亮了。他化开冻硬的笔，蘸饱墨，埋头书写，竹简上的字迹匀整而漂亮。

“还没睡？”赵良拿着一壶酒走进来。两人相见，素来是不待人通报的。

尸佼放下笔。“我明日就离开咸阳，回商於。”

“这么快？只找到一只酒樽。今日四处求见，说个不停，嗓子冒烟了。”赵良倒了杯酒，自己先仰头喝了，然后给尸佼倒上。

“商君命我回去做些布置，特别是兵卒武器。如何？他一如既往，先做最坏的打算。”

“你究竟怎么想？不要说没用的话。”

尸佼微笑着，轻轻转动酒爵。

“我总想，做人门客，食人之禄，当尽忠竭力。”赵良叹了口气，带着一丝委屈，“该说的话我都说了，而且不止一次，先王在世时我就说过。可是商君……说实话，他太贪，也太狠。”

“贪，才有野心，才能做大事。狠，才能下决断，才能成大事。”

“可也会致命……你真这么想？”

尸佼点点头：“你劝商君结纳宗室，养老存孤，任贤举能，其意在于得人，这些我都同意。仁义之道不可废，不过当今之世，以财为仁，以力为义，大道理没用，看的就是事功——其实你都明白的。”

赵良摇摇头：“不像你那么明白。”

尸佼笑道：“又来讥刺我。无论如何，现在形势并不明朗，你劝商君交还封地，就像让一个好容易爬到山巅之人自己跳下去，过分了。”

赵良沉声道：“反听之谓聪，内视之谓明，自胜之谓强。他一样也做不到，他已经不是当年的商君了……”

“我们只需把商君交代的事办了。”尸佼打断了赵良。他摸摸胡须，话音很轻快，“然后——见机行事。”

尸佼将酒一饮而尽，站起身，巨大的影子扑在墙壁上，一晃一晃的。“孔夫子也曾奔走诸侯门下，如今更是天下分裂，群雄并起，机会无数，就算到了离开秦国那一步，也没什么可羞耻的。更何况，事功不成，尚可著述讲学，扬名诸侯，功被后世，孟轲庄周惠施等人，不都是如此吗？齐国稷下诸子，更是众口喧哗，杂说并出，令人跃跃欲试，想要大大地论辩一番……”尸佼的脸上泛起一层红光，他在屋里转了一圈，“天地四方曰宇，往来古今曰宙，人当怀宏阔宇宙之思，岂能为一时一地一人所束缚？”

金红色的火苗平静地闪动着，偶尔迸出细碎的声响，像微微的叹息。赵良将脸转向灯盏，发了会儿呆，然后道：“明日我与你一同回封地。”

秦王的眼睛黑白分明，专注得闪闪发光，身子不知不觉在座席上挪了数寸，上半身前倾，呼吸声清晰可辨。

一见这样的神情，商鞅心中立刻踏实了。“疑行无名，疑事无功。新法执行有年，已见成效，如今魏、赵、齐、楚诸王，谁敢小窥我秦国？可叹抱残守缺之人，依旧喋喋不休。秦国的未来，皆靠大王决断！当今之世，民之欲利在于耕，民之避害在于战，新法的目的，就在耕战二字，国治而地广，兵强而主尊，法明而令行，秦国必然大治……”

明朗而坚决的声音，在室内回荡。一旁的熏炉，透出兰草的芬芳。秦王连连点头。看来是自己多虑了，商鞅拉拉冠带，系得太紧，勒得脖子有点难受。

“商君不必多虑。你有功于秦国，堪比五羖大夫。寡人赐你商於十五邑，子孙永继，奉祀不绝！”

商鞅伏拜谢恩，秦王大笑着将他扶起，手冷得奇怪。商鞅抬起头，对面的脸是黑褐色的，头发花白，眼角耷拉着，嘴里喷出一股臭味，莫非是公子虔？可是又长着鼻子。商鞅后退一步，袅袅的香雾把那人罩住了，再也看不清。情形十分怪异。一个念头冒了出来，莫不是在做梦？按说不会，他从来不做梦。他回头看看，御者哪儿去了？明明是令他跟在身边的。

“商君操劳国事，竟有白发了，寡人替你拔了吧……”两只大手从烟雾中伸出来，一手扼住他的脖子，一手在他头上摸索着。巨大无比的脸，薄得如一块绢，轻轻贴过来，这下看清楚了——商鞅松了口气，原来是先王。

秦王嘿嘿地笑：“商君，寡人待你不薄！你命尸佼回去做什么？莫非想谋反？”

商鞅大叫一声，手臂一歪，头险些磕在案上。

馆驿内炉火燃得正旺。商鞅四下看看。女人已经睡着了，一头青丝散在脑后，洗去脂粉的脸，依然是光润的粉红色。白狐裘横搭在被子上，皮毛一丝一丝地闪着微光。她闹着要来咸阳，来了又说这里处处不及商於。女人最近很有些恃宠而骄，还一心举荐她的兄弟。令人颇不耐烦。等回到封地，得给她点颜色看看。

外面起风了，沉沉的寒夜压向门户，摇得它连连喘息。

胸口闷得难受。商鞅除去冠带，扔在一旁。梦中专注听他宣讲的人，是新君还是先王？记不清了。当年初见先王，用了点诡计。他也是从大谈王道和仁义开始的，这个最安全，看到先王昏昏欲睡的脸，他就知道，自己来秦国是对的。果然，当他转了话锋，说起修法令、习耕战的强国之道，先王立刻精神了。他们谈了数日，有一夜直到鸡鸣时分。先王待他恩深义重。他踌躇着，新君会记仇吗？他还是太子之时犯法，但自己网开一面，仅仅对太子傅公子虔、太子师公孙贾用刑，礼与法兼顾，秦国上下无人不服，而且效果立竿见影，秦人再也不敢小瞧他和新法。

商鞅心中，一个个念头颠来倒去。平生从未如此犹疑，他觉得烦了。不过是一个梦。

据说仇人会到梦中来讨账。多年来，他一直睡得很安稳，他从来不做梦。死于新法的人，擅议新法被他迁到边地的人，还有愚蠢的魏将公子卬、老朽的公子虔，都没打扰过他。这说明他们咎由自取。不料头一个入梦的，竟是先王。

他当然不想谋反，他想看到新法结出更大的果实，想终老于秦国，可新君若有异动，他也不能束手待毙，至少要逃走。那么，去哪里好呢？最近、最方便的是魏国，可以暂时停留一阵。想清楚对策，他觉得平静了。

然而新君饱满而红润的脸，还是在他跟前晃。年轻的秦王好像是另一类人，与先王不同，与公子虔不同，与任何赞同或反对他的人都不同。他站在高阶上，远看像雪光般明亮，离近了就觉出冷，那副扬扬得意的神情，特别是大笑的样子，十分粗鄙。

商鞅不觉哼了一声。秦国本就近乎夷狄，为中国诸侯所不齿，初到之时，秦人还是一家老小同室而居，诸如此类的野蛮风俗也曾令他惊异。如今法令既明，或许该进一步和新君谈谈教化了。

发髻松了，商鞅索性拔了玉簪，让头发披在肩头。他移过灯盏，对着铜镜看了看，果然，右耳上方，有几丝白发。他瞪着眼睛，用簪子一根一根挑出来，缠在食指上，只需轻轻一拽……他松开了手，回头瞧瞧，女人的呼吸依旧很匀。这般无聊的举动，幸好没被人看到。

女人闭着眼睛，睫毛轻轻抖了抖，唇边浮起一丝浅笑。

远远的，鸡啼了。

睡不成了，天一亮就得进宫。商鞅裹上白狐裘，推开门。寒气扎得脸疼。新月钩在夜空中，锃亮如金，狂乱的风，不能动它分毫。秦国的月亮，似乎比别处冷。他记得年轻时在魏国，月亮总是美玉的颜色，在深灰色的云翳间穿行，草木簌簌作响，夜色十分温柔。不过这冷而硬的月亮，显得更洁净，更锋锐，高悬在伏卧的山影之上，是别样的阔大和幽深。几十年、几百年后，月光还将这般孤独地明亮着，所有的人都睡着了，所有的人都将死去，而他已经看到了将来的月色……一些说不清的念头在商鞅心头翻滚，他忽然觉得满足。

鬼生曰：秦僻处西陲，中国诸侯夷翟遇之，穆公之霸，开后世之业，孤秦图强，遂至扫灭六国，一统天下，自商鞅变法始。商鞅者，太史公谓其天资刻薄人也，不师赵良之言，卒受恶名于秦。然今人多奉其为英雄，前有话剧《商鞅》，后有小说《大秦帝国》，更有历史教材种种，流布深广。此时代风潮使然也。欲彰改革之合法合理，欲显大国之威重强盛，必论商鞅变法之功。

变法改革，领异标新者有之，因袭守旧者有之，欣然相随者有之，嗒然若丧者有之，弄潮攫利者有之，见风使舵者有之，困苦无告者亦有之……商鞅强秦之功，彪炳史册，然不知其人，不察其弊，欲造英豪而抗新法者皆斥之为丑类，遂使万千世态泯灭不存，无声之民永沉地府，不可谓明也。

商鞅新法之废井田开阡陌，历代多有考辨。本文从董仲舒说："(秦）用商鞅之法，改帝王之制，除井田，民得卖买，富者田连阡陌，贫者亡立锥之地。"(《汉书·食货志》)战国秦汉以来，兼并之风日盛，及于新莽，欲复井田之制，抑兼并之政也。历代土地政策，皆为立国之本，变乱之因，为政者不可不察也。

"四方上下曰宇，往古来今曰宙。"尸子宏阔之思，光耀后世。西汉刘向曰："今按《尸子》书，晋人也，名佼，秦相卫鞅客也。卫鞅商君谋事画计，立法理民，未尝不与佼规之也。商君被刑，佼恐并诛，乃亡逃入蜀。自为造此二十篇书，凡六万余言。卒，因葬蜀。"本文采刘向说，杂以尸子之片言只语，略陈战国诸子之怀抱。

战国乃巨变之时代。余披览史籍，自《左传》而《战国策》，雅音立遁，纵横家之浮词虚比，欺世盗名，几不能卒读。言为心声，然世事人心之变，岂可以文辞长短、道德高下论之，一叶障目，妄议是非？

革新之政，莫不利弊相生，史家之责，当述其因果，明其利弊，辨利之所在，申弊之所出，以警来者，岂可以后世之成败论前朝之正误。况成败之道奥妙，秦二世而亡，殆非商鞅酷法之弊乎？古今大异，势有不同，然当今之世贫富悬殊，上下隔绝，削山为矿，竭泽而渔，国日强而民不堪其弊，若剑悬于顶，倘一味慕新异、图发展而不行救弊之道，实堪危也。

中华帝国盛世之气象，今人念念于心。余略涉史汉，尝思何谓盛世？秦皇汉武之隆盛莫不与血腥残暴相随，统御严酷，与民争利，泥沙俱下，良莠并存，岂独文治武功、万邦来朝之荣光哉！以此思之，今亦太平盛世也。鬼语不足与大人先生道，聊存盛世之遐思，以备稽考也。

2011年8月28日

知　音

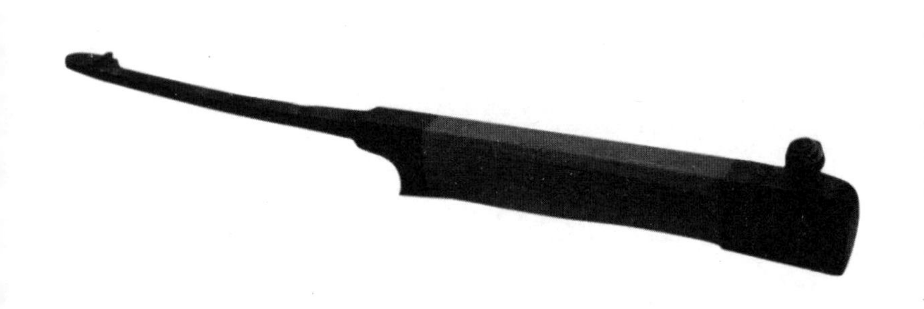

筑

长沙简牍博物馆藏

高师伯原来是个瞎子。这一点，师傅没对我说过。

据说我们这一行的顶尖人物，都是瞎子，比如那个留下的故事比曲谱还多的师旷。据说没了眼睛，能扫除外界的干扰，耳朵会更敏锐，指尖会更灵活。可我觉得这都是胡说。想要一团漆黑，闭上眼睛不就得了？不是这块料，瞎了也没用。幸好师傅还没有疯到把我弄瞎，否则我根本走不到这间屋里，早死在路上，跟那些臭气熏天的尸体一起烂掉了。

“拜师？谁让你来的？”高师伯箕踞在席子上，一只手撑地，一只手在几上嗒嗒地敲，一股酒味飘了过来。绘着云纹、漆作红黑两色的几很漂亮，他的手指看上去比我还长。

“我师傅。”我把“流火”平放在双腿上，心中犯了踌躇。师傅原本说，用不着报名号，高师伯一见到这张琴，就会收下我。难道他能摸出这张琴？

高师伯却一动不动。我只好调了调弦，开始弹奏《阳春》。刚弹了几个音，他就不耐烦地挥了挥手：“行了行了。你多大？”

"十五岁。"

"这点年纪就弹流火？你师傅怎么不把桃夭给你？"

我吃了一惊。高师伯的眼睛瞎得果然有点道理。除了师傅，还有谁凭几个音就能认出流火？可是我不明白他的意思。"什么桃夭？"

"废话。还能是水蜜桃吗？你师傅二十岁前，一直在弹桃夭。"

除了面前这张凤额旁边补了一块朱漆的流火，我从没见师傅用过别的琴，其实流火我也没见她弹过，她弹不了了。难道高师伯什么都不知道？

"算了，这个年月，还说什么桃夭。"高师伯又冒出一句没头没脑的话。"你师傅既然肯把流火给你，必定对你寄予厚望。你先住下来再说。"

那么，他算收下我了？高师伯摸到酒壶喝了一口，抬头向天，再不搭理我。

高师伯住得很阔气。比起我和师傅的茅草屋，这里简直像宫殿一样。还有个耳朵有点聋的老仆人，给他打扫做饭，连我都可以吃现成的。比现成饭好上百倍的是，终于能吃饱了。我已经忘了肚子鼓鼓的是什么感觉。第一天晚上，我吞下了足足三大碗饭，撑得动弹不得。

高师伯忙得很，总是有客人。有的衣衫破烂，神色古怪，匆匆忙忙的，住上一夜就不见了。有的一看就是当官的，气派很大，我见过老仆向一个面目和善的人行礼，叫他“奉常大人”。高师伯不是拒绝见客，就是和客人关在房里，不知嘀咕些什么。他唯一跑出来迎接的，就是这位奉常大人。

不要说学琴，高师伯像是转脸就把我忘了，他的眼里——当然了，他黑洞洞的眼睛里，不可能有我这么个人。我也乐得清闲，吃饱了就到街上逛逛。

咸阳果然不一样。虽然也是个坐西朝东的城池，但是城内的道路很宽，房舍、作坊、店铺又齐整又热闹。可能过于整齐了，让我很不习惯。每逢披甲执戟的军士们走过，我就心中一跳，头皮发紧，赶忙找个角落躲起来。一路上我见过太多无头的尸体，或者无头的骷髅，他们的脑袋肯定就是被这些人斩下带走记功去了。咸阳是我见过的最干净的城池，可是我不明白，为什么它比散发着尸臭的邯郸城还让我觉得畏惧。我忘不了走进邯郸的那一天，师傅所说的歌姬舞女盈路、人们走路都像跳舞那样婀娜的城市，到处闪耀着温暖的火光、锻造着上好铁器的城市——原来是一座死城。到处是蔓生的荒草和倒塌的房屋，几乎没有行人，四下里悄无声息，只有头顶的太阳，不动声色地喷着热气。

逛到第三天，咸阳的气氛忽然一变，城门全都关了，军士们在街上跑来跑去，大肆搜查。到处看到悬赏抓人的告示，还有人当街宣读，说是抓一个楚国的叛匪，谁敢窝藏，腰斩、灭族。吓得我赶紧往回走，进门时迎头撞上了高师伯。我叫了他一声，告诉他外面很乱，正在抓人，他却只是哼了一声，竹杖点地，一溜烟走了。

当天夜里，天空像一匹深蓝色的绸缎，银河斜穿天际。秋风乍起，正是流火的季节，我很容易就在银河西岸，找到了闪闪发亮的大火星。师傅总是看着这颗微微发红的星星出神，所以她才给琴起了这个名字吧。她要是知道我三天没碰流火，肯定会抡起手杖，把我打个皮开肉绽。她孤零零地住在那间破屋子里，也不知道能不能吃饱。

周围很静。高师伯的屋子黑漆漆的，他还没回来。我抱着流火坐在庭院中的槐树下，三天不弹，我的手也痒了。终于可以弹我喜欢的曲子了，师傅在千里之外，再也不会为这支曲子把我痛打一顿。师傅性情怪僻，最怪的莫过这一桩。她为什么偏要跟这么好的曲子过不去呢？

“风萧萧兮易水寒……”刚弹了几个音，我就知道又错了。黄钟宫听上去索然无味，我要的是沉痛、慷慨但又寒光闪闪、锋芒尽现的感觉。来咸阳的路上，我一直在琢磨这支《易水寒》，一个个调子试过去，全都不对。易水边的英雄，当年唱的到底是什么调呢？

我重新理弦，把第二弦调低，慢商调好一点有限。那么是我的指法不对？师傅总说我的右手不灵……管她呢，这是我最喜欢的曲子，我要弹个痛快。星河在天，耿耿不灭，琴弦在星光下颤动，扫荡起一片微弱的光芒，这是最享受的时刻……左手忽然一阵剧痛，我几乎把流火摔在地上。

高师伯不知何时站在了我身旁，他抡起竹杖，唰地一下又抽在我手上。“弹什么呢？谁让你弹这个的？”

“你不教我琴，我自己练也不行吗？”我抱着流火站起来，他算什么师伯，太欺负人了！师傅虽然经常把我打得浑身青紫，但她从不打我的手，也不打我的头。师傅说，操琴之人，就算被斩了双腿也无所谓，最要紧的是双手双耳，绝不能有一点损伤。我还是回家陪师傅吧。

“不能弹这个，在这里不能弹这个……”高师伯的声音，出乎预料地低沉下去。

“你不让我弹，师傅也不让我弹，这支曲子和你们有什么仇？”声音竟然哽咽起来，这让我越发气愤。不管了，他要是再敢打我，就别说我欺负瞎子。

“傻孩子，你忘了么，这里是咸阳，不是我们燕国的下都。”

我一怔。我们燕国？高师伯也是燕国人？

“那又怎样？一路上，我都听到人们在唱这支歌。我要把它变成真正的琴曲。”

“临淄、大梁、邯郸、郢都……你都可以唱，悄悄地唱，但是咸阳不行。明白了么？”

高师伯扶着槐树，慢慢地坐下。他向空中摸索了几下，抓住我的衣袖，示意我也坐下。我把流火放在一边，第一次仔细打量他。他很瘦，脸颊都陷了进去，胡子也显得很脏，除了一双修长有力的手，实在不像个乐师。我忽然想起，他一个瞎子，怎么能准确地打中我的手呢？真是个怪物。

我们许久没有说话。然后高师伯忽然笑了起来：“我本以为，他刺瞎了我的眼睛还嫌不够，又派你来试探……”

我吃了一惊。高师伯原来是为人所害。“谁？谁把你弄瞎了？”

他摇摇头，又沉默了。秋虫嘤嘤地鸣叫，显得格外响亮。

过了一会儿，他又开口了：“刚才你说，你师傅不许你弹这支曲子？”

“是。曲子是我从下都的集市上听来的，我一弹，她就会狠狠打我一顿……”

“是么？”高师伯的声音很微弱，似乎有些伤感。

他和师傅一样，都是古怪的人。他瞎了眼睛，师傅没了右手。也许他能告诉我师傅以往的经历，一个少了一只手的残废，怎么可能那样精通琴曲？

“师傅不只是打我，每次还都罚我反复弹唱一支很难听的曲子。”

“是么？什么曲子？我也听听。”

看来，今夜我有可能解开《易水寒》的秘密了。这支曲子一定和师傅有关。我拨弄着流火，唱了起来：

罗縠单衣，可掣而绝。

八尺屏风，可超而越。

鹿卢之剑，可负而拔……

还没等我唱完，高师伯霍地站了起来，发出一阵尖锐的笑声：“唱！大声唱！这个可以大声唱！”

我吓得赶快住口。高师伯已经快步离开。

疯子。他比师傅还要疯。

天光微明的时候，我听见院子里有动静。爬起来一看，原来是高师伯在往外走，手里还拎着一个包袱，然后那天他再没露面。我百无聊赖，把师傅教的曲子挨个弹了一遍，我没敢碰《易水寒》。高师伯确是为我好。我也真是糊涂，在咸阳唱这个，是砍头还是腰斩呢？

我有点想念下都的集市了。过去，我差不多每十天就要去一趟，用师傅编的褐衣换我们的口粮。我第一次听到《易水寒》是九岁那年，一个卖饼的一边团麦粉，一边唱得摇头晃脑。我一下子就喜欢上了它舒展的调子，一路哼唱着回家，然后我第一次看到了师傅恶鬼般的面容。师傅平时虽然也凶，却多半是冷着脸骂我笨，不是学琴的料。可那一次，她像疯了一般用手杖抽我，打得我后背都肿了。夜里，她又悄悄坐到我身边。她以为我不知道，其实我疼得根本睡不着，所以我听见她哭了。她一哭，我就不怪她了。毕竟，没有师傅，我七岁时就喂野狗了。而且，我知道师傅肯定有很重的心事，她的右手，到底是怎么没的?

黄昏时分，高师伯突然无声无息地出现了，抓住我的手就走。一进他的房间，就闻到一股浓烈的香味。案上都是饭食，天天吃得我几乎噎死的麦饭上，竟然用菜羹浇了馈，还有一大碗热气腾腾的狗肉，我不是在做梦咬自己的舌头吧，太香了!

高师伯站在我身旁，一声不出，可是我觉得他紧闭的眼睛里，都是笑意。

我把酒斟满，递到高师伯手里，然后就埋头吃了起来。别说来咸阳的路上永远吃不饱，就是和师傅在家的时候，一年能吃上两次肉就不错了，何况是狗肉!

高师伯却几乎不吃东西，只是不停地喝酒。看得出他很高兴。他把盛酒的缶敲得叮叮当当，煞是好听，边敲还边念叨："请为赵王击缶！请为赵王击缶！"哪还有什么赵王，邯郸都成废墟了。真是个怪人。

不过这个怪人忽然待我很和气，就像昨天夜里什么都没发生一样。他不停地问我一路上的见闻，我就颠三倒四地讲了许多，他时而笑笑，时而皱着眉头，露出辛酸的神情。最后，他终于问起了师傅。

这一下，我的舌头却不灵了。我跟了师傅这么些年，每天无非是学琴、吃饭、睡觉。像有无数的事，又像什么都没发生过。我又吞了一大块狗肉，终于把那句话问出了口："高师伯，师傅的右手，是怎么废掉的？"

他摇摇头，神色几乎是凄楚的："你师傅最不愿提的，就是这件事。我也不想违背她的意思。"

也许我问得太直接了？我一定要把这事弄清楚。师傅的右手永远藏在衣袖里，可是我偷偷看到过，齐腕而断，当时的情形，一定惨极了。如果师傅不残废，还能弹琴，性情就不会这么孤僻吧。

"你师傅，平时都做些什么？"

"就是教琴、织褐……她几乎不见外人，不过有时候心情好一点，她也会去周边的村子走一走，收集一些歌谣曲子回来。"

"采风？"高师伯笑了起来，"该不是还摇着木铎吧？这种事当官的都顾不上了，她一个女人操什么心？她就是这样……没变，一点都没变……"

我听说过采风。那是很遥远的事了，应该是周天子还坐在王位上的时候。现在不仅天子没有了，燕王、赵王、齐王、楚王，各国的王都死得差不多了，只剩下秦王，对了，现在他叫作始皇帝。我也不知道师傅干吗要采风，可能她天天对着我，实在闷得慌吧。

"你师傅，还是很漂亮吧……"

高师伯的语气怪怪的，像在发问，又像在感叹。我不知道怎么回答，胡乱嗯了一声。头发花白，好似秋天的枯草，这样也算漂亮吗？反正我也没见过什么美人。

"那时候，她走到哪里，都被人盯着看，简直是一朵会走路的桃花。她的容貌，不要说下都，就是邯郸、大梁、新郑、临淄、郢都，也没有人比得上，更别说咸阳了……一个人太出众，会被老天嫉恨的……"

高师伯似乎是喝多了，话音忽高忽低，渐渐含糊起来。估计他自己也发觉了，忽然就住了口，打发我回房睡觉。

可能是吃得太撑，半夜我醒了。月光很亮，从户牖间漏了进来，把席子染得一片洁白。隐隐约约，我听到清澈透明的琴音，伴着轻柔的歌声：

野有蔓草，

零露漙兮。

有美一人，

清扬婉兮。

邂逅相遇，

适我愿兮……

我知道这首歌唱的是什么。高师伯和师傅之间，应该是有些故事吧。可惜，他们都讨厌讲故事。

月亮向西滑落的时候，我做了一个梦。师傅的面容果然像桃花一样娇艳，头发黑得如同最深的夜色，她的手抚过流火，我从没见过那么美的手，晶莹细腻，闪着柔和的光芒，好似大人君子们的玉佩。她左手按弦，右手疾扫，指法华丽得我眼花缭乱。她弹得好听极了……我知道自己在做梦，我拼命想记住师傅弹的曲子，可是高师伯却在一旁哈哈大笑，还用竹杖敲我的脑袋，我急得直骂他，臭瞎子！他狠狠地瞪着我说，你糊涂了吧，你才是瞎子，你什么都看不见，什么都不懂！

我猛然醒了。眼前真的是一片黑暗。远远的，有鸡鸣声。

高师伯真的开始教我弹琴了。不管多忙，他每天至少要花一个时辰在我身上。我终于明白了师傅为什么要我千里迢迢来投奔高师伯。她那只永远失去的右手，是没有办法提升我的琴艺的。以前师傅讲得唇焦舌敝我还一头雾水的东西，高师伯只需双手搭在流火上弹拨几下，我就明白了。高师伯的耳朵，不是一般的灵，不要说我弹错了音，就是手姿稍有差池，他也立刻能听出来。我自觉进境很快，特别是右手的指法，不禁喜上眉梢。可高师伯总是板着脸说："差得远呢，接着练！"要说严厉无情，他可是一点不逊于师傅。

时光在宫商角徵羽的变化中流转，转眼三个来月过去，岁首将至，咸阳弥漫着年节特有的兴奋气息。那位奉常大人来得忽然频繁了，经常和高师伯商议着什么事情。这时我已经听说，他是负责宗庙祭祀的，职位着实不低。他看上去倒是没什么架子，一脸的好脾气。他曾经驻足听我练琴，说我是"名师高徒"。还有一次，我路过厅堂，听见他们在吵架，主要是高师伯在大声嚷嚷什么"不去"，什么"戴罪之身"，而他只是低声劝慰，似乎是在说服高师伯答应什么事情。

新年这天，咸阳城内布满了全副武装的军士。说是始皇帝要率三公九卿去北郊举行大典，立冬迎气，祭祀宗庙。我很想看看那个杀人不眨眼的始皇帝长什么样，可是除了北风中猎猎作响的旌旗，缓缓行进的仪仗，什么也看不见。

老仆人用桃木削了一张小弓，从公鸡身上拔了点羽毛做成箭，一并挂在房门口，说是可以驱鬼。他又用黍米和各种豆子煮了好些羹，说秦国人过年都要吃这个。我尝了尝，热乎乎的非常暖和，但味道很一般。

第二天天刚亮，我正睡得迷迷糊糊，忽然觉得有人拍我的肩膀。睁眼一看，原来是高师伯。他把一身新衣裳扔到我面前，低声道："换上。"

高师伯也穿了新衣，我从没见他穿得这么讲究过。头上戴了冠，黑色的深衣质地很好，鞋袜都是新的，腰间还配了一块玉玦，闪着柔和的光泽。

高师伯拿着一个琴匣，让我带上流火跟他走。一出门，我吃了一惊，竟然有马车和御者在等候。虽然不过是一匹马拉的小车，但也是很不错的待遇了。我从前也就是去下都赶集的时候，搭过几次牛车罢了。上了车，高师伯嘱咐我，要一直跟在他身边，不要开口，更不许乱跑。

渭水在冬日的阳光下锐利地闪耀，像要抓住上冻前最后的时光，再放肆地舒展一番波涛。北岸绵延着一栋栋簇新的宫殿，有的还在营建之中。我们经过的路上，时时可见堆积如山的木材，和一些散落的、摔碎的瓦当。

有一座宫殿看上去很特别，我不禁“啊”的一声叫了出来。高师伯问我怎么了。

“下都……那边，一座宫殿，和我们下都的一模一样。”

“是么……”高师伯长叹一声，“我是看不到了。”沉默了一会儿，他又说，“这里，有从前各国的宫殿，是照着它们原来的样子建的，工匠们也多半是从六国抓来的……我眼睛没被弄瞎的时候，见过他们建临淄的宫殿……”

渭水的波涛忽然卷起一片阳光，刺得我眼睛生疼，泪水一下子充满了眼眶。我赶忙用手挡在眼前。难道高师伯也能感觉到这明亮的阳光？他也捂住了眼睛。

马车驶进了一座旗帜特别多的宫殿，高师伯带着我下车，经过一道道盘查，那位奉常大人出现了。他穿着隆重的礼服，满面笑容，将我们引到了大殿里。乐工们已然排好了席次，调弦试音之声不绝于耳。

戴冠佩玉的大臣们渐次入席，排列有序。高师伯一言不发，我东张西望，对什么都觉得好奇。不知过了多久，殿内忽然安静下来，就像所有的声音都在一瞬间被吃掉了。猛然间，鼓乐齐鸣，在仪仗的簇拥下，一个男人头戴冕旒，身着极华贵的黑色礼服，全身佩饰叮当作响，缓步而行，升阶登堂。

那么，这就是灭尽六国、执掌天下的始皇帝了。我以为自己会吓得心里突突乱跳，可是居然没有。说实话，我有点失望呢。他个子不高，细长的眼睛配着隆起的大鼻子有点滑稽，总之那张脸可能有点阴沉有点凶狠，但完全不是我想象中特别威严、特别庄重的模样。

宴会开始了。皇帝和臣子们行礼、献酒、酬酒……这套烦琐的礼节我还不能完全看明白。而乐工们鼓瑟吹笙，唱起了《鹿鸣》《四牡》《皇皇者华》。以前师傅说过，宴饮上歌唱君臣之道，是很古老的风俗，代代相沿，就成了规矩。不过这些歌实在太陈旧了。据说它们的调子是很高雅的，可我觉得有种装腔作势的味道，我一点都不喜欢。

皇帝可能对这些歌也没什么兴趣，所以乐声很快就变了，都是秦地的歌谣，旋律单调，可是节奏铿锵，唱起来十分响亮。于是，乐工们的神色不那么呆滞死板了，宴会也不那么令人昏昏欲睡了。

皇帝吃吃喝喝，神色颇为轻松。然后，非常突然地，他问起了高师伯。他的语调竟然十分客气，他问高师伯，在咸阳住得还习惯吗?

高师伯早已越众而出，匍匐在地行了大礼。他自称罪人，说非常感激陛下收留，说自从双目失明，心无旁骛，精研音律，越发感受到礼乐之道的深奥和精妙。高师伯说话，忽然变得文绉绉的，有些我根本听不懂。

皇帝呵呵笑了起来。他的声音颇为尖利，和他的长相倒是很搭配。他说，高先生的技艺天下闻名，就请让朕一饱耳福。

高师伯从匣子里拿出了乐器，却不是琴。原来，他惯用的是筑，那根用来击弦的竹棒，润泽如玉，一看就是在手中磨炼多年的东西。高师伯以棒击弦，奏出几个低沉的乐音，唱了起来:

彼黍离离，
彼稷之苗。
行迈靡靡，
中心摇摇。
知我者谓我心忧，
不知我者谓我何求。
悠悠苍天，

此何人哉！……

这是我第一次听到高师伯正式的演奏，和他平时教琴果然大不相同。初听倒也不觉得什么，但是很快就被他浑厚忧伤的歌声包围了。筑的技法远比琴简单，他的演奏也毫不花巧，可是那种刚健阔大的气息，超越了一切技巧，就像悠悠的天风，自由地拂过大地。他的嗓音，转折如意，变调之间毫无滞涩就翻了上去。他的击打逐渐复杂起来，急促时落珠溅玉，低缓处几不可闻，这首在我印象中一味悲切的古老歌谣，竟然被他奏出了极复杂的变化，五内如焚的忧伤中回荡着激越的叹息，朴素的咏唱里又有一丝如痴如醉的缠绵……当他唱到第二段，再次抬起一无所有的双眼，仰首问天的时候，泪水已在不知不觉间布满了我的脸颊。

高师伯放下了竹棒。大殿上传来压抑的抽泣声。我周围的乐工们，更是不停地拭泪。

过了许久，皇帝才开口："黍离之思。那么，先生是在怀念故国了？"

高师伯躬身道："天下初定，经历战乱之人，难免有些无谓的感慨。请陛下不要见怪。"

皇帝短促地笑了一声，说："也是人之常情，朕怎么会怪先生呢？"

然后，皇帝就不说话了。高师伯若无其事地摸索着，要把筑收到匣中。不知为什么，那位奉常大人神情有些焦虑，他忽然对皇帝说，高乐师自从被陛下赦免，深感秦音之美，日日研习，极有心得。

皇帝嗯了一声，说那就让他奏一奏我们秦国之乐吧。

高师伯却不动手。他说，秦风或激昂慷慨如《无衣》，或婉转深长如《蒹葭》，从前的六国之人，淫浸于靡靡之音，难以领略其妙，故秦风流播不广。不过，他话锋忽然一转，说自己有个弟子，曾游历燕赵故地，发觉有一首秦地歌谣，广为传唱。

"是吗？"皇帝明显有了兴趣。可是我一眼瞥见了奉常大人，只见他正悄悄地冲高师伯摆手。真笨，他居然忘了高师伯是个瞎子。

我正在琢磨奉常大人的神色为何如此古怪，猛然听见高师伯叫我的名字，汗一下子就布满了额头。我突然明白了，他说的弟子就是我。可不就是我吗？可是，哪有什么秦国的歌谣天下传唱？我们操琴之人，从来都嫌秦风粗糙不入耳。

没办法了。我抱起流火，硬着头皮走到高师伯身边。他神色自若："唱吧。"

开玩笑，我敢说他是故意耍我。我怎么忘了呢，他是个疯子。"唱什么？"

"就是那首，你师傅罚你唱的那首。"高师伯悄声道。他的唇边挂着一丝隐约的笑意。"唱吧，就像在家里一样。"

我把流火平放在琴案上。我抬头看了看前方的皇帝，发觉他和大殿的柱子一起，模模糊糊，左右摇晃起来。我把手上的汗在衣服上擦了擦。好吧，不就是唱一首歌嘛。我清清嗓子。

> 罗縠单衣，可掣而绝。
> 八尺屏风，可超而越。
> 鹿卢之剑，可负而拔……

我从宫调转为徵调，这是我在一次次惩罚中琢磨出来的，至少可以让音色更丰富、更戏剧性一些。我双眼一闭，几乎觉得师傅正站在我身后，她的手杖随时就要落在我脊背上。如果我的声音再浑厚些就好了，毕竟，给皇帝唱歌的机会是很难得的。

当流火清越的尾音消逝无踪，我才发觉大殿里的气氛有多古怪。连呼吸声都听不见了，所有人都匍匐在地，不敢抬头，特别是奉常大人，全身抖得像一团就要被风吹灭的烛火。唯独高师伯，还是那个微微仰头的老姿势，空洞的眼睛不知望着什么遥远的地方。这时我能看清楚皇帝了，他面色阴沉，眼睛里有什么极坚硬极寒冷的东西，却像火一样正在燃烧。

静默之中，高师伯忽然用竹杖顿了顿地，像颂诗一样开口说话了："图穷匕见，一发千钧。美人鼓琴，催王负剑。贼不解音，徒逞匹夫之勇。大王知音，遂传鹿卢之歌。乐者，诛奸佞，解倒悬，播教化，和天地，故知音者定天下。荆轲逆贼，罪不容诛。天佑皇帝，国祚万年！"

大臣们的声音轰然响起："天佑皇帝，国祚万年！"

皇帝轻轻摆了摆手，没说话。脸上的阴霾像是消退了一些。

高师伯得到许多赏赐，看来皇帝着实看重他，就连我都被赏了一匹绢。

我懒得去看那闪闪发光的料子，也没有胃口吃饭。一回到住处，我就把自己关在了房里。我很想睡一觉，睡着了，就什么都忘了。当然，我是不可能睡着的。难怪师傅说我是天下第一笨蛋。今天我才明白这首歌唱的是什么，可是我不明白的事还有太多呢。

高师伯来拍过几次门，我都没有理会。直到他提高嗓音，说这是他的家，他要进屋，我只好把门打开。

我照旧躺着，反正他看不见。再说，让我像以前那样端坐相待，他也不配。

高师伯一进门就说，确实是有意哄我去唱歌的，因为他不想唱秦风。见我不搭话，他又低声道："没有害你的意思。我知道秦王的性格，他好面子，眼下又是收买人心的时候，他不会因为一首歌杀人的。"

不是为这个，不是为这个呀。他果然不会明白。

我想起了下都的集市，还有邯郸的废墟，到处都有人讲述他的故事，就连荒僻的小村庄都不例外。这么多年了，他的故事我总也听不够。我无数次想象过他抓起匕首刺向秦王的一刹那，他把秦王追得狼狈逃窜的情景，很多人惋惜他的剑术不够精妙，而我特别羡慕他临死前谈笑自若的风度。我最大的愿望，就是为传唱得五花八门的《易水寒》找到最初的曲调，他唱过的曲调……我再也忍不住了："你怎么能说那样的话？你何必假惺惺地唱什么《黍离》？没有一个燕国人，会像你这样谈论荆轲！"

高师伯不作声。

"你要讨好皇帝办法很多，何必要侮辱一个死人？荆卿不懂音乐，《易水寒》哪儿来的？"

"我作的。"高师伯答得极迅速，"就在易水岸边，即兴唱的。"

这下轮到我说不出话来。

"他跟着我唱，他天生跑调，竟然唱成了变徵，跟我的筑完全和不到一起……不过那样的时刻，谁会在乎这个呢？"

易水寒。当年，在易水之滨，一身素服，诀别荆轲的人中，有高师伯。看他的样子，不像是骗我。

"他真的不懂音乐。他说大丈夫使刀弄剑才够痛快，心里有气就放开喉咙叫两声，为什么要把好好的嗓子弄得高高低低人不人鬼不鬼呢？"高师伯的神情，不像刚才那么严肃了，似乎想起了什么好玩儿的事。

我依然不能想象，那悲怆的诀别，怎么可能伴随着跑调的歌声？不过这也没什么。音乐对有的人，比如师傅，是生命所系，对有的人却是无关痛痒。跑调并不耽误他成为一个英雄，相反，这让我对他更加好奇了。

“荆轲，他是什么样的人？”

高师伯摇了摇头，语气说不出的奇怪：“他么，一个快活的混蛋。”

“胡说，他是英雄！”

“你也可以这么说。”

我不喜欢高师伯的神态。既然他曾为荆轲送行，他们多少是朋友吧？怎么能对一个死去的朋友这样轻描淡写呢。他无所谓的神态下面，掩藏的恐怕是嫉妒吧。

高师伯转过身去，摸索着走到窗边。“外面有月亮么？”

我点点头。然后赶快补上一句：“是新月。很亮。”

“也是这样一个新月初升的夜晚。很奢华的宴会啊，太子丹为了他，什么都不在乎……你师傅抱着流火出现了，比月光还要美，她的琴艺，我比不了，恐怕六国之中也少有人比得上……她一边弹琴一边望着他，一切都在琴声里，我从来没听到过那么深沉的心意……他也望着她，面带笑容……”

我知道高师伯为什么嫉妒荆轲了，我的猜测果然不错。我心里暗自叹息。

“但是他什么都不懂！他根本就是个乐盲！他一句玩笑话，毁了你师傅一生！”

高师伯的语气，骤然严峻起来。我的心突突直跳。

“他总是异想天开。要千里马的肝脏下酒，那随便他，可他要一只手干什么？太恶毒了！天下最美丽最灵巧的手，盛在玉盘里，血还没有干，就端到他面前了，我从来没见过他那么慌张，他就是个混蛋，我真恨不得杀了他！”高师伯的话音戛然而止。良久，是一声长长的叹息，“不管怎么说，这个快活的、为所欲为的混蛋，是我的朋友。”

高师伯离开了。他零碎的话语，洒下一层薄雾，往事的轮廓若隐若现。

月亮正向中天攀升，把我留在黑暗里。

当年，秦王面对荆轲的淬了毒的匕首，惊恐万状，东躲西逃，一时间佩剑都拔不出来。满朝文武也都吓呆了，而且统统手无寸铁。就在此时，有人唱起了这首鹿卢之歌，提醒秦王负剑而拔。秦王手里有了武器，千载难逢的机会一去不返。

如果高师伯说的是真的，如果荆轲懂得音乐，哪怕是歌声就像刀剑卷起的风声那样，对他有一点意义，那么是否一切都将不同？

是不是师傅的手还能弹奏流火？是不是秦王就来不及拔剑？是不是刺杀就会成功？是不是燕国、赵国、魏国、韩国、楚国、齐国还存在于世？是不是我就不会来到咸阳？就不会认得高师伯？就没有这种莫名其妙的故事？……

之后的几天里，我努力驱散心头的薄雾，却被自己的猜测和假设弄得头晕脑涨。从高师伯那里，再也得不到一丝半毫的讯息。他只是更加严厉地督促我练琴，另外他睡得更晚了，他屋里的灯火总是亮着。我想，真正的答案只有去问师傅了。我下定了决心，就算她把我的胳膊打断，我也要问个清楚，到底是不是荆轲砍了她的手？她不准我碰《易水寒》是不是就为了这个？

过了将近一个月，高师伯忽然说再也没什么可以教我的了，催促我回家。这正合我意。高师伯给了我足够的干粮和一点钱，又把一卷加了封泥的竹简郑重地装进我的背囊，说是给师傅的，让我路上不要打开。

告别的时刻很平淡，我跪下给高师伯磕了头，为了他能听见，额头撞破了一层皮。

高师伯点点头说："问你师傅好。"

走出高师伯的小院，我听到身后传来轻轻的击筑声和舒缓的歌声：

扬之水，

不流束薪。

彼其之子，

不与我戍申。

怀哉怀哉，

曷月予还归哉？……

有了足够的粮食，回去的路就不像来时那么艰难了。我也有了一点闲心，去看看沿路的风土人情，如果能记下一些歌谣，说不定师傅会高兴的。

有时会遇到好玩儿的人。离开咸阳的第五天，我听到前方的山坳里传来击筑声和歌声，嗓音很洪亮，可唱来唱去总是那么一句。比起高师伯自然是差得太远，但还是让我心里一阵暖和，觉得北风做的刀子不那么锋利了。

我紧走几步，看到山坳里有个年轻人正在避风。他比我大不了几岁，身上的衣服又脏又破，可是一层一层裹得很暖和。他依然是一边击筑，一边唱着只有一句词的歌：“大风起兮云飞扬！”

他没完没了地重复，让我的耳朵很难受。我就问他：“怎么只有这一句？”

“后面的还没写出来呢。”他笑嘻嘻的，神情很快活，问我他的歌词写得怎么样。

他击筑唱歌都很业余，不过他那副随随便便的样子让我觉得很亲近。我拿出些干粮，和他分着吃了，他不知从哪里掏出一壶酒来递给我。

我们边吃边聊。他说姓刘，要去咸阳服徭役，还问我去过咸阳没有，这下我可有的说了，我想就算有点吹嘘的成分也没关系吧。他忽然又问我见过皇帝没有，我一愣，拿不准要不要把那天的事讲出来。

他没留意我的表情，只是满不在乎地说，普通人是见不到皇帝的，不过，他一定要想办法看看皇帝长什么模样。瞧他的神情，就好像他不是普通人似的。反正我喝了他的酒，又和他谈得高兴，也就不在乎他吹牛了。

我到达邯郸的时候，看到城门紧闭，说是搜捕逆贼的余党。那时我还不知道这个余党也包括我。由于归心似箭，我绕城而行了，说不定正是这多走的十几里路救了我的命。然后，在路边歇脚的小酒肆里，我听到了高师伯的死讯。

他的故事已经像风一样传遍天下了，我不知道其中有没有缺漏，有没有演绎，我听到的说法是这样的：皇帝召高师伯奏乐。高师伯在筑里面藏了铅块。他演奏得好极了，皇帝非常感动，召他上前赐酒。高师伯忽然举起筑砸向皇帝的脑袋，但是只砸中了皇帝面前摆着酒壶的漆案，他毕竟是个瞎子。不过我觉得另一种说法更可靠：因为筑里藏了铅，声音听上去就有点奇怪，有位精通音律的臣子听出来了，想要看看高师伯的乐器。这导致高师伯提前发难，他只好把筑向皇帝扔过去，结果没有砸中。如果他能离皇帝再近一点，事情可能就会不同，因为他的眼睛虽然瞎了，耳朵却特别灵，即使凭借喝酒咽唾沫的声音，他也能准确地找到皇帝的位置，就像他曾经用竹杖打疼我的手。

我并不觉得意外，倒是为自己的不意外感到了一丝意外。高师伯，毕竟是荆轲的朋友。而我，配做他的余党么？

高师伯被车裂而死。我想起他如浩浩天风般自由的乐歌，他也是把魂魄交给了音乐的人，他破碎的血肉，会在筑的鸣唱中重聚，会在我和后代人的琴声中复活。

我避开大路，日夜兼行，终于回到了师傅的茅屋。但是，没有师傅的身影。

邻居说，师傅疯了。说三天前，茅屋里忽然传出悲痛的哭叫，然后是凄怆的歌声，让人简直不忍心听。他们跑过去想看个究竟，却见师傅走了出来，面容平静，手上拿着一个木铎。师傅说，要去埋葬一个老朋友，然后就像什么人都没看见似的，径自走了，再也没有回来。

我还是不觉得意外。

师傅、高师伯和荆轲之间的故事，我不那么迫切地想要知道了。

我的床头有一卷竹简，用一根已经褪色的丝带扎着。我把竹简展开。

我又从背囊里取出高师伯交付的那卷竹简，去掉泥封，展开。

北风把茅屋刮得东摇西晃，月光寒冷而明亮，渗入了竹简上的一勾一画，让它们更加清晰了。

现在，我有两份《易水寒》的曲谱了。一模一样的两份。一份是高师伯写下的，一份是师傅留给我的。

“风萧萧兮易水寒，壮士一去兮不复还……”

我弹拨着流火。没错，我梦想中的那一曲易水悲歌，必然是这样的音调。我闭上眼睛，看见了易水的波涛，秦王的宫殿，雪亮的剑光，潇洒的笑容……还有，师傅藏起的断腕和明亮的眼睛，高师伯空洞的目光和仰首向天的身影……我从未弹得这样自如，我感觉到了琴弦在指尖上震颤，最细微的变化我也洞若观火。我终于明白了，做一个高师伯那样的瞎子是什么滋味。他扑向黑暗的世界，眼睛里却都是光亮。

鬼生曰：荆卿故事，《燕丹子》所载有颇异于《史记·刺客列传》者：“酒中，太子出美人能琴者。轲曰：好手琴者！太子即进之。轲曰：但爱其手耳。太子即断其手，盛以玉槃奉之。”又云秦王临被刺，乞听琴声而死，遂有姬人鼓琴，轲不解音，秦王闻琴声而悟，负剑拔之，反刺荆卿。夫图穷匕见之际，岂有余裕辨琴音哉！故知史迁之取材，良有以也。而小说家言虽近悠谬，亦颇见其巧思。夫奇功不成，剑术疏耶？不解音耶？时耶？命耶？易水悲歌起，千载有余情，亦足以摇荡性灵，遂感成此篇也。

又，《西京杂记》云高帝、戚夫人皆善鼓瑟击筑。灭秦者亦善击筑，高渐离神魂不灭耶？夫乐者，天下兴亡之所系也，岂今人纵情恣欲所为者哉！嗟乎！乐之道，其不传也久矣！

2009年6月27日

万人敌

青铜扁茎剑

秦

陕西省秦俑博物馆藏

吕老头丢了脑袋的消息，一转眼就在我们中水传开了。

第一个发现尸首的，是开饭铺的白广。那天，他忽然意识到已经三四日没见过吕老头了，一想到板壁上长长短短的刻痕，白广就觉得不踏实，总共四十钱，这老家伙该不是又像以前那样莫名其妙就不见了吧？要论逃账没有人比他更方便，反正他上无片瓦下无寸土，除了一张会喝酒会吹牛的嘴什么也没有。

白广安排好铺子里的事，在太阳快落山的时候，去了灶君庙。后来他一遍一遍讲那时的情景，每次讲的都有点不一样，总之听上去他越来越未卜先知。大家一开始瞪圆了眼睛听，后来就笑笑走开了。

事情大致是这样的。白广说，刚望见灶君庙，他就觉得不大对劲，因为四周的乌鸦格外多，在小庙上空聒噪得瘆人，就连黑棱棱的杨树枝子上都落满了，就跟冬天里又生出了树叶一般。等靠近了一看，更是奇怪，灶君庙那两扇被风吹得哐当哐当响的破门上，居然挂着一只白公鸡，血早就流干了，沥过门板，在地上积了黑红的一摊。他就纳闷了，离腊祭还有些日子呢，吕老头这就开始磔鸡驱邪了？好么，这老家伙没钱买酒，倒是有闲钱弄了一只这么肥的公鸡！罪过啊！白广说他一推开门，就后悔自己刚才冒出了那样的念头——他一眼就看见香案上端端正正摆着吕老头的脑袋，一只眼眶已经空了，大约是被乌鸦啄走了吧，可不管怎么样，他立刻就认出那是吕老头的脑袋，而且两个嘴角向上翘着，正冲他笑哩！

县尉大人在第三天晌午就到了灶君庙，公孙敬一路陪着。公孙先生虽然只是个亭长，却是我们中水最有学问的人，从三皇五帝到如今的事，他没有一样不知道的。他忙前忙后，张大人长张大人短的，我们这才知道，县尉大人姓张。

我们中水虽然又小又穷，只有恶狠狠的匈奴人偶尔惦记着来抢一抢，但民风是很淳朴的，最多有点偷鸡摸狗、通奸忤逆的事，从来没有劳动过县尉大人。真没想到，吕老头一死，能惹出这么大动静。

县尉大人到的时候，灶君庙已经聚集了很多人了。县尉大人的两撇黑胡子修剪得特别整齐，细长的眼睛总是微微眯着，他穿着官家的衣服，干净平整得一个褶儿都没有，体面极了。

冬天的太阳暖融融地一照，灶君庙就不显得可怕了，一点看不出杀过人。吕老头的脑袋和横在地上的尸体已经用苇席卷好了，放在了西墙根。做棺材的田平说，他愿意出一口薄棺，等县尉大人验过尸首就抬来。

县尉大人瞄了一眼吕老头的尸身就站了起来，他四周看看，走到香案前，忽然就站住不动了。真不愧是县尉大人，一眼就看出了不对劲。打铁的张五后来说，他也看出来了，他一早就想向县尉大人或者公孙先生禀报的——你想想，他的语气里透着得意，这么间漏风的小庙，里面一向破破烂烂的只有老鼠和吕老头进出，怎么突然间香案就变得整整齐齐干干净净，不但有燃剩的香烛，还冒出一个描金画彩、做工精细的牌位？

县尉大人很在意牌位的事。我们可没见过这东西。张五他爹说，好些年前，吕老头是弄过一个牌位样的木片摆在香案上，好像说是要祭祖，但上面没有字——记得那时候还有人暗地里笑他连祖宗的名讳都忘了——反正绝不是这个金光闪闪的东西。再说吕老头又不识字，他的几个钱全都换酒喝了，弄这么讲究的牌位干吗？

公孙先生也是这么说。不过他的神色有点不同寻常，眼睛里一闪一闪地透着光。他说，你们可知道那牌位上刻的是什么？我们自然不知道，就觉得那一笔一画弯弯曲曲的又齐整又庄重，好刀工哩。公孙先生就说，那刻的是——他顿了顿，不知为何笑了一笑——西楚霸王之位。

县尉大人当晚在公孙先生家歇下了。白广送了两坛酒过去。他一回来，脸上就挂着一层得意，对饭铺里的人说，是大案子哩！咱们中水出反贼了！

谋反是天大的罪。年初的时候，吴王带头，还有什么楚王、赵王、胶东王、胶西王、菑川王、济南王，刚刚大闹了一场，结果被条侯杀得丢盔弃甲，个个不得善终。莫非他们的余党跑到中水来了？从这里杀到长安，还不跟到月亮上一样远？

不过，要是叛党还没被杀绝，又和楚霸王的后人勾结起来，那长安城再大再结实，也得晃上几晃。白广说，这是县尉大人亲口说的，公孙先生也连连点头，他们一看见他，就转了话题，可是他在门外都听见了。

叛党姓刘，是当今皇上的本家，按说和楚霸王是死敌，可这个世道翻来覆去像手心手背一般容易，姓刘的和姓项的要是忽然成了一家，也没什么好奇怪的。反正被手指捏死的，从手上掉落摔死的多半是我们这些人。

不过要说楚霸王，那可是了不得的人物，他的故事小孩子都能讲出一大篇。他的马日行千里连个喷嚏都不打，他的女人是天下第一美人。悄悄地说，高帝爷爷都怕死了他。他一辈子打了七十多场仗，除了垓下那一仗从没输过，就算到最后他一个人面对汉家的千军万马，还不是说要谁的命谁就活不成？他要不自己抹了脖子，天下可不一定姓刘呢！

不过，我们把中水人挨家挨户想了一遍，也没想出一个姓项的。再说了，就算有谋反这回事，怎么会是整天醉醺醺的吕老头先掉了脑袋呢？

要说这个吕老头——愿他做了鬼享福——还真是惹人厌。我们中水再没有第二个这么游手好闲的人。年纪大得已经没有人知道他的岁数了，却还像个无赖子一般天天在街上乱晃，老远就是一股酒臭味，头发胡子乱蓬蓬地打着结，叫花子也比他体面。他的嘴一馋，不知道谁家的鸡和狗就要遭殃了。其实这也都罢了，他一个孤老头，没人暖炕，没人养老，只能栖身在破烂的灶君庙里。皇上以孝治天下，我们中水人一向怜贫惜老，本不会和他计较，偏偏他还为老不尊，整天醉话连篇地吹嘘他怎么扶保高帝爷爷打下了大汉江山，他竟敢直接叫萧相国、曹相国、淮阴侯、留侯这些大功臣的名讳——当然现在叫淮阴侯什么都行，他已经是反贼了——反正经常是你在地里忙得恨不能一个人分成两半使，吕老头乜斜着眼晃过来了，揪着人就是一大篇废话。最奇的是，他不许人叫他吕老头，叫他老人家都不干，他要我们叫他侯爷！侯爷出门有车马，天天吃肉，奴仆黑压压跪一地，他也配！

不过吕老头也有一样好，他特别会养马。就算一匹马瘦得见了肋条，病得只剩一口气，到了他手里，不知怎么的就会缓过来，再过个一年半载的，肚子就圆鼓鼓了，皮毛就油亮亮了。大伙看重他这个手艺，牲口有了病就去找他，谁知这老家伙眼睛一翻，说牛羊不配他照料，他只管医马。脾气臭归臭，他还真有点本事。他不理人，却总是凑在马耳朵边唧唧咕咕不知道说些什么，可能还是那些大伙听厌了的醉话吧。马也和他贴心，不管多么犟的马，到了他手里也驯服得小姑娘一般。他伺候马，嘿嘿，想必也比伺候女人尽心。拌好的料但凡冒着一丝热气，他绝不会放到马槽里。热天里他自己一身馊味，但一定把马匹刷了又刷洗了又洗，弄得清清爽爽。马发情和产驹的时候，更是离不了他，每匹马的性子他心里都有一本账。这样一来二去，大家慢慢地把官家寄养的马都交给他了，白天他去中水河边放牧，晚上挨家给送回来，也让他挣几个钱，不至于饿死。凭良心说，官马送走的时候都是膘肥体壮的，十来年了从没有过闪失，中水人养官马的名声，一大半是吕老头挣下的。有人当面致谢，夸奖他好本事，结果哩，他照例眼皮一翻，露出大大的白眼，说这点事对我吕马童还不就跟放屁一样容易！马养肥了你们就满意了？坠着个大肚子到战场上能跑还是能跳啊，你们乡巴佬哪儿见过什么叫好马！

据说吕老头自己也有过一匹马。是张五他爹说的，那时候他还是个豁着门牙的小屁孩，吕老头也不像现在这么落魄。张五爹隐约记得，吕老头手上似乎也有过几个钱，至少衣服穿得挺齐整，好像还有件短襦是绸面的，但终究盖不住游手好闲的本性。上门提亲的人家，他一律骂出去，自己动不动就一声不吭地不见了，一走好几个月，回来的时候一身破烂，一次比一次破，一次比一次脾气大。不过有一回，张五爹不记得是哪一年了，吕老头不是一个人回来的，他带回了一匹马。

消息一传开，大伙都争着看吕老头相中的马，结果一看全乐了，你道是什么神骏？就是一匹又老又瘦的黑马，身上东一块西一块地生着疮，左前腿还是瘸的！

这样跑不得腿拉不动车的废物，吕老头偏偏当宝贝。金灿灿的上好的谷子，谁家熬粥都得掂量一下多少，他大把大把地拌在料里喂马，家业不败光了才怪！最奇的是，吕老头开始成缸地买酒。怪人养怪马。他们在一个盆里喝酒，他舀一瓢，那马低头吸溜一口。张五爹说，是他扒着门缝亲眼看见的——那时候吕老头还有几间房子——长辈们越不许往吕老头跟前凑，他越觉得老家伙有趣。这一人一马就跟亲兄弟一般，吕老头一边喝酒一边和马聊天，什么乌骓啊，别乱跑了，你要找的人早就死啦，乌骓啊，咱们这些年都不容易啊，长吁短叹的，其余还说了些什么可都忘了。

要说这黑马也可怜，吕老头把它当祖宗一样伺候，它还是一个劲儿掉膘，生病，不到一年，就踉跄着倒在中水河边，再也没站起来。黑马一死，吕老头就像疯了一样，好好的房子，贱价卖给了隔壁的刘胜家——他家的客栈就是这么来的——接下来的事更荒唐，吕老头非要给这匹马大办葬礼！修墓，造明器，办祭品，比死了人还排场！公孙先生——就是现在的公孙先生他爹——实在看不下去了，人家念书识字的人，最忌讳这等荒唐事，最后是老先生联络了官府，狠狠地把吕老头训斥了一顿，这事才作罢。

黑马的事我们都知道一点。谁家有了丧事，公孙先生——是现在的公孙敬先生——都会提起这件事，说什么马死葬之以帷，狗死葬之以盖。先生的意思是，葬马葬狗绝不能跟葬人一样，否则就是悖礼，要是纵容吕老头这么干，中水的风气就会败坏，我们的家乡就会臭名远扬。

最后，吕老头一个人把黑马埋在了灶君庙后面，堆了一个小坟包。站在那儿一眼就能看到中水河，岸边青草漫坡，野花遍地，景色很不错。卖了房子葬了马，他就住到灶君庙去了，天天守着他的宝贝。

总之就是这么个怪老头。你对他好，莫名其妙就换来一顿臭骂。骂人不算，还骂天骂地骂四方神明。春天的野菜夏天的河水，秋天的雨冬天的风，中水没有一样他没骂到的。他不是本地人，说话还带点南方口音，但来中水少说有四五十年了吧。我们猜，他从前十有八九是养马的，那个马脚，就在他的名字里。就算他年轻时在高帝爷爷军中效过力，也不过是个马童，非要摆出侯爷的气派，结果触怒了神明，死得这么惨。公孙先生总说，满招损谦受益，真是很有道理啊！

公孙先生传出话来，说县尉大人问，吕老头死之前，中水是不是来过陌生人。命所有见过陌生人的，都去回话。

县尉大人明鉴，这种杀人害命的事，我们中水人做不出来。陌生面孔在中水是很扎眼的。大约在吕老头的尸体被发现前五六天，是有一个陌生人路过，他在白广的饭铺吃过饭，还在刘胜的客栈住了一晚。他三十来岁年纪，体格魁梧，不过面貌却很和善，肤色白净，五官清秀，话也不多，要个酒菜、问个路都是客客气气的。

县尉大人亲自去了刘胜的客栈，在那人住的屋子查验了一番，被褥翻过来，连墙角都摸索了一遍。真不明白，这么间一眼就看到底的屋子，能藏住个啥。刘胜的老婆儿子都被问话了，就连他家那个拖鼻涕的小三都没落下。县尉大人问，那人是不是带着一个蓝布包袱，三尺来长？刘胜说是啊，他随身就带了这么一件东西，斜挎在后背上，看上去沉甸甸的。他进来要住店的时候，那包袱在门上撞了一下，咣的一响。他照例要帮着提到屋里去，客人不让，莫非那是什么要紧东西？县尉大人没理会他，接着问，那人说话是不是带点南方口音？刘胜说是啊。县尉大人又问，他的眼睛是不是有点古怪？刘胜挠着头想了一会儿说，多亏大人提醒，好像是跟平常人不一样，瞳仁特别黑特别大。县尉大人点点头又问，他是不是自称姓虞，叫虞项？

刘胜后来逢人就说，县尉大人有神明相助，人不在场，怎么啥都一清二楚呢？

这事过了好几天我们才弄清楚。谋反的事，杀人的事，县尉大人都瞒着，生怕惊扰了我们中水，引出一些人的邪念，用心良苦哩。话是公孙先生家的小燕传出来的，她常在先生身边侍候，公孙先生和县尉大人说的话，断断续续听了一些，她转身就讲给常来卖针线布匹的李材——小燕对李材可上心哩，可这种十里八乡四处走的浪荡子，一看就不牢靠。不过这个李材见的人多，听的事多，心思也活络，他把四面八方听来的话那么一串啊——可不得了，我们中水居然来过一个杀人越货的强盗！

真不料那虞项一表人才，却做了这一行，他犯的案子不止一起哩！富裕人家，只要被他盯上了，就没个跑。这家人若姓周姓郑什么的还好说，少个几百钱上千钱还能过日子，最倒霉的是姓刘的——除了仓里的粮食搬不走，值钱的都偷个精光！此人胆子奇大，一般的富户他偷，王侯之家他也敢惹！那可是有甲兵有刀剑的人家啊！据说有一次，他行窃的时候被撞见了，让十来个兵勇围在当中，他哈哈一笑，把手里的一包赃物往地上一扔，从背后抽出一把亮闪闪的长剑——刘胜说的那个包袱里八成就是这玩意儿吧——转眼就打飞了几个兵勇手里的家伙，一溜烟跑了。饶是这样，他还带走了一个镏金的博山炉，据说还有几丸从安息国来的、皇上赐下来的名贵香料。

这个大盗一次次得手，胆子越来越大，手段越来越狠。据说他从不杀人，遇到麻烦最多让人见点血，他能脱身便罢。大约一年多前，他身上开始有了人命。

第一个倒霉的是杜衍侯王翳。老人家已经八十多岁，躺在床上就剩喘气的份儿，家里人把棺椁、陪葬的铜器玉器、陶舍陶猪都预备好了，他本该到坟墓里去享福的，却平白遭了惨祸。虞项不是一般的心狠手辣，老人的脑袋被砍下不说，四肢也被一一剁下——他那把剑真够锋利——好好一个囫囵人，分作了五段，下葬的时候足足缝了一天，这是生生让人到了冥间也过不了日子，怎么能有这般狠毒的人！

李材说，那时候他正在南阳办货，侯爷被杀，上下都惊动了，四处闭门大索，他这个外乡人也被守门的兵丁里外搜遍，最后破费了十个钱才能出城。谁料想，杜衍侯府的大火刚熄没几天，四十里外赤泉侯的府邸又着了！最奇的是，这个强盗不仅杀活人，连死人也不放过！赤泉侯杨喜二十多年前就死了，却被挖坟戮尸，和杜衍侯一样，一具白骨生生被砍成了五截！

李材说，案子必定是被官府压下来了，蹊跷之处太多。杀人毁尸，放火，似乎意不在偷盗，和虞项以前犯的案子不一样。官府查案，紧张一阵就不了了之，不过据说给苦主的抚恤着实不少。而且他还听说，就在两三个月前，吴防侯和涅阳侯的家也被烧了，那两位侯爷也不得善终，和赤泉侯一样，尸骨被挖出来斩作五截，扔在野地里。什么深仇大恨，让人干出这种伤天害理的事啊！

莫非虞项把吴防侯、涅阳侯挫骨扬灰之后就到了我们中水？他对吕老头还算客气了，留了他一个囫囵身子，大约是觉得这么个又穷又疯的老头，不值得花力气吧。

这贼强盗，居然长了那么俊俏的一张脸。我们使劲回忆虞项的蛛丝马迹，越琢磨越觉得心惊胆战，这等心狠手辣滥杀无辜之人，谁撞上谁倒霉，谁都有可能掉脑袋啊！那吕老头算不算替我们挡了灾呢？必得让他入土为安，好好祭奠一番。

就在我们凑钱为吕老头置办明器的时候，赵起忽然给了一个古怪的答案，他说吕老头可能不是虞项杀的。吕老头是自杀的，或者是他求虞项割了脑袋。原因么，老医工捻着灰白的胡子慢慢地说，生不如死啊。他死的时候不是一脸笑容么？

然后老医工讲了一件我们谁都不知道的事。

赵起大约是吕老头唯一不敢得罪的人，因为他身子虽然健壮，但终归是要生病的。他经常牙疼。我们都见过他肿着半边脸，怀里抱着草药，龇牙咧嘴地从赵起那儿离开。可如今老医工说，那些草药多是些安神养气之物，除不得病根。吕老头脉象之躁乱他生平仅见，他的病，不管是牙疼、头疼还是肚子疼，天下的药石都不管用。或者说，他根本就不是生病，他是中邪了。

原来吕老头被厉鬼缠身了。他时常看见一个无头的厉鬼，浑身浴血，用右手提着自己的脑袋，送到他面前。他不敢接，那头颅就会瞪起眼睛满面怒容，他转身跑，那头颅就自己跳到他怀里，接着那无头鬼的身子就四分五裂，胳膊大腿一件一件挂到他身上，摘不掉甩不脱。这个梦一次比一次逼真，他夜夜被吓得惨叫着醒来，难得睡个囫囵觉。到后来，他白天都能看到这个无头鬼跟在身后走，好像非要他收下自己的脑袋……人人听了这件事都叹气，怪不得吕老头脾气那么坏，原来是厉鬼作祟啊！看来他说自己在高帝爷爷跟前效力不是吹牛，他虽然是个养马的，多半也上过战场杀过人。听说不管过多少年，厉鬼也闻得见人身上的血腥气。真是个可怜人。

赵起说，吕老头要他立誓不把此事告诉旁人。他满眼血丝，一脸痛苦的样子，不由人不答应。赵起悄悄地削了桃弓棘矢，交给吕老头，让他见到厉鬼就射。没想到不几天吕老头又来了，还把弓矢还回来了。问他见着鬼没有？说见着了。问他不管用？他摇摇头。老医工吃了一惊说，要是桃木不灵，那只有用狗屎团成的弹丸了。他还是摇摇头。赵起让他一定试试，这是先人传下来的法子，厉鬼最怕这个，只要打中，祸害就除了。结果吕老头说他根本没有射。赵起第一次见到吕老头涨红了脸，说话也吞吞吐吐的，他说那厉鬼是他从前的主人，后来又改口说是从前认识的人，反正他不能用弓箭射他，更不能用狗屎扔他。说完转身就走了。

老医工说，没想到吕老头还存有这么一份仁义的心思。他只好换个不太冒犯厉鬼的办法。他买了只公鸡，悄悄送到了灶君庙。他让吕老头把鸡杀了挂在门上，雄鸡报晓，日出鬼灭，若是白公鸡更好，鬼性阴，最畏惧这等阳物。这个法子灵不灵他就不知道了，因为那之后吕老头再也没来找过他。

怪不得吕老头不等腊祭就磔鸡，可惜那只挂在灶君庙门上的白公鸡也没能挡住厉鬼，他终究还是丢了性命。不过立刻就有人问，要说吕老头是厉鬼索命，或者是他自己发狂，自尽了或是求虞项下手，他的脑袋为什么像上供一样摆在香案上？那个西楚霸王的牌位又是怎么回事？

这下子老医工说不上来了。县尉大人就要离开了，公孙先生家也没有新消息了。吕老头的事，谁说得清呢？唉。

就在县尉大人离开那天，又出了件不大不小的怪事。

事情是几个不上进的毛孩子惹出来的。这些坏坯子，仁孝的事迹都当耳旁风，虞项那恶贼挖坟剔骨的事，倒是一听就记住了。他们自然不敢对乡邻下手，刘胜家的小三叫了几个玩伴，到灶君庙后面把吕老头那匹黑马的坟给挖了。他们不敢晚上去，是太阳升到树梢的时候开始挖的，非说虞项也是白天下的手。他们把马骨挖出来高兴得乱叫的时候，张五的老婆到河岸上放牛，看了个真切。这几个小子当即就被轰回家了，刘胜一听说，骂了句惹鬼上身，一巴掌上去，小三的脸肿了半边。

事情不知怎么传到了公孙先生耳朵里，他刚送走县尉大人，立刻就跑来看马骨。

我们也都看见了。白森森的骨头还有一半掩没在泥土中，马头冲南，头骨比一般的马小很多，四条腿却长长的，骨架虽然大，却显得很秀气。公孙先生忽然叹了一口气说，乌骓啊，名不虚传。公孙先生说话总是有点高深莫测，再怎么看，这也不过是堆散架的骨头，不知道他为啥不错眼珠地盯着看了半晌。接下来的事更料不到，他突然跳到坟坑里，在马骨周围挖了起来，我们问他要找什么，他一言不发，就是用手乱刨。不一会儿他就停手了，皱着眉头双手互握着，想必是指甲断了，手疼得受不了。

看到公孙先生沮丧的样子，我们都觉得好笑。坏小子们忘了把铲子带走，就扔在一旁。田平抄起一把跳到坟坑里，前后左右戳了几下，在马头旁边挖了起来，不一会儿，土里就露出一样东西。

是一柄剑。把剑身上沾的土块杂草扒拉掉，就看得更真切，一把没鞘的剑，三尺来长，已经锈得没样子了。

公孙先生一把夺过剑，双目放光，神色有些吓人。我们问他这是谁的剑，他说还不能断定。又问他为什么会冒出这把剑，他说他猜想是吕老头葬马的时候埋的。疑团还没解开，公孙先生忽然要我们所有在场的人立誓，挖出这把剑的事，绝不对任何人讲，老婆孩子也不能讲。谁讲了，全家遭殃，进不得祖坟，受不得后人祭飨。公孙先生从没有这么疾言厉色地说过话，我们知道事情严重，十有八九和虞项、和反贼有关系，弄不好掉脑袋，便一一立了誓。

公孙先生让我们重新把马骨掩埋好，然后就催促张五连夜把剑身上的锈迹磨掉，他也不睡，就在一边守着。张五一边干活一边咂着嘴说，了不得，真是把好剑！手艺没得挑！谁有这样的本事，让他磕多少个头跪多少天拜师都情愿！就是有一样，这么沉的家伙，他两只手举着都费力，真想不出什么人使得动它。

剑刃开始闪烁锋锐的寒光了，剑柄上厚厚的铜锈渐渐消失了，剑格上精细的花纹露出来了，公孙先生的眼睛瞪圆了，嘴巴张大了。他费力地把剑拖到灯下，缠绕翻卷的云龙纹中间，刻着三个字。

“万人敌！万人敌！”公孙先生跳着脚大叫。灯火闪动着，好像把他的脸颊烧着了一样。张五说，他这辈子，无论是之前还是之后，从没见过公孙先生这么失态。

吕老头的死，官府最终没了下文。他死了，说穿了跟死一只蚂蚁差不多，所以也没什么好奇怪的。我们比较了各种说法，多数人认为他是撞上了虞项，言语间得罪了强盗，丢了脑袋。虞项呢，说不定是楚霸王的后人，应该叫项虞，为掩人耳目用了假名，那个他不小心落下的牌位就是证明。可惜大英雄的后人竟成了杀人越货的强盗，不过话说回来，楚霸王也杀人不眨眼，阿房宫不是被他烧个精光么，所以虞项或者说项虞也算继承祖业。

十来天后，县尉大人又回来了。他送来不多不少的一些钱，说吕老头的后事县里出钱。加上我们凑的，足够让吕老头体面地落葬，再给他修一座像样的坟，祭奠一番。我们估算了一下，吕老头大概是十二月初四丢的脑袋，以后每年的这一天，就算他的忌日。公孙先生说，巧得很，楚霸王也死在这一天。

我们把吕老头葬在了灶君庙后面，就在他宝贝的黑马旁边。还要给他立一块碑呢，这是县尉大人特意嘱咐的，说要刻上“大汉义士故中水侯吕马童之墓”。这可吓了我们一大跳，难道这个疯疯癫癫的吕老头真的是位侯爷？那他怎么会败落到连乞丐都不如呢？唉，他那个年纪的人早就死光了，他的经历公孙先生似乎猜到一些，但又不肯明说，也许他干过见不得人的事吧。看来我们是没办法弄清楚这究竟是个什么人了。不管他活着的时候害过什么人遭过什么罪，都愿他在坟墓里平平安安地享福，不要化作厉鬼惊扰乡里，别的厉鬼也不来打扰他——对了，我们把那副桃弓棘矢给他陪葬了，以防万一吧。这是我们中水人的心意。虽然我们不知道他家乡何处，为何如此痛恨中水，又为何在此死于非命，但他毕竟在这里过了大半辈子，他是看着我们出生、长大、养儿育女的乡邻，葬在中水，不委屈他。

岁终的腊祭照例是一番大热闹，家家户户飘起了肉香，祭灶君，拜祖宗，埋桃弓，腊鼓擂得震天响，就算有什么厉鬼邪神，也该被吓跑了吧。当然了，我们没忘记在灶君庙前狠狠地敲一通腊鼓，也没忘记给吕老头奉上一碗羊肉。不光如此，我们还在正旦那天，专门为吕老头放了一只鸠。据说这是一种神鸟，有一次高帝爷爷差点被楚霸王捉住，这种鸟救了他的命。吕老头活了那么大岁数，也没得到官府专赐老人家的鸠杖，只能由我们对这个孤老头略表孝心了——鸟儿振翅而起，转眼就在还凝着寒意的蓝天上化作一个黑点，吕老头若是心中还有怨气，对中水还有恨意，也该被这鸟儿的叫声抚平了吧。

立春之后，公孙先生出了一笔钱，我们把灶君庙整修一新，那匹黑马的坟也一并重修了，坟前还放了一个石头马槽。灶君庙的香案后面，我们悄悄埋下了那把名叫“万人敌”的宝剑——这个公孙先生不让讲，说是若被官府知道，这把楚霸王用过的剑就没法子留在中水了。真看不出他还有这个胆量。香案上我们也立了一个牌位，上面刻着“西楚霸王之位”。这是我们自己做的，吕老头被杀时的那一个，早就被县尉大人带走了。

这间小庙不知是哪年建的，说不定是我们中水最老的房子呢。说来好笑，传说它最初是供奉介子推的，后来不知怎么竟翻了个儿，变成了灶君庙，我们这里都是在家祭灶，它慢慢就荒废了，然后吕老头住进去，丢了脑袋，惹出一些我们做梦也想不到的人和事——现在，我们都叫它霸王祠。

鬼生曰：项羽乌江自刭之际，逢汉骑司马吕马童，以故人呼之，言愿以己首助其封侯。马童掉首背之，为王翳指项王，项王首遂为王翳所得。继而汉军搏命争项王尸，吕马童、杨喜、吕胜、杨武各得其一体。后五人果封侯。

楚汉相争，殒命沙场籍籍无名者数以千万计，吕马童等五人史册留名，项王之故也。悲夫！虎豹垂死而裂尸于豺狗之爪牙。

项王穷途末路，然吕马童于建功之际不能正视之，惧项王邪？心有愧于故人邪？毁尸封侯果能安享天年邪？其平生事迹及与项王故旧之情皆不可考，正可谬托知己，驰骋想象。

项王墓在今山东东平县（古之东阿谷城），或说在曲阜，在安徽乌江镇，盖因其尸身分裂之故也。皆存霸王遗迹。谷城或葬项王头。《史记》载：项王殁后，鲁人欲为之死节，汉军持项王头视鲁，鲁乃降。汉王以鲁公礼葬项王于谷城。

项王盖无后。项虞者，项羽也，项羽虞姬也，小说家之诡词也。然项王果无后邪？抑或汉家不欲使人知项王之后邪？史迁云项氏支属多封侯，且赐姓刘氏。此计甚毒。恩荣其表而疑忌其里，令其忘霸王之功业而拜刘氏之宗庙，不费一兵一卒尽灭项氏矣。

项王少时云："剑一人敌，不足学。学万人敌。"然其兵法无成，疏于谋略，自矜伐功，欲以力争天下，纵一剑万人敌，终不免身死国灭。然巨鹿之破釜沉舟，鸿门之优柔寡断，垓下之悲歌慷慨，乌江之义不偷生，载于简册播于诗文演于戏曲，家歌户唱，代有传扬，千载不灭，何也？以其襟怀磊落，雄姿奋发，虽败犹荣之故也。司马迁不以成败论英豪，不因刘汉为毁誉，列项王于本纪，其文心史胆，亦足以睥睨后世也。

2010年8月21日

神　君

霍去病墓石刻

天沉着脸，用黏稠的灰色将万物紧紧缠裹，燠热的气息封住了长安城所有的毛孔，将它憋闷得上气不接下气。

冯王孙慢吞吞地穿过尚冠里和修成里之间的巷子，在一个院落前停下来。一棵茂盛的榆树，无精打采地从墙后探出几簇浓绿的枝叶，东南角小小的望楼上，空无一人。院墙内传出零落的箫鼓声，难耐暑热一般，有气无力地响了几声就停了。冯王孙略一犹豫，推门而入。

正像他事先打探的那样，这个时辰，院落安静下来了。太阳闷在铅灰色的天空里，挨过了漫长的白日，正在向西方沉落，倡女们已打扮得花枝招展，前往各个府邸和官署，准备侍筵或值夜。

这是个“日”字形的两进院落，房舍略显破败，却比寻常人家大，而且没有啄食的鸡、吠叫的狗。前院有一口井，冯王孙探头看了看，水像凝住了，绿得发黑，一股难得的凉意，冲到他腻着一层油汗的脸上。

冯王孙从西边的回廊穿到第二进院落，面前是小小的厅堂。发黄的苇席上，一个女人安静地坐着，密密裹着件青黑色的袍子，身边摊着些鼙鼓、排箫、铙钹之类的乐器。

女人瘦了许多，两颊都塌陷了，颧骨不情愿地耸立着。唯有那一头乌发，还像当年一般，沉重得夺目。

女人侧过头看着他，挂着厚厚脂粉的白脸上，眼睛如两块炭，黑得空空荡荡。

宛若不认得他了，或者是不想认得。冯王孙心中一酸。他们断了消息，直到一个月前，遇到从长安迁到酒泉的故人，他才知道，三年前，就是他离开之后，宛若大病一场，浑身火烫，神智昏迷，能捡回条命纯属侥幸。

其实宛若忘了他倒干净，他本也打算在酒泉过完后半生，不再踏进长安半步。塞上虽然荒凉，却天宽地阔，不似闾里林立的长安这般逼仄。或者他应该跟着商队去一趟大宛，看看传闻中的汗血马，他一直怀疑胭脂色的汗是骗人的鬼话，如今西域之物越离奇越值钱……可他终究没管住自己的腿，还是悄悄回到了长安。

冯王孙在宛若对面坐下。女人薄薄的嘴唇微微一抖，向他轻轻颔首，神情庄重得出人意料，甚至带着点居高临下的味道。一股迟滞的香气，在女人周围蒸腾着，不是脂粉不是薰草也不是西域的奇香，就连浓淡都难以捉摸，冯王孙觉得这气味分明很陌生，却又好似在哪里闻到过。

从前宛若的气息是轻快的，她的薄嘴唇总是微微翘起，一笑右上方的小虎牙就放肆地闪光，眼睛像两只盛满酒的玉盏，任谁都想喝上一口，长安的无赖子们纵马而过，总是不忘对她打个唿哨……没有一丝风，一滴雨，只有无边无际的闷热，与闷热一同发酵的静默，让静默显得更黏腻的香气。冯王孙浑身汗淋淋的，他看看空中，似乎盼着从那里伸出一只巨手，把自己从头到脚拧干。

“这鬼天气！”他啐了一口，觉得唾液都是黏的。

宛若直愣愣地盯着他，额头上连个汗珠都不见。她怎么就不觉得热呢？

“准是场大雨。你该换件薄点的衣裳。”

宛若依旧不说话，黑沉沉的眼睛里，似乎也冒着热气。

冯王孙用衣袖抹了一把脸上的汗，放下胳膊的时候，碰到了怀里的东西，他连忙掏出来放在漆案上。

这支横吹是他在酒泉的市上，从一个卖艺的胡人手里买的。他一听那明亮的音色，便知是好东西。宛若曾说，胡人的横吹与汉家的相比，就像天上的苍鹰与树上的燕雀。

女人伸手抓起横吹，宽大的衣袖滑落了，露出消瘦得见骨的小臂，筋脉凸起，像青蓝色的小蛇要钻出皮肉。她将横吹凑到嘴边，试了几个音，忽地冲他一笑。

冯王孙心中顿时一宽。尽管这笑容猝不及防，突兀得就像一支冷箭，但这头向左一歪的娇俏动作，还是那个宛若。

“你还好吧？”冯王孙急忙道。

笑意仍然停在宛若脸上，就像好容易跑出来舍不得离去一般：“将军别来无恙。但不知将军为何这副装扮？”

冯王孙一愣，他没有戴冠，更不曾披甲配剑，穿得像个小贩。他已逃了军籍，不可能再做从前的装束。虽然事情已过去三年，还是不宜引人注目。一旦被认出，他未必走得出长安城。

他不及回答，宛若又点点头：“是了，此番相会，确实不宜招摇。我这一问，是辜负了将军的苦心。”

“你……挺好的吧？比从前清闲了许多。”

“我暂时栖身于此，闲暇时教人唱唱曲，一应衣食，都是官家供给。”宛若撇撇嘴，“那些女人笨得很，节拍音调，不是这里错就是那里错……啊，这些无聊之事不说也罢，多谢将军惦念。”

冯王孙觉得自己干巴巴的声音来自某个陌生的地方，反正不像是从他嘴里冒出来的。他利用她，达成了目的又丢下她，不辞而别，一走三年，宛若理应记恨他，却不料她温声细语，就像什么都没发生过。女人的心思，比这场雨何时到来更难估算。

“将军稍待。”宛若忽然起身，拖着裙裾进了内室，不一会儿又出来了，手里捧着个半旧的草叶纹红漆妆奁。她打开妆奁，将一面铜镜递给冯王孙，又拿出支篦子，将长发拢在胸前，慢慢篦着。

“有一阵我总长白头发，吓死人了。我每天把它们一根一根拔下来，烧成灰拌在饭里吃掉。我自己想的法子。你看现在不是都好了？镜子稍微高点。”宛若又是一笑，描得过深的黛眉，在脸上抖了一下。头发缠住了篦子，她手上加力，咔的一声轻响，篦齿断了，她揪下一缕断发，随手扔到苇席上。冯王孙一眼瞧见，那团黑色中间，缠着几根灰白。

他没作声。宛若素来爱惜头发，比侍弄自己的脸都尽心。过去，她那一头乌发，细密光润，每一根都可以用来织锦缎，没有人比得上。

元狩四年，就是大将军卫青和骠骑将军霍去病大破匈奴那年，他也随着奏捷的大军还朝。长安城内一片喜气洋洋的太平光景，大将军和骠骑的威势达到顶点，而他的心情却跌落至谷底。李广将军含恨自尽，他们这些部下申诉无门，面对权焰熏天的卫、霍家族他一个小小校尉能做什么？他心灰意懒，日日大醉，朦胧间还是能看到李将军尸骸上的血迹，把他灰白的胡须都给染红了。

某日，一个旧友，曾在程不识将军手下做校尉的，拉着他去散心。朋友促狭地一笑，说要带他见见长安将士中最有名的人物。

朋友带他去了赵破奴将军府上。筵席间一片喧哗，将校们回忆着战场和戍边的情形，各自夸耀着斩首的功绩，偶尔还冒出几句匈奴的骂人话。吵嚷笑骂和酒肉的浓香化成了嗡嗡作响的云雾，不断向他涌来，让他一心想快点把自己灌醉。

冯王孙不知宛若是何时进来的，他只记得眼前忽然闪过一片黑色的光，把那片时近时远、让人疲乏的云雾冲散了。定睛一看，有个女人全身盛装，伏地行礼，她梳了个椎髻，左右各插一支颤巍巍的金步摇。那头沉甸甸的乌发，像是把所有的光芒都吸走了。女人退到一旁，击鼓而歌，又像是把所有的声音都吸走了。冯王孙呆看着她，直到朋友一拍他后背，轻声笑道：“没哄你吧？这是女人中的大将军。”

宛若篦完了头发，在脑后挽个圆髻，插了支竹簪，显得比方才清爽。她不知从哪里摸出一把酒壶，两只陶盏，斟了杯酒递给冯王孙。她动作熟练，举止优美，如果不论这憔悴的面庞，倒也不负当年长安第一女乐的美名。

她曾是风头最盛的乐伎。不仅容貌艳丽，而且无论什么曲子，她听一遍就记住，还能变换新调。无论什么乐器，她都得心应手，尤擅击鼓，唱起胡人的歌，味道十足，凡戍过边、打过匈奴的将士，没有不迷恋的。那时她经常出入豪门，颇有些两千石以上的贵戚，点名唤她侍筵。

这次回到长安后，冯王孙使了些钱，从东市上一个卖乐器的口中，打听到了宛若的住处。那人告诉他，宛若早就不能侍筵了。三年前的大病，毁了她的嗓子，那高亢清亮，上可以逐苍鹰、下可以探鼠穴的嗓音，永远地失去了。幸好她熟知乐曲，所以没被发卖，而是送到此处教授年轻的官伎……

冯王孙接过酒杯，一饮而尽。汗落不下去，浑身依旧黏糊糊的，他抖了抖粘在皮肤上的短衣。“多久没下雨了？我在城外看见人求雨了。”

宛若专心地看着他，像不会眨眼一般。他不由得摸摸自己的脸，匈奴人留在左颊的刀疤仍在，此外好像也没长出别的什么东西。如果没有这条疤，以他的长相混迹在人群里是不易被发现的。宛若的目光让他不自在，一个女人不该这么盯着男人看。

“他们到处洒水，还弄了条大土龙，但愿能行。这鬼天气，都快把人憋死了。”

“云雨之事，无非阴阳之道，上天自有分寸，将军莫急。”宛若拿起酒壶，一线酒水泻在陶盏中。不知为何，她看着酒盏咯咯笑了起来：“阴阳相济，方可升仙。将军明白了么？”

宛若话中有话。她素来喜欢绕着弯说话，好显得自己聪明，她确实挺聪明的，那个主意平常人想不出。她的镶珠耳珰闪着微光，握住酒壶的手指白得透明，她瘦得厉害，不过侧腰的时候，柔软的曲线仍在。还有那股奇怪的香气，现在他能分辨出来了，里面夹杂着一丝肉的甜味，像是被身体蒸熟煮透的，从她的袖口里钻出来。冯王孙一把抓住她的手。他早该明白，既然宛若并未怪罪他，那就什么都不必说了。

宛若哆嗦了一下，任凭他握着手，黑炭般的眼睛一闪一闪地燃烧起来：“将军可记得我们初次相见的情形？”

冯王孙一愣。这样天气，宛若的手竟然是凉的，她看上去像一块不会融化的冰，可周身热乎乎的香气是哪里来的呢？

“不，不是筵席上，那是将军初次见到我。我初见将军，还要早上半年又十五天，就是元狩四年，将军回朝奏捷那一天。

“那天长安热闹之极。街边站满人，树上攀着人，房顶上堆着人，等着看把匈奴人赶到几千里外的大军凯旋。就连天子都亲自出迎了，正中的驰道上，各色旗帜数不过来，隆隆的车马声震得人耳朵疼。我挤不到最前面，这却难不倒我。长安的少年，哪个不盼着被我踩在脚下？四五个人，争着用手臂搭了一座结结实实的高台，我踩上去的时候，他们一动都不敢动，周围还有十来个做护卫的，把我和人群隔开，我穿着信期绣的罗袍，挽着双髻，站在一片黑压压的人头之上，所以我一眼就看见将军了。

“你戴着赤帻大冠，冠上飞着两根斑斓的羽毛，甲胄下露出暗红色的纁衣，腰间的错金带钩闪闪发亮，看上去精神极了，简直像……像火里锻着一柄金剑……你看着夹道迎接的人群，和别人不一样，你脸上竟没有笑容，好像一切都理所应当，又一切都不在你眼里……你那副满不在乎的样子，把大将军的光彩都压下去了……”

终于，远方隐隐地滚起一串闷雷，就像上天在喃喃自语。冯王孙松了口气。女人都爱回忆往昔，宛若天生多情，又做了乐伎，心思更与寻常女人不同。待她把三年的话说个痛快，雨也该下来了吧。冯王孙抽回汗涔涔的双手，在衣襟上擦了擦，身上燥热，他简直想像狗一般伸出舌头晾晾。

女人的眼睛，专门盯着琐屑之事。奏捷的情景，他几乎不记得了。李将军麾下部分将士，跟随大将军入城，他只是奉命穿戴整齐而已。那一日，长安城欢声震天，但他丝毫不觉得和自己有关。他心中只有一个念头，要尽快到李将军府上去。

他是傍晚赶过去的，李将军的长子、次子早亡，只剩三子李敢，此刻已经归家。这一仗他在骠骑军中，听说夺了匈奴的旗鼓，功劳不小。可是府中哪有丝毫喜庆气息？主仆皆是浑身缟素，静悄悄声息不闻。

李将军的尸骨没能运回来，大将军得知他自刭的消息，就像心怀鬼胎似的，下令就地掩埋。长安奏捷之日，他的坟上也该生出青草了吧？

他能带给李府的，只有获虎。这张弓李将军带在身边多年，驻守右北平时，猎鹰搏虎，战场上射杀的匈奴人更是不计其数。元狩二年那一仗，李将军就是用这张弓，救了他和一干兄弟的性命。当时他们四千骑被匈奴的四万骑围死，抬头就是漫天箭雨，倒下的兄弟血肉残破，拼不出个完整身子，连他也失了斗志，自料必死。唯独李将军谈笑自若，一次次将获虎拉满——唯有李将军能将它拉成满弓——一箭射穿一个匈奴将领。由此全军才打起精神，硬拼出一条生路。

他将获虎交给李敢，讲了李将军自尽前后的经过。迷路失期，固然是天意，但卫青坚命李将军徙远途，走东道，不许他正面迎击匈奴，却是有私心的，他不过是想把立功的机会留给有交情的公孙敖……李将军一人担起罪责，固然是不愿连累他们这些部下，但他萌生死志，是因为又愤懑又灰心……李将军是用佩刀自尽的，但他更是被那些人看不见的刀杀死的……

冯王孙很懊恼自己没忍住眼泪。他号啕着跪下了，说自己没用，在关键时刻慢了一步，没能夺下李将军的刀。一个十七八岁的青年——后来他得知那是李将军的长孙李陵——默默把他扶起来，年轻人一声不响，泪水却淌了一脸。

李敢一滴泪都没掉。他只是轻抚着获虎，低声道："此仇不报，枉为李氏子！"

"后来……后来就是那次筵席了。"宛若依然絮絮不休，

“我们离得虽然远，但我的耳朵很好，你说什么我都能听见。将军你可真不爱说话，也不爱笑。你总共就笑了一次，你看到我了吧？你的笑容越过那些人，冲着我飞过来，就像要把人的脑袋摘走似的……将军记得么，席间坐着个廷尉左监，一直盯着我看，可我眼睛都没转过去，后来他还闹着要赎我出去，许我不再为奴。你说，我哪里瞧得上那等舞弄刀笔之人？”

宛若以袖掩口，短促地笑了一声，声音尖锐得有些怪异。她高耸的颧骨上，浮着两朵红晕，熏着一对黑亮的眼睛，整张脸失火了一般，意外地鲜艳起来。

那件风流事轰动一时，让宛若高傲的名声传遍长安。冯王孙不由得点点头：“是啊，我记得，那人不死心，又缠了你许久，绢帛簪环，不断地送过来。”一声声闷雷在天边喘息着，天色暗了些，但依然是个灰盖子，看不出时辰，不知城门关了没有。那么最晚明天，他将带她离开长安，酒泉很空旷，所以日子也显得长。她会胖起来的，再变成从前的小圆脸，手也不会这么凉。她全身都应该是温暖的，光滑的，就像酷寒的大漠上，涌出一股热泉。

与宛若有肌肤之亲，是在他投入骠骑门下之后了。那时围着宛若的人很多，不只廷尉左监，还有一人曾是卫青的裨将，大胜后封了侯，身份比他高得多。然而宛若偏偏相中了他。

冯王孙觉得那是他一生中最艰难的时光，从军时缺水断粮，拼杀时陷入绝境都没有那么难。曾同在李将军帐下出生入死的朋友皆与他翻脸，客气点的对他不理不睬，脾气烈的痛骂他见利忘义，有一次他在城外遇到演习弓箭的李陵，上前见礼，少年一语不发，立刻催马离去。即使骠骑门下新结识的同僚，也有人在背后对他指指点点……不过，一旦熬过来，那些日子又变得响亮了，就连跪在霍去病面前的样子，也不那么让他难堪了。相反，他简直有点佩服自己了。

他做出这个决定，是在李敢将军死后。

李氏与卫、霍家族，犹如怨鬼相缠。李敢不忿父亲惨死，击伤了大将军，卫青尚未怎样，霍去病却替舅父寻仇，借天子在甘泉宫射猎之机，将侍从在旁的李敢一箭射杀。卫、霍是如日中天的外戚，霍去病尤得皇上爱幸，所以公开的说法是李敢不慎被鹿角挑死。但此事终究从宫中泄露出来，传得沸沸扬扬。

冯王孙去李府吊唁后，一夜未眠，天亮时下了决心——

投入骠骑府，只有这样才能接近霍去病。

首先，要找到获虎，这是李将军的遗物，李氏绝不能失去这张弓。李敢带着获虎去了甘泉宫，尸身和马匹回来时，弓却不见了。一个当时在场的羽林郎告诉冯王孙，他亲眼见到骠骑拿起弓在手上掂了掂，但后来众人围过来，场面乱了，就没再注意。

然后，要寻找机会，杀掉霍去病，为李氏复仇。他派了个心腹前往右北平，给结发之妻带去两万钱连同一纸休书，两个女儿已经出嫁，无须牵挂。

那天，冯王孙第一次走进骠骑府，第一次挨近霍去病，近到飞出一柄匕首插中他，血也可以溅到自己身上。

骠骑府临近未央宫北阙，尽管有准备，府邸的奢华还是超出了他的想象。青玉阶光可鉴人，金壁带耀眼生辉，更稀奇的是窗户上竟然镶着白琉璃，可以透光，贴近了甚至能望见另一侧的人影。

室中悬着五色锦帷，帷幔内的坐床上另张了布满红色云纹的大幄，浓烈的安息香从博山炉中徐徐喷出，霍去病在重重锦绣和袅袅香雾中接见了他，脸像溪水下一块漂亮的白石头，干净得冰冷。

冯王孙为说辞犯难。打过匈奴的将士无人不知他是李将军的部下，他也想不出更可信的，只得横着心，把跟着李氏前途堪忧的话说了一通，一边说一边担心骠骑会不会生疑。

霍去病却只是点点头表示同意，脸依旧如被水磨光的石头，留不住半点表情。一切都太容易了。冯王孙起初疑心这是骠骑的圈套，他步步小心，后来却发觉骠骑恐怕真的不在意，因为转投他门下的人太多了，就连大将军的许多旧部都来献殷勤。显然，如今跟着骠骑才是坦途。只是霍去病那淡漠的表情，着实出乎预料，而且不知为何，骠骑府处处簇新华美，却难掩一种冷冰冰暗沉沉的气息……

冯王孙发觉自己走神了。这些年来，一念及霍去病，他的思绪总是会飘远。为了将许多无谓的思绪扯回来，他频频去与宛若相会。

"将军，你见过葡萄吧？听说西域人用血来养葡萄，是真的么？难怪葡萄酒红得那么吓人，盛在金樽里，跟血简直一个样……"宛若聚精会神地盯着自己的右手，不住地将手掌翻来覆去，"那天我第一次见到葡萄酒，怪好看的。不过，我给你斟酒时，你干吗碰我的手？当着旁边的人。你是故意的，你那时便知我是谁了吧……"

冯王孙一愣。西域葡萄酒很贵重，他不记得自己喝过，更不记得那次筵席，宛若曾为自己奉酒。

“后来我也是用这双手，为将军击鼓歌唱。那个场合，只得唱些‘月支臣，匈奴服。令从百官疾驱驰，千秋万岁乐无极’……”女人微微一笑，声音柔软如丝：“其实我的《上邪》唱得最好，将军不曾听过吧？”

香气似乎更浓郁了，化为一条条看不见的小蛇，噬咬着闷热的水汽。宛若在轻声哼唱：“上邪，我欲与君相知，长命毋绝衰……”她果然唱得好，虽然嗓子无力，但繁复的调子、深长的韵味，却丝丝入扣。

冯王孙愈发诧异。从前，他不止一次要宛若唱这支歌，但她一概拒绝，即使情浓之际也不肯，她说最不喜欢这种为了男人要死要活的调子。确实，他们从未山盟海誓。他相信只要自己消失，宛若很快就会有新的相好，这是倡女的本色。所以他离开之际心中并无太多犹豫，而后来自己的牵挂却始料不及。

雷声蓦地从喑哑的喘息变成了呐喊，在天边接连炸响，一股带着土腥气的风贴地滚来，冲破了能攥出水来的潮热。宛若却像没听见似的，娇柔的语调纹丝不动。

“从前许多人要我唱这支歌，都被我设法逃掉了。这支歌一直为将军留着呢，我早已立誓，世上绝无第二个人，能听到我唱这首歌……”

一个念头猛地闪过，醒悟只在刹那。冯王孙呆住了，汗液凝成一条条又酸又凉的虫子，爬遍全身。一股怒气，带着火苗，从肺腑间往上蹿。他猛地站起身。

阴沉的天空被撕开了，几道闪电弯曲地爬行，瞬息即灭，雷鸣从低吼变为呐喊。大滴的雨噼啪作响，先是断续几声，随即接连爆裂开来。冯王孙转过身，面前的院子里开出一朵朵水花，又一一被泥土吞没。他设想过与宛若重逢后的种种情形，结果没有一样对得上。他觉得自己毕竟是个蠢笨的武夫，在听了一堆胡话之后，才发觉女人神志已丧。是因为三年前的大病么？或者根本是他昏了头，令他牵肠挂肚的往昔岁月，不过是一场虚妄的春梦，女人心中，另有个海誓山盟的情郎。

“将军，如你所愿，下雨了。”宛若不知何时已站在他身旁，一只手搭在他肩膀上。

冯王孙一把将她的手拂落，扭头凝视着她：“你再好好看看，我是谁？”

宛若娇媚地一笑，眉目舒展，一如当年："将军何出此言？"

冯王孙听到自己嘿嘿笑了。他干瘪的笑声和雨声叠在一起，砸在热得冒烟的土地上。

"天色不早，告辞。"冯王孙盼着让雨水浇个痛快。现在离开，或许还赶得及出城。

"将军莫急。"宛若的身子蛇一般缠了过来，手臂穿过他的腋下，将他挽住，她眼睛里笑意盈盈："给你看个好东西。"

冯王孙不明白自己为何任凭宛若牵着衣袖。雨水激起的土腥气一阵阵地钻进鼻子，像歌声莫名其妙地乱了拍子，搅得人心里发慌。转眼之间，宛若已拉着他穿过回廊，登上墙角的望楼。

"看到了吗？将军的府邸就在那里，可以望见一角屋宇。"宛若抬起手臂，指向南方。

雷声奏响的战鼓渐渐平息，雨滴连缀成线，雨线连缀成片，天地间的战场上，布满了水做的士卒，井然有序地攻向长安城。天色比方才亮了一些，宫殿、官署和豪邸高低错落，在雨雾中起伏，跃出一切之上的，是高大尊严的未央宫北阙，离它不远，有座秀丽的高台冲天而起，台顶的楼阁上，一只金凤凰隐约可见。

冯王孙不知宛若手指的是哪栋房屋，未央宫北阙一带，家家贵戚，户户权臣。

“那栋有金凤的楼阁，是皇上为我修建的柏梁台……啊，你闻到了么……梁木是珍稀的香柏，风大的时候，能香透长安城……待它彻底完工，我们就能比邻而居，相会更加方便，将军也不用微服出行了。”

一回长安，冯王孙就注意到了这栋高台，二十余丈的高度，在城内许多地方都能望见。柏梁台即将竣工，是皇上为迎奉神君而建……他盯着宛若，身上的汗完全落了。那股扰人的香气又出现了，此时却被雨水的凉意穿透，闻起来清爽了许多。

“每天在这里望一望，心中便觉舒畅。将军在府中也念着我么？那一夜犹如梦寐……不过相会也不急在一时。将军如今不再怀疑我了吧？”宛若咯咯笑起来。

“一别三年，将军今年是……二十六岁。其实若说奏捷那年初见将军，也不尽然。元朔六年，将军十八岁，出征前向我祝祷，我们神魂相会，应从那年算起吧……将军首战即胜，封冠军侯，从此每战必捷，匈奴不敢寇边，西域路途通畅，天下太平，我是不是也有些许功劳？”宛若回眸微笑，雨雾斜飘进来，打湿了她的肩膀和头发。

冯王孙觉得有一支尖锐的长矛从头顶贯到脚心。十八岁封侯，贵幸无匹，远逐匈奴，封狼居胥，世间再无第二人——大司马骠骑将军，哪个男儿不羡慕？哪个女子不钟情？他放声大笑，越笑越觉得自己好笑，有只手揉着他的五脏，不知要揉成个什么形状。

他蓦地记起，当年宛若话里话外，常向他打听骠骑府之事，府中的陈设，霍去病的起居爱好，甚至夫人的性情，若换了别人，是否早已听出端倪？可笑他自负英雄，满以为宛若一颗心都在他身上。

投入骠骑府之前，冯王孙觉得霍去病无非是个浮浪少年，依仗天子宠幸，作威作福而已。他的兵马是最精良的，无人可比。他也确实能打，动辄奔袭千里，深入匈奴腹地。但他骄纵惯了，从不爱惜士卒马匹，一个他营中的军官曾说，大漠上绝水断粮，众人困乏欲死之际，骠骑还忙着蹴鞠哩。李将军正相反，粮食饮水，都先紧着士卒，待人宽和，不爱财货，常将赏赐分给部下，这才是真正的带兵之将。

但是，在骠骑府见到的霍去病，和冯王孙想象的却不同。除了陪侍皇帝，他深居简出，很少与大臣往来，全不像二十三岁，更不像一个统率千军、权焰熏天之人。他的脸白得出奇，一双凤目却黑得如同丢失了眼白，他的体格依然强健，华贵的丝帛之下，肩背的力量隐隐地透出。只是他的神态中总有一股说不出的懈怠，像是浑身的精力都流光了一般……他是个锦衣玉食的贵戚，但与那类人又有显著的不同，好比一头卧在锦帐中的豹子。他身上懒洋洋的气息，比什么都要夺目，轻易就会印在人心里。难怪他如此得宠，难怪未央宫中会传出些流言蜚语，说他是邓通再世，韩嫣重生……

据骠骑府一位老奴说，霍去病从前并非如此。虽然生性寡言，但总是兴致勃勃，驰马射猎，斗鸡蹴鞠，一刻也闲不住。然而冯王孙看到的骠骑，分明对一切都很漠然，包括女人。无论宫中赐下的还是府中原有的女奴，都没有受宠的迹象。他被重重的金玉锦绣包裹着，曾有的风霜之色早已褪尽。每当冯王孙想起霍去病，总会看到一张苍白的面孔，飘浮在暗沉沉闪着金光的锦帷中……

杀掉骠骑的机会在慢慢增多。霍去病有时会将他召来，说说如何在大漠草原上猎鹰搏兔，或者谈谈匈奴人的风俗性情，但从不涉及作战之事。这些闲谈，颇让冯王孙觉得心中爽朗，有一回他说得高兴，不知怎么谈到了李将军在右北平一箭穿石的往事，话一出口，他便觉不妥，不料霍去病脸上却难得地闪着光彩："李广的弓箭天下闻名，没和他比试过，我一直心存遗憾。不过要是真比了，算不算我欺负老人家啊？"

霍去病竟然没事人一般笑了起来，冯王孙几乎想抽出暗藏的短刃扑上去，但最终却挤出了几声笑。必须先找到获虎。一旦骠骑遇刺，府中必定戒备森严，找到这张弓就无望了。

他暗地查访，四处都没有获虎的踪影，看来必须去探探花园中的密室了。

"如今将军身体平复，令人欣慰。"宛若眺望着迷蒙的雨雾，一缕发丝垂下来，婉转地贴在鬓角，面庞显得格外柔和。

"我本想以乐伎身份行走世间，暗中守护将军，却发觉将军精气短少，恐寿命不长。将军三年前的大病，便是这个缘故。我不得不显露真身，与将军一会……那是我初次造访，府中的后花园，甚是奇特……"

冯王孙最初见到骠骑府的花园，也吃了一惊。园中并无名花异树、池苑流水，而是如北方的旷野般长满了高高的荒草。庭院中间，竟是一顶行军大帐，帐前竖着骠骑的旗帜。那一日，北风劲吹，他望着飘扬的战旗，心中不由得生出些感慨。

花园的西墙处，建有一栋房屋。霍去病只要在府中，每晚必定开锁进屋，呆的时间不定，短不过片刻，长则一两个时辰。这是骠骑府最隐秘的地方，只有霍去病本人有钥匙，任何人不得进入，就连日常的洒扫，他也一概禁止。室内有什么，霍去病时常在里面做什么，没有人敢去探问。冯王孙嗅到了不寻常的气息。

“说来好笑……”宛若以袖掩口，眼波飞动，瞟着冯王孙，显得有些狡狯，“将军可记得手下有个叫冯王孙的？我与他……与他周旋，便是为了有朝一日，接近将军不致太过突兀，令将军受到惊吓……此人心怀不轨，将军需提防，不过这个一会儿再说……冯王孙竟然告诉我，将军素来崇信神君……”宛若笑弯了腰，笑得连连咳嗽，“事情就这么巧。凡夫俗子，不识我的身份，偏偏自己凑上来，我也正好将计就计……”

冯王孙辨不出心中滋味，但是方才的那股怒气，不知为何竟消散了，雨围拢过来，把一切都冲刷得空空荡荡。

假扮神君的主意，是宛若想到的。那时骠骑染了风寒，闭门谢客，几乎每晚都消磨在花园的密室中。冯王孙完全没有机会，心中焦急。他还不敢和骠骑正面冲突，那样风险很大，而且一旦获虎不在屋内，事情更麻烦。

一日酒后，他说起了骠骑府的花园，还有骠骑的病，医生方士不断上门，霍去病似乎不喜服药，更憎恶躺在床上……他脑袋里有团云雾，但还是牢牢抓着一线清明，他并未将实情告诉宛若，他的意图世间不能有第二人知晓，成败在他一人，绝不能连累李家……酒让他情绪亢奋，让他念头转得很快，编造出那个理由时，他竟有一丝自得。他说自己奉密旨行事，要是霍去病能离开密室就好了……

宛若耐心地听着，似乎很为他着急。待他一觉醒来，忽觉香气浮动。帷幔之外，有个女子的身影，袿衣华服，头上戴胜，被袅袅香烟笼罩着，犹如仙人。女人缓步走来，掀开帷幔，却是宛若黛眉红唇、鲜艳欲滴的面庞，冲他嫣然一笑。

宛若说，既然骠骑敬拜神君，那么引开他最好的办法，就是扮作神君。上至天子，下至庶民，见了神仙无不欣喜惶恐，礼敬有加，绝没有盯着神仙细查来历的。何况神君的事迹流传虽广，就连天子都是只闻其声，未见其形，因此世间无人能辨真伪。

冯王孙觉得这个主意十分荒唐，宛若却再三坚持。她很为自己的念头兴奋，似乎一点意识不到危险。利害得失在冯王孙心头迅速滚过，他把心一横，点了点头。倘若失手，他们一起死了就是，可倘若得手，他竟找到获虎，就是分别之时了，他不能坐等事发，被扔到那些酷吏面前。看着宛若兴高采烈的样子，他把涌到嘴边的话咽了回去。

缕缕香气缠绕着冯王孙的呼吸，似曾相识，正如往事一般，是真切的存在，又迷茫难辨，不可挽留。

“我降临花园之时，夜色渐深，屋内的一点灯火，映出了将军的影子……我叩响窗户，轻声呼唤……”

骠骑府的日常守备算不得森严。晚饭时，冯王孙带了壶酒，引开守卫，与他们攀谈了片刻，宛若趁机从角门进入花园，钻进大帐中躲藏。那时天色将晚，绝少有人入园。

“我感于将军从前祝祷的赤诚，再加上将军大限就在眼前，事情紧迫，所以不惜显露真身，盛加修饰，前往相会——将军为何羞辱于我？”宛若的声音，忽然变得严厉了。

夜色浓稠得像李将军的血。冯王孙眼看着霍去病闻声从屋内走出，又见宛若裙裾飞动，将他引向花园深处烛火照不到的地方，便趁机小心地潜到屋中。

“起初，将军不识我真面目，情有可原。道术奥妙，本非凡人可知。可当我吐露实情，将军为何还要疑虑重重？”

宛若叹息一声，轻轻摇头，“我本想以太一精气补将军之短，这是延年益寿的仙家法术，将军错失良机……”

室内一览无余。到处是武器、盔甲、马具、旗帜，有的陈列整齐，有的却像检视之后随手堆放的。件件擦拭得一尘不染，刀剑矛戈的锋刃依旧闪光。墙上挂着一副铠甲，胸前还留着被长矛刺穿的黑洞。墙角倚着一面旗帜，已经残破得不成样子，但冯王孙一眼认出，那是匈奴休屠王的大纛。他记得霍去病带着休屠王的祭天金人回朝是元狩二年，那也是一场轰动朝野的大胜。旗帜旁有个华贵的马鞍，镶着宝石，衬着绣金蔽泥，马鞍上有团黑乎乎的东西，他凑过去一看，竟是个皮肉已经朽烂的骷髅，双眼留下的空洞，各插着一柄极小巧的匕首，一口残缺的大牙，咬着一枚赤金臂环……

“将军，你再仔细看看！”宛若转过身，正对着冯王孙，“我是天子也要礼敬的神君？还是你口中自荐枕席的淫贱女子？”她半边身子已湿透，挺着一段雪白的脖颈，手臂微张，双眉上扬，神色严峻。雨水时缓时急，屋瓦上一片叮咚。

室内的火光一跳，变得更暗了。冯王孙猛地惊觉，他很诧异自己竟在这紧要关头出神。他不敢移动灯盏，怕被外面的霍去病察觉。他小心地查看，尽量不动任何东西，很快就在一个匈奴样式的箭囊下面找到了获虎。他生怕弄错，将弓凑到灯下——磨得光润无比的朱漆，两端的错金铜弭，正中握手的弣背后，刻着“飞将军”三个字。它同样擦拭一新，弓弦像是新换的。

“天地交泰，降下这场大雨。阴阳调和，为道术之本。岂是寻常的男欢女爱可比？”宛若的音调陡然拔高，沙哑中带着一丝凄厉的颤抖，眼眶里也变得亮晶晶的，“可笑你傲慢自负，目中无人，将神仙认作倡女！”

冯王孙背上获虎，闪身出了屋门，伏在一丛蒿草后，悄悄窥探。

花园深处，看不到宛若的身影，却传来低低的抽泣声，霍去病背向他，相距不足十步。那个平日懒洋洋的贵戚忽然不见了，他右手持短剑，唰地向草丛间一挥，向前踏了两步。风吹草动，他凝立为一片坚决的黑色，散发着看不见的凛凛光芒，声音是携着风声的箭：“你是何人？我堂堂男儿，怎能被你妖言迷惑，行此苟且之事？”

冯王孙低伏不动。怀中的匕首硌人。这个距离，扑过去，一击必杀。

远处草丛间的抽泣声停止了。梦寐般的静。唯有风声，撞击着黏稠的夜色。一缕奇特的芬芳凝固在静夜中，微弱得奄奄一息，却又不肯散去。

“将军！若非我又在梦中与你相会，你的性命怎能延至今日！三年前你就该魂归泉壤了！”

冯王孙全身发抖，像拉满的弓吱嘎作响。生死就在此刻，绝不能让宛若为他丢了性命。他想摸出匕首，却觉得手麻酥酥的。

霍去病沉默片刻，忽地放声大笑，他迅速将短剑插回腰间，话音朗朗，撕开了夜幕：“算了，无论你是谁，都快点滚！不料我府中奴婢，竟有亵渎神君的胆量，就凭这个，饶你一命！”

霍去病转身之际，向他藏身的草丛瞥了一眼。冯王孙觉得有什么东西唰地一闪，像要把他照个透亮，刹那间，他全身冰凉，力气突然消失了，如水泻地。事后他觉得莫名其妙，那道迅捷而寒冷的光不可能来自一个人的眼睛，那一夜，黑得声音都成了影子。

不过霍去病一步都没有多走，他很快锁门离去。冯王孙在草丛中找到宛若，将她拖回大帐，那里有他事先藏好的衣服。她换了男装，扮作巡守的士卒，任他带着混出骠骑府。

宛若没有发出过任何声音，始终呆呆的，她僵硬得像株枯草，一捻就要碎掉。他也只是埋头向前，他已顾不了太多，获虎牢牢地贴着他的后背，比他手中拖着的女人更沉重。

“将军！那一夜你对我百般羞辱，视我为下贱之人，如今你既然知错，带着横吹前来赔礼……”宛若终于放下了过于庄重的面孔，重新戴上笑脸，“将军放心，我本来也不曾和你计较，我们一如往昔……我不是已在梦中看望过你么，我的身子和寻常女人不同吧，你精气充沛，格外欢畅，那便是仙家妙法……”

到后来宛若一步一歪，他几乎拖不动她，好容易回到住处，她向枕上一歪，便沉沉睡去。冯王孙心想，这样倒也省事。她熟睡的脸很平静，只是太过苍白，衬得散乱在枕席间的长发格外的黑，他想割下一缕，念头刚一动，又觉得自己有点可笑。他迅速换了身商贩的衣服，将几缗钱缠在腰间，确认了匕首仍在怀中，便起身出门。

赶到李家时，天尚未明。确认了四下无人，他翻墙而入，将获虎留在了正厅前的石阶上。

离得最近的是西边的直城门，他在附近找了个不起眼的角落蹲着。天亮后，门一开，他第一拨出了城。

他向一个农户买了马，片刻不停奔向北方。他并未想好落脚处，只因雁门、云中一带他曾与李将军驻守过，比较熟悉。他没有发现被追捕的迹象，可依然不敢懈怠。当他沿河而行，将要抵达上郡之时，听到了霍去病的死讯。

骠骑是在他盗出获虎后第四天亡故的。轻微的风寒突然变得气势汹汹，御医的药石、方士的奇术全都无效，他一病而亡，时年二十三岁。

“将军，柏梁台很快就建好了，我们可以在高台之上饮酒奏乐，那股香气啊，整个长安都闻得到……我不喜欢别人上柏梁台。除了你我谁也不见。连天子都没见过我的脸。将军，你还想听什么歌？我什么都会唱，我是长安最好的……我是神君，最擅击鼓歌唱……有我在，你什么都不用担心，我保你百病不侵，长生不死……”宛若絮絮不休，声音渐渐低沉。冯王孙怀中一热，一个绵软的身子已经倚在胸前。他眼前一阵模糊。得知霍去病的死讯，他勒马伫立了许久，说不清是快意还是惋惜，是轻松还是沉重。

不知何时，雨水已经收兵了。微微的凉意浸泡着暮色，天空揭掉了铅灰的盖子，刚刚洗过脸的宫阙和宅邸神清气爽，一道宽阔的彩虹，从龙首山后伸出，掠过未央宫前殿，在柏梁台上高高跃起，台顶的金凤凰身披七彩光芒，振翅欲飞。

冯王孙心中安静下来，仿佛一只空空的箭囊，被随意丢弃在大漠上，永别了金鼓之声。他环抱着宛若的双肩，手交叉在她的胸前，就像从前常做的那样。他轻轻哼起一首歌，那是他在赵破奴府上、初见宛若时听她唱的：

> 战城南，死郭北，野死不葬乌可食。为我谓乌：“且为客豪，野死谅不葬，腐肉安能去子逃”……

宛若柔顺地倚在他怀中，右手轻击，忽缓忽急，打着节拍。听了一会儿，她也扬声唱了起来。她的嗓子毁了，可那一片沙哑里，却荡漾着格外雄壮而悲哀的气息：

> 水深激激，蒲苇冥冥。枭骑战斗死，驽马徘徊鸣。梁筑室，何以南，何以北，禾黍不获君何食？愿为忠臣安可得？思子良臣，良臣诚可思，朝行出攻，暮不夜归！

冯王孙盯着正前方的屋檐，那里结着一滴雨，迟疑着不愿落下。最终还是沉得承受不住，滴答一声，清脆地掉落了。

昏昧的暮色爬上望楼，将他们包裹起来。歌声沉寂下去，周遭的一切也跟着消失了，徘徊不去的，唯有那团奇特的芳香。

冯王孙在第二天离开了长安。当他走上咸阳原时，夜色已深，四周都是大树和荒草卷起的飒飒风声。

满天繁星压在头顶，沉重得像一颗颗硕大的泪滴，要从夜的面孔上坠落，北斗横过天际，如同要接住泪水的大勺子。他辨了辨方向，继续前行。不久，一座巨大无匹的陵寝，挡住了他的视线，这是当今皇上的茂陵，建了二十多年仍未完工。在茂陵的东南方不远处，耸立着一个黑黢黢的影子，伴随着几点零星的灯火。他走向这个黑影，它变得越来越大，越来越深。

冯王孙听说，霍去病落葬时，将士们身披玄甲，从长安一直排列到茂陵。天子下令，骠骑墓要形如祁连山，来纪念他扫平匈奴的功绩。

他盯着骠骑墓看了许久，也看不出这个黑影和祁连山有什么关系，但它确乎散发着笼罩一切的傲慢和威严。一颗低垂的星星，挂在它的斜上方，无动于衷地明亮着，很像霍去病安静又锐利的目光。

鬼生曰：神君者，始为汉初民间所祀一女神也。长陵女，死而有灵。宛若见其神，祀于室，民多往祀。及武帝在位，尝问病，病愈，厚礼之，为之置寿宫、北宫，张羽旗，设供具。来去不可得见，与人言，不外世俗之语，无殊绝者，而武帝独喜。《史记》之《封禅书》等有录。

《汉武故事》谓武帝起柏梁台，以处神君，并记神君、霍去病故事甚详。曰霍去病微时，尝祷于神君，神君欲与其交接，补之以太一精气，去病不肯，以致早亡云云。又曰宛若为东方朔小妻，与朔同日死，时人疑其未死，俱化去。

冯王孙者，盖与司马迁相识，见于史记《赵世家》，尝与史迁论赵之亡于秦，诛良将李牧。小说但取其名耳。

李广乃“悲剧英雄”，生荣死哀。以《史记》之雄文，《李将军列传》亦堪称华彩，钦慕之意感愤之情，历历见于笔端。纵沙场失意，白首难封，何损其英名？正所谓“桃李不言，下自成蹊”，彪炳史册者，岂独斩首捕虏之数目哉！

卫青擢拔于奴隶，立身唯谨，霍去病奋起于骄童，勇冠三军，皆古之名将也。史迁但书其事迹录其战功，少有称者，《佞幸列传》曰二人“颇用材能自进”，然一入佞幸，褒贬可知矣！武帝用兵，多任外戚，始则卫、霍，后则李广利也。功臣宿将、卿相士人当此裙带贵幸之世，亦齿冷心寒乎？史迁受腐刑，盖因武帝以为“沮贰师”而为李陵游说。查李氏、史迁及外戚之纠葛，几有冤孽相缠之感，然亦汉武政事之必然也。

“功成画麟阁，独有霍骠骁。”霍去病轻慢骄纵，不恤士卒，非良将之所为也。然其以青春华年，拥绝世之功，又如激雷闪电，骤然而逝，亦令人叹惋怀想。去病因匈奴而生，“匈奴不灭，何以家为”，然匈奴既灭，果能居家安享太平耶？其暴亡盖亦天命乎？

汉乐府之铙歌十八曲，其词今多有不可解者。然《战城南》《上邪》《有所思》诸篇，激扬沉痛，直捣肺腑，冠绝后世。世间儿女之情，万般残忍，情到深处，必起痴念必有颠倒，必生严酷之词决绝之意，山崩水竭冬雷夏雪不足以诉其情，毁珠焚玉当风扬灰不足以抒其恨，情深者，诚可痛也，亦可戒矣！

2011年3月2日

陌上桑

白玉舞人佩

西汉

河南博物院藏

姬名妄人，家本涿郡蠡吾平乡。年十四嫁为同乡王更得妻。更得死，嫁为广望王廼始妇，产子男无故、武，女翁须。

——《汉书·外戚传》

“一小口。喏——这么小一口。”王武竭力撮起嘴唇，向前噘着，一张大嘴，变得又圆又小。

翁须迟疑地看着哥哥。三天前，他刚骗走了她的小木马。勺子里的祭肉，香喷喷油汪汪的，今年她分到的这块特别大，切得方方正正。一年也吃不到几块肉，而且今年春社用的是羊肉呢。要是刚才一口吞下去就好了。可是昨天，哥哥还把麦饼分了一半给她呢。

“不骗你。就咬一点点。”王武伸长脖子，眼巴巴地看着她。

翁须把勺子凑到哥哥嘴边。王武突然张大嘴，吞下整块肉，转身就跑，翁须听到他的牙齿咬在铜勺上，咯地一响。她嘴一扁，眼眶里泛起了泪花。

“臭小子！”妄人三步并作两步赶过来，一巴掌扇向王武。男孩敏捷地一闪，转眼跑得没影了。

妄人搂住女儿，瞪了坐在旁边的丈夫一眼，埋怨道：“武儿就爱欺负妹妹，你眼看着也不管！”王乭始笑笑，拿起一杯酒，转头和邻居聊天去了。

社鼓忽然咚咚地敲起来了，歌声渐次响起，你唱我和，摇荡着北方的大地。春社之日，万物已经裹上一层薄薄的绿色。村头的大树下，搭起了供台，泥塑的社神，草草地披了块半新不旧的红绸，笑眯眯地俯视着村民们供奉的酒肉，似乎已经允诺了五谷丰熟的年景。祭祀完毕，祭肉也分了，最让人快活的时光开始了。家家户户，扶老携幼，叩盆击缶，欢歌谈笑。

翁须在母亲怀中扭动着身子。一听到歌声，她就坐不住了，失掉的美味，狡猾的哥哥，统统忘记。春天总是这么欢畅，心里总有什么东西像禾苗一般唰唰地长，让人只想伸开手脚，奔到随便什么地方去。

妄人松开了手，翁须纤细的身子，被春风吹得飘起来一般，飞向了村中的伙伴。九岁的孩子，穿的还是两年前的衣服，连双鞋都没有。妄人有点发愁。去年歉收，家中的余粮眼看就要见底；老大无故该说亲了，最好秋天就能下聘礼；

她想学人贩贩私酒，贴补家用，可胆小怕事的丈夫断断不肯……零碎的事情，想起一桩，其余的就接连不断往外冒。最让她挂心的，还是小女儿。三个孩子都是她亲生，可说来也怪，翁须才是真正的心头肉，喂乳到三岁，还舍不得她离怀。庄户人家的男孩子，天生受苦的命，粗糙惯了，将来顶门立户，怎么都能活。唯独这个小囡，自幼生得细皮嫩肉，她舍不得她受半点罪，眼看着村里的小子们一天天长大，她左看右看，觉得谁也配不上她的翁须……

翁须才不管母亲的小心思。她正赤着脚在田埂上疯跑，伙伴们呼啸着追过来。头天刚下过雨，软软的泥土，轻易地没过脚底。她穿过返青的田野，拐了一个弯，跑到村东的水塘边。大坑里积满了雨水，没有飘着树叶的地方，淡淡地映着天上的云。水塘边有条路，总是留着车辙的痕迹。翁须曾经问，路是通向哪里的，但伙伴们都不知道。

远远的，翁须听到伙伴们喊她的名字。她忍不住心里的快活，咯咯地笑出了声。她摊开手脚，在水塘边躺下来。脚底有点痒，她猜是一只蚂蚁爬了上来，但她懒得起身，只是扭着脚趾，轻轻挣扎着。

明晃晃的阳光，透过头顶树叶的缝隙洒下来，斑斑驳驳，抚着脸颊舒服极了。一只小粉蝶，落在她脸旁的淡紫色打碗花上，她轻轻吹口气，蝴蝶惊讶地飞起，扑扇几下翅膀，落在她的鬓角上。翁须觉得有趣，扬声唱了起来：

日出东南隅，照我秦氏楼。秦氏有好女，自名为罗敷。罗敷善蚕桑，采桑城南隅……头上倭堕髻，耳中明月珠……行者见罗敷，下担捋髭须。少年见罗敷，脱帽著帩头……

这首歌很长，记不住的歌词，她就哼着调子跳过去。她知道自己的声音特别明亮，可能比春天的太阳还要亮，伙伴们一会儿就会循着歌声到来。如果男孩子们今天答应带她爬村头的社树，她就再唱一首新的。

“使君从南来，五马立踟蹰。使君遣吏往，问是谁家姝？”

翁须吓了一跳，她欠起身，看到路上停着辆小马车，车上坐着个男人，手握缰绳，笑眯眯地看着她。他三十来岁，脸白白的，留着两撇髭须，头戴缁布冠，宽大的衣袖，暗暗地闪着花纹。一看就是城里人。

男人轻轻咳嗽一声，道：“你是谁家的孩子？”

翁须笑笑。男人的声音很好听，长得也俊俏。她不敢答话，一溜烟跑了。

身子很轻，翩然如燕。完全不是农家女粗壮的身形，虽然还没长成，但将来会是个长腿细腰的美人。肤色黑了点，是乡间日晒雨淋之故。而且，嗓音像银子一样亮。刘仲卿盯着翁须的背影思忖着，不料广望的乡野，竟有这般材质。

他想得出了神。手不觉间松开，缰绳垂了下来。

* * *

> 翁须年八九岁时，寄居广望节侯子刘仲卿宅，仲卿谓廼始曰："予我翁须，自养长之。"媪为翁须作缣单衣，送仲卿家。
>
> ——《汉书·外戚传》

刘仲卿第三次叩开王家的门。

妄人依旧冷着脸："我不卖女儿。"

仲卿笑笑："我改主意了。我也不买。"

妄人狐疑地盯着他。王廼始用袖子抹抹土榻，请仲卿坐下。

仲卿道："翁须到我家，不是卖身做奴婢，更不是预备下给我做妾。我会像养自己女儿一般，把她养大。你们不觉得？她怎么看都不像下地干活的命。”

妄人不言语。仲卿末了这句话，说到她心里了。去年秋收，翁须下地帮忙，才一天手上就见了血泡，孩子照例笑嘻嘻的，可她舍不得。

“我若把翁须当奴婢使唤鞭挞，你们尽可以去告官，说我私贩人口，迫人为奴。”

“你家有势力，我们怎么告得赢？”妄人飞快地接了一句。

仲卿苦笑道：“祖上的荫蔽，到我这里连片树叶也不剩了。再说，如今的官吏，就喜欢拿有势力的人家开刀，没事还找事呢，你们怎会告不赢？”他顿了顿，沉声道：“王夫人，我真的没有歹意。我只是不忍心埋没了这孩子。她将来嫁个农夫，吃苦受累，有什么好？”

妄人心中一软，从来没人叫过他王夫人，这个称呼很突兀，却也让人怪受用的。那么翁须去了刘家，将来是不是也能被称作夫人呢？她看看丈夫：“你说呢？”

王迺始低着头，脚在地上蹭来蹭去：“咱们养三张嘴，是有点难。不过我听你的，咱们不卖女儿。”

仲卿微笑道：“我再三说，不是卖。翁须想家了就回来，反正不算远。她冬夏的衣服，还要拜托你们预备。我也不是那么宽裕的。”

妄人走到门边。井台旁，翁须正抱着一瓶水，往水缸里倒。她力气不够，瓶一歪，水从缸边溢出来，湿了半幅衣裙。正在劈柴的王武丢下斧头，夺过她手里的陶瓶，自己压着桔槔汲井。他向屋里看了一眼，脸上显得怒冲冲的。翁须撣撣双手，看着哥哥笑，脸上两朵红晕，开得正艳。

仲卿的目光很专注也很轻柔，像是怕惊扰了什么：“你们放心吧，我会善待她的。”

两天后，翁须拎着一个包袱，坐上了仲卿的车。包袱里，是妄人连夜赶出的两件缣衣，多年舍不得裁剪的料子终于派上了用场；还有王武还她的小木马，一条坏掉的前腿换了新的；大哥给了她一副磨得亮闪闪的铜匕箸；王迺始依然寡言，像要躲着女儿一般，最后摸了摸她的头……

马车一路颠簸，车盖颤个不停，轮轴吱嘎作响，仲卿听着不觉有点担心。虽然他非常仔细，整日擦拭，竭力保持着座驾的体面，但毕竟是老马旧车了，什么时候才能换辆新的呢？仲卿出了一会儿神，忽然发觉，走出好几里路，身边的女孩一直没说话。他侧头看着她，翁须将青布包袱搂在怀中，瞪着前方，密而黑的眼睫微微上翘，侧脸更显得精致。

“到我家去住好不好？”

“可以。”翁须脆生生地答道。

“知道我为何带你走吗？”

“知道。”翁须依旧看着前方。

“那你说，为什么？”

“你想听我唱歌。”

仲卿暗自吃惊。他没跟王氏夫妇提过这个，怕横生枝节。当然他们早晚会知道，但那时反对也来不及了。看来孩子很伶俐，他心头一喜：“不对，我想教你唱歌。”

翁须不言语，把一缕吹乱的头发别到耳后。

“不信么？现在我会的歌比你多，唱得比你好，我做你师父，将来你就能唱得比我好。”

翁须侧过头，打量着仲卿。城里的男人生得白净，一双细长的凤眼，微微挑着，髭须修剪得根根妥帖，嘴唇红而软，唇边带着一丝笑。

“不光教你唱歌，还要教你跳舞。穿上漂亮的丝帛衣裳跳舞，好不好？”

“你？跳舞？”翁须咯地一笑。叔伯们每逢节庆就扭来扭去，满身酒气，眉眼都笑歪了。

“不信么？我跳得可好了！我还给广望节侯跳过呢。”听着翁须清脆的笑声，仲卿来了兴致。

“真的？那你得到什么赏赐了？”

仲卿记得，自己得到了一顿鞭子。父亲发现他偷偷向府中的伶人学习舞乐，勃然大怒，当着众人的面骂他下贱，说他是贱婢生的无赖子。那年他十岁。他不服气，梗着脖子说，祖父中山靖王最喜欢歌舞，难道祖父也下贱？于是父亲狠狠地赏了他一顿鞭子，从此再也不看他一眼。反正他是婢女所出的庶子，没人当回事。

“我么，得到一件织着长乐纹的锦衣。”仲卿勒紧了缰绳，老马一声哀嘶。

青翠的原野一望无际，风携着草木略带辛辣的芳香，把衣袖撑得满满的。翁须的腿坐麻了，她伸开双臂，舒展着身子。眼前的路好长，什么时候才能到呢？

* * *

仲卿教翁须歌舞，往来归取冬夏衣。

——《汉书·外戚传》

翁须不是最好的，但她理应是最好的，一想到这个，仲卿就恼火。

府中十来个女孩子，翁须的天赋最好。她的嗓子亮，而且不单薄，高音几乎不费力，乐调的转折变化领悟得也快。身体就更灵活，莫说舞蹈，就是缘橦、履索这类有风险的百戏只怕也难不倒她。腰腿看着像柳枝般柔软，却特别有力，难度大的舞姿，掌握得最快。她仗着天资，不肯用功，这倒也罢了，更糟的是她不守规矩。好好的调子，她唱着唱着就跑了，不是找不准，是全凭自己的喜好，乱唱一气；十人的舞队，让她领舞，明明跳到结尾，乐声已停，别人敛袖垂首，她还转个不停，最后歪倒在地上，哈哈大笑。反正你说什么，她都是笑，你瞪起眼睛骂，她笑得更厉害。那清脆得出奇的笑声，最后会让你觉得自己非常可笑，而她一点错也没有。

仲卿向后园中走去。必须和翁须好好谈谈，责打是没有用的，况且他从不打女人，那些粗暴的乐舞师父，他一向瞧不惯。再过几天，邯郸的长儿就要到了，这次表演非同以往。天下的乐伎舞女，十之八九出自邯郸，长儿是这行里最有势力的商贾之一。他不能不郑重对待。

进了后园，仲卿一眼就瞥见，门槛边放着一双丝履。园子里，翁须正赤着双脚，抱着水瓶，侍弄一畦菜。没有人要她做这些粗活，但她就是爱往菜园跑。而且穿鞋袜就像给她上绳索一般，舞队里，别人伸出镶珠绣金的丝履，她伸出一个光脚板。仲卿不觉摇摇头，叫了她一声。

翁须回过身来。仲卿心想，五年过去，她果然长成了一个细腰长腿的美人，线条柔和得像上好的玉瓶，眼睛亮得像阳光下的溪水，美中不足的是肤色依然偏黑。

翁须笑盈盈跑过来，额头挂着一层汗。仲卿去菜畦边捡起她丢下的水瓶，拉着她坐下，淋了些水在手上，替她洗去脚上的泥。

“痒。”翁须咯咯地笑，脚趾乱扭。

“和你说个事。”

“嗯。”

“过几天，有个邯郸人来。我还是想你领舞，但你不许捣乱。一切都要规规矩矩。”

“好……”像是想起了什么特别有趣的事，翁须的笑声又冲口而出。

仲卿叹了口气：“就知道傻笑。”他拿起丢在一旁的丝履，“你看看，鞋底快磨破了，鞋面的丝帛也褪色了，也就是远远瞧着还没破绽。不光是你，你的姊妹们，我全家老少的吃穿用度，我都要挖空心思，才能维持表面的光鲜。没办法，这一行，表面上破败了，就没的做了。但暗地里撑着，真的很难。”

翁须低着头，不言语。

“不是要跟你诉苦。”仲卿沉声道，“这么些年了，你也知道我靠什么为生。邯郸人来，是难得的机会。”

“我知道了。”

仲卿慢慢揉着翁须的脚。他想，话说到这里就可以了吧，翁须其实是知道深浅的。

“你也要把我卖掉吗？”

仲卿的手停住了。他知道这是一个自己早晚必须面对的问题，但是能晚一天，就晚一天。平日里，他并不去想这件事，不想，就像没有一样。

“怎么会呢？你又不曾卖给我家为奴。”

翁须不说话，她双腿一伸，两只洗净的脚，挂着几点水珠，闪闪烁烁。

手上的触感仍在。仲卿想，除了脚底的硬茧，这双脚其实是柔软的，连骨头都是软的。人们入室脱履，但都会着袜，光着脚非常不雅，但翁须就是不在乎。她的脚形很秀气，细长的脚趾紧紧合拢，形成一道漂亮的弧线，趾尖却是婴孩般肉嘟嘟的，粉红的小指甲闪着亮光。仲卿觉得心中一跳。他不缺女人。按说传授男女之道，在这一行里也是很自然的事，但他从不勉强，以往的女孩子对他都是满意的。可是翁须从没露出这个意思。她就是贪玩。

翁须蓦地站起来："放心吧，我不让你为难。"说完又腾腾地跑了。

"你干什么？"

"菜没浇完呢，而且还得捉虫子。"

仲卿叹了口气。他看看自己的双手，指甲里、手掌间，还沾着泥呢，他不觉笑了。

* * *

居四五岁，翁须来言："邯郸贾长儿求歌舞者，仲卿欲以我与之。"媪即与翁须逃走，之平乡。仲卿载迺始共求媪，媪惶急，将翁须归，曰："儿居君家，非受一钱也，奈何欲予他人？"仲卿诈曰："不也。"后数日，翁须乘长儿车马过门，呼曰："我果见行，当之柳宿。"

——《汉书·外戚传》

妄人急匆匆地走着，一只手紧紧扣着翁须的手腕，似乎一旦松开，女儿就会不见了。

翁须浑身黏糊糊的都是汗，腿脚酸软，她很纳闷母亲哪儿来的力气，走了大半夜，还不累么？她有点后悔，不该立刻告诉母亲。她经受不住。翁须本想溜回家避避风头，但母亲一听说邯郸人，顿时急得没头苍蝇一般。

"我们去哪儿？"

"哪儿都行。只要离开广望。这不快到平乡了么，先去你舅舅家躲几天。"妄人的语气很执拗。

翁须用力挣脱母亲的手："这不行！要逃也得做好准备！"

妄人顿觉全身散架一般，她一屁股坐在路边的石头上，忽然涌出两行泪。仲卿带走翁须那天，她将信将疑，别人替你养女儿？天下哪儿有这么便宜的事！但是这些年来，女儿按时归家，眼看着长高了，滋润了，听她咯咯笑着说刘家的事，妄人就觉得，自己遇上了好人。突然听到女儿要被卖掉的消息，她慌了，深埋心底的不安纷纷爬出来责备她，她必须弥补自己的过错。

翁须好一阵不敢说话。母亲的泪水，在肮脏的脸上冲出两道痕迹。她怯怯地看着妄人，从包袱里抓出一把炒米，捧到母亲面前。

“你吃。”妄人摇摇头。

“父亲和哥哥还在家里，我们能到哪儿去？”

“你那个父亲，吃饱了睡，屁事也不管！”妄人恨恨地说。

翁须嗤地一笑。好久没听到母亲的抱怨了。

“你也是，就要被拐卖了，还没事人一样！我这是操的什么心！”妄人越说越来气。

“母亲，你想一想舅母那张冷脸！我们又没钱，往哪儿跑？跑了吃什么？难道饿死不成？再说，刘仲卿是什么出身？在官府里多少有个照应，那个邯郸人更是有手段，早晚找到我们。”

妄人抹抹眼泪，不说话。

“吃点吧。我都快饿死了！”翁须一边嚼炒米，一边把手中剩余的送到妄人嘴边。

第二天临近中午，翁须搀着妄人回到了广望。离村子还有三四里路，迎面驰来一辆马车，仲卿身边，坐着王迺始。

一见他们，妄人的力气好像又回来了。她冲上去揪住仲卿的衣袖，叫喊里带着哭音："我没拿你钱，没拿过一文钱！翁须又不曾卖给你，你怎么敢把她给别人！"

仲卿诧异道："给谁？我为何要把翁须给人？"

妄人呆呆地看着他，心里有一丝火苗在摇晃。她多么想相信这个人。他祖父是中山靖王，他曾祖是孝景皇帝，这么个出身高贵、说话和气的人，骗她一个农妇做什么？王廼始跳下车，拉开妻子的手。他嘴唇动了动，要说不说的，然后给她拍了拍身上的土。

"你不曾与邯郸人写下契据？"

仲卿道："王夫人还是回去歇息吧。不是你想的那样。你们这么跑了，让家里人怎么办？连我都快急死了。"

"你说的是真的？"

仲卿微笑着："我先带翁须回去。改天我们把事情说清楚。"

回城的路上，他们没有说话，回到府里足足两天，他们还是没说过话。翁须一看见仲卿，就躲开了，脸上淡淡的。仲卿知道，事情已不可挽回。他就是做这行的，只要价钱合适，他就得送她们走。哪儿有养大了再摇头说不卖的呢？那就坏了规矩，不但生意没的做，他还将是同行的笑柄。

翁须原本不确认仲卿会拿她换钱，但一看到他的神情，心中残存的、自己也说不清的念头就碎了。她翻检着自己的东西。像样的衣裙，多半是仲卿置的，她一件一件地看，用力把它们扯破，心里觉得痛快了些。最后，她薄薄的小包袱里，就剩了母亲缝的几件衣裳，有的已经小了，还有幼时玩的小木马，掉了两条腿。她拿起木马，呆看了一会儿，跑到后园，埋在菜畦里。匏瓜已经熟了，她一掌打过去，看着它掉在地上，心里咚地一响。

晚上，仲卿正在房里换琴弦，翁须忽然走进来，脸上冷冷的。

“你夫人呢？”

“哄着孩子先睡了。”

“好。”翁须一步跨到仲卿面前，突然就开始解衣带。仲卿吓一跳，没系好的弦嘣的一声弹开了。

“不用骗我，我知道你已经把我卖给邯郸人了。卖就卖，随便你！我想过了，与其将来和不知道什么丑怪的男人，不如和你。做个倡伎，早晚的事！你养我五年，这就算还给你了，我们两不相欠！”骤雨般的，翁须一口气把话说了，胸膛一起一伏，眼里已闪着泪光。

仲卿觉得全身的血在翻滚。他不敢抬头，然而视线正好落在翁须的小腹。半月形的肚脐，藏着小小的暗影，双腿间的黑色，映着灯火，微微闪着金芒。

柔软而驯顺的身子，让他想放任自己，可他不敢。异样的沉默，在告诉他自己所做的一切。他想听到她的笑声，平日里清脆的笑，或者床笫间隐秘的笑，然而他知道，她的笑声将不再为他响起。许多没有面貌的男人在等着她，她的腰肢，她的赤脚，她结实而湿润的身体。在最后的时刻，他抓住了一个念头——这个女人不能被卖掉。她应该姓刘。

仲卿喘息未定，翁须忽然侧过身，将脸抵住他的胸膛："求你一件事。"

"嗯。"仲卿想，不管那么多，只要她说出口，就答应。

"我想再见父母一面。你让邯郸人到我家绕一下再走。我绝不会跑。"

* * *

媪与廼始即之柳宿，见翁须相对涕泣，谓曰："我欲为汝自言。"翁须曰："母置之，何家不可以居？自言无益也。"媪与廼始还求钱用，随逐至中山卢奴，见翁须与歌舞等比五人同处，媪与翁须共宿。明日，廼始留视翁须，媪还求钱，欲随至邯郸。媪归，粜买未具，廼始来归曰："翁须已去，我无钱用随也。"

——《汉书·外戚传》

翁须从没见过卢奴这么大的城，又高又厚的城垣，又长又平的道路，街上来往的人，穿得挺花哨。和这中山国的治所相比，广望就是个小村子。眼前新鲜的、光亮的景致，一时冲淡了她离家的苦恼。

五个姊妹里，有两个是仲卿府上就在一起的，另外三个来自别家。说说笑笑，并不寂寞。邯郸人待她们不坏，饭足够吃饱，隔几天会加一碗肉，一进卢奴，还给她们每人置了一对耳珰。邯郸人说，路已经走了近一半，再有六七天，一直向南，就能到邯郸了，那座城，比卢奴还要气派热闹呢。

同行的姊妹，都是自幼被卖掉的，几乎不记得父母的模样。想到这个，翁须一阵心酸，又是一阵得意。父母一路追着她，从广望到柳宿，发现盘缠不够返回去借，然后星夜兼程，又追到卢奴。母亲找到她，疯了般一把抱住，放声嚎哭。邯郸人见了，皱皱眉，给她们腾出间房子，说："就这一夜。"

秋夜，凉意沁满了席子。翁须蜷缩在妄人怀里，脸被泪水泡着。母亲身上有股酸味，一想到今后再也闻不到这股味道，她的眼泪就哗哗地淌。

妄人反倒不哭了，她轻拍着女儿的背："别怕。我想好了，我去告官。"

"告官？"

"这不是中山的国都么。刘家的子孙骗卖人口，丢他祖宗的脸！他们刘家人，得管管自家的事。我明天就去上告。"

"没用的。"翁须吸吸鼻涕，"我如今是在邯郸人手里，一应文书俱全，已经编入乐户。刘仲卿早脱了干系。"

"不行！哪儿有迫人为娼的！我们清白人家……"

"母亲！"翁须翻身坐起，"清白人家如何？罪人子女又如何？我既已沦落到这一步，就得认命！你看看我！"翁须摊开双手，"这双手，这副肩膀，这个身子，还能回去挑粪种地么？冬夏衣裳，从来都是你预备，我连女红针线也不会！你既送我到刘家，就该知道，我唯一会的，就是弹唱舞蹈，供人取乐！"

妄人掩住了脸，声音哆嗦着："我只想你过几年吃饱穿暖的日子，将来嫁个清白人家……”

“做个娼妓也没什么。”翁须抱住母亲，声调脆得像打破的碗盘，“再贱的命也是一条命！天下这么大，谁家不可以居？何处不可以活？”连日来在心中盘旋的话，终于冲口而出。她有点不甘心，要是能把这番话摔到仲卿脸上就好了，怎么离开他之后才想明白呢？

第二天，翁须醒来时，妄人已经不见了。迎候她的，是父亲一贯木讷的脸。

王廼始道：“你母亲……让我跟着你。她回去筹钱了。我们和邯郸人说好了，凑足了钱，就赎你。”

翁须点点头，懒得再说什么。何况她和父亲一向无话，远不及和仲卿的话多。不会再见到那个人了，骗子迟早有报应，让他生不出儿子绝后，她恨恨地想，忽然又有点心酸。

翁须给父亲盛了碗饭，看着他吃了。她忽地发觉，自己的眉眼很像父亲，以前母亲说过，父亲年轻时生得俊，成亲之时，村里人都羡慕她。

两个人还是默默的。翁须收拾了碗，见父亲依然蹲在墙根下。她道：“一会儿我们就动身了。”

“哦。”

“你回去吧。”

“你母亲……”

“回去吧！”翁须大声叫道。眼前居然泪光闪闪。

王廼始从怀中掏出支竹笛：“拿着。我做的。”

七孔竹笛，活儿很细，翁须握在手里，还能感觉到几分温热。她看着父亲的背影，心中有什么自己也不明白的东西，起起落落。她大叫了一声“等等”，她顾不得疼，死命扯下几缕头发，塞到父亲手里：“还给你们！好好过日子，和二哥说别再和他媳妇吵嘴，还有，让母亲不要找我了！”

王廼始低声道：“你……自己小心。”他的手迟疑着，最终落在女儿头顶，轻轻摸了摸。

* * *

太子舍人侯明从长安来求歌舞者，请翁须等五人。长儿使遂送至长安，皆入太子家。

——《汉书·外戚传》

都说邯郸的风气很坏，当官的得使出狠手段，才能维持大面上的太平，但翁须觉得这里不错，至少没人给她白眼。

邯郸市上的女人，一个赛一个妖娆。姊妹们整天讲的，无非是谁又被选入了王侯的府邸，甚或是去长安，竟进了未央宫。长安很远，翁须觉得眼前的日子才实在，歌舞侍宴，每天热热闹闹。她不是最出众的，却也能得到额外的赏赐，赵王府都点名唤她呢。到了邯郸，才知道什么叫能歌善舞，长儿家的规矩严，师傅们的眼界也高，不尽全力不行。想起自己从前故意出格的小把戏，她就忍不住要笑。如今她脸上常挂着笑，特别是看见李遂的时候。

李遂是乐器师傅，打一手好鼓。这也不算什么，翁须第一次见他表演吞刀吐火的时候，简直呆住了，她差点乱了节拍，只想跑过去摸摸他的肚子，看看里面藏着什么东西。他一身本领，却刚满二十，比常人高出半头，健壮又灵活，两道漆黑的粗眉毛，一跳一跳，会说话似的。他手持鼗鼓，引导她们排演鱼龙曼延之戏，那模样几乎让人发狂。邯郸的贵人们，为他出的价，可以堆满一间宫室，可长儿说了，李遂是他当作儿子看待的，将来还要他送终，绝不卖。

李遂还有一样特别的好处，翁须觉得，只有她知道。至少她没见过他和别的女人夹缠不清。她心里稍稍有些愧意，她奉命侍候过几个客人，不过那也是没法子的事。所以她对他格外殷勤，他也用加倍的乐趣来回报。可惜他们的机会不多。

翁须想，再过几年，跳不动了，就让李遂去求长儿，将自己娶了，踏踏实实养几个孩子。纵然儿女还得为倡为奴，但有他们调教，说不定就是这行里的尖子，出入王侯府邸，吃穿不愁，自有一份光彩。不过李遂有志气，他常说，生为男儿，当建功立业，哪有子子孙孙为奴供人取乐的。只恨如今四海平定，匈奴人都被卫青、霍去病打跑了。他最爱讲游侠的事迹，死了不知多少年的朱家、剧孟、郭解，时时挂在嘴边。出身算什么？一想到能嫁个说不定要做大事的人，翁须就藏不住心里的快活。

仲卿的影子，父母的影子，都渐渐淡了。翁须觉得自己有点无情。但倡女不就是这般活着么？看得见的日子，才值得过。

然后长安来人了。

一看此人的衣着、气派，还有长儿忙前忙后的劲头，翁须就知道非同小可。这个叫侯明的，无精打采，酒席间很少动箸，偶尔瞟上几眼歌舞。长儿却精神抖擞，双掌连击，歌姬舞女，换了一拨又一拨。她们把排演过的，挨个儿跳了一遍，翁须最后累得都快站不住了。末了，长儿陪着贵客走过来，他还是爱答不理的，垂着眼皮。见他走到面前，翁须刚想行礼，却见他抬起眼睛，轻轻地，几乎难以觉察地点点头。翁须一愣，身子还没弯下去，他已经走开了。

过了两天，翁须见院子里停着五辆车马，车辕屏泥都是簇新的，马尾和靠近头顶的马鬃，按时髦的样式扎了起来。几个婢仆，要么查看轮轴，要么往车上捆箱笼。翁须问，主人要出远门么？一个婢女撇撇嘴："你去问李遂。"

翁须一直没见着李遂。他连日陪侍长安的贵客，这天说是去了温明殿。能惊动赵王刘彭祖，这个侯明果然有来历。翁须看着马车出了会儿神，闷闷地回房了。

转天晌午，翁须才意识到心中的烦乱不是没来由。她觉得自己就像件行李，只需往车上一捆，就被运往长安，没有人会问行李半句话。其他四个姊妹已经上车了，她站着不动，婢仆们催促她，她四下望望，右手的路，拐个弯是通往东市的，那里人多，说不定能逃掉。这时，李遂忽然从门里出来了，看着她，脸上带着笑。她的眼泪，立刻噼啪地掉。

"哭什么？我们一起走。"

"一起？"

"我是送行的使者。路长着呢，得照顾好贵客，还有你们。”李遂挤挤眼，还是笑。

一起走。三个字，三颗麦粒，种在翁须心里，然后路途就不寂寞了。虽然李遂几乎不和她们说笑，只顾留意侯明的脸色。小心没坏处。过了函谷关，在馆驿歇宿的时候，翁须想，机会来了。这里地势险，林木幽深，逃到山里暂时躲两天，没有人找得到。有李遂在身边，豺狼虎豹之类的，也不用怕。

半夜，翁须踏着众人安静的呼吸，悄悄出了门。馆驿里客房不够的时候，李遂总是睡马棚的。

她推醒他：“走吧。”

“嗯……天亮了？”李遂迷迷糊糊看着她。

“夜里不是更好？他们都睡着呢。”

李遂的眼神，渐渐清醒过来。“半夜三更，你怎么不睡？别扰了贵人。”他指指侯明的房间，“你知道他什么身份吧？”

“一个太子舍人，你就怕了？”翁须撇撇嘴，有些不快，还想学游侠呢，男人到关键时刻总是不能决断，“要走就趁现在。白天我把路都看好了。干粮也有，前几天悄悄藏的。”

李遂翻身坐起，粗眉毛一皱：“你别闹了。快去睡吧。”

翁须呆住了：“你不是说一起走？”

“当然。我得送你们到长安。路上有闪失，不是玩的。”

翁须霍地站起来。脚下的干草，簌簌地响。

“太子宫，比赵王府还气派吧，也不知能不能进去转转。你怎么了？”李遂终于觉察到什么，轻轻揽住翁须的肩。

翁须看着他，血涌到头顶，嘴唇一直抖。她猛地一推。她听到他的身子砸在地上，“砰”的一声。她没回头。

接连几天，李遂的目光一直追过来，但翁须全当没看见。好几次，他凑上来，她立刻扭开脸，或者借故和姊妹们说话。李遂的脸，耷拉了几天，慢慢也就平复了，他开始和其他的舞女大声谈笑，前仰后合的，直到被侯明的呵斥声斩断。

快到长安时，他们歇了两天。侯明把太子宫的礼仪规矩，细细地讲授，然后让她们一遍一遍地演练。他还是那副无精打采的模样，似乎眼前这些女人，让他受了很大委屈。末了，他把脸一端：“你们入了宫，便是一步登天。不要再来邯郸倡那一套！不可魅惑主上，不可交通外臣，说话行事，都要知道进退！否则幽禁在永巷，这辈子就算完了！”

翁须也不知怎么回事，竟然从鼻子里哼了一声。

侯明的手指戳过来，脸上结着霜。

她想，事到如今，一切都无所谓了。“多谢大人教诲。

皇宫也好，永巷也罢，我们下贱之人，何处不可以居？哪里不可以活？”

侯明似乎愣了一下。他打量着面前的女人，眉毛皱得更紧了。

翁须一眼瞟见，李遂的脸色有些焦急。她胸中的气恼忽地消散，一阵酸楚涌了上来。

* * *

> 太始中得幸于史皇孙。
>
> ——《汉书·外戚传》

翁须从未觉得这般无聊。一天到晚打哈欠。

太子宫很大，但乐师舞女，不能随便走动，一有传召，得立刻装扮起来。她一向有办法让自己高兴，可如今却发觉笑一笑要费很大力气，也就懒得笑了。手脚闲得发痒。有时候，她会想起在仲卿家后园种菜的日子，可太子宫是没有菜畦的。住所挨着宫墙，不用侍宴的时候，她常常望着墙发呆，脑袋里空空。她拼命回想和李遂在一起的时光，他的模样，他说的话，都曾让她满心欢喜。可渐渐地，她发觉自己想不起许多了，颠来倒去，就那么几件事，包括他贴在身上的那份快活，都渺茫了。唯一让她切齿的，是自己的一厢情愿。她不愿意想这个。

姊妹们来自不同的地方，没有特别说得来的。最惹眼的是霜华。她是楚人，长得美，平日里也将发髻梳得高高的，戴满簪环。她那双眼睛，含着两汪水，领舞的时候，眼波一闪一闪，袿衣的飘带一飞一飞，恨不得飞到太子脸上。卫夫人盯她盯得最紧。卫夫人据说是卫皇后族中之人，被皇后遣到太子宫看管倡优。有一回，翁须远远望见，卫夫人和史良娣在博望苑的石麒麟旁边站着说话。过了几天，霜华就不见了，连死活都不知道。大家议论了好久，翁须说："这不明摆着吗？"

太子刘据正值壮年，已生下三男一女。他面貌端严，似乎不好女色，日常来往的，无非朝臣和宾客。太子妃早亡，他有两位良娣，还有几位孺人，可经常出现在身边的，只有史良娣，这可能是因为她头一个生下皇孙的缘故。大家说，史良娣早晚要立为太子妃，那么将来就是皇后。史良娣来自鲁国的好人家，姿色平常，脸上看不出喜怒。一入秋，她就督促着宫人们裁制冬衣。日常的衣食用度，她也立下规矩，不许过于奢侈。翁须觉得，她的袿衣簪环，还不如在邯郸的时候新巧呢。

翁须也动过一些心思。姊妹们谁没动过心思呢？不过她不敢走霜华那条路。她想起了过去的把戏。有一次，跳《临高台》，唱到“关弓射鹄，令我主寿万年”之时，轮到她献酒。她脚不点地飘过去，高举金樽，往案前一跪，身子故意一歪，半杯酒都倾在凤首魁中的肉羹上。如她所料，乐声顿时停了，她吓呆了一般，眼睛里都是慌乱，却微微仰着脸，看向太子。都说女人楚楚可怜的样子，最招人疼。太子确实看了她一眼，只一眼，随即就摆摆手，接着和旁边的臣子说话。肉羹被撤下去了，乐声随即响起。第二天，卫夫人罚她禁食，从此上寿、献酒，再没她的份儿。又过了几天，一个姊妹笑着说起这件事，她跳起来，抓起身边一盏灯甩过去。气氛立刻冷了。大家都说，至于嘛。

翁须只剩下打发不完的日子。据说宫人们年纪老了，赶上恩赦，也有放出去的。翁须想，若有那一天，她先要奔到东市，去吃匈奴人烤的羊肉。按照宫里的传闻，那吱吱冒油的肉块，赛过皇帝案上的任何吃食。总之长安两市上的新奇玩意儿数不尽，就连安息、月氏的东西都有。翁须不知道这两个地方在哪里，她觉得还是两市更远，连人声都传不进半点。

不觉又是一年春天。皇帝东巡封禅去了，太子监摄国事。宫中的人员往来顿时密集了，倡优们也比往常忙碌。一日，太子宴请大夏使臣，来使献身毒国宝镜一枚，大如八铢钱，光华灿烂，说是可以照见妖魅，佩戴者得上天福佑。太子满面春风，席间乐声动地，歌舞翩跹，宾主尽欢。酒喝得差不多时，皇孙刘进告退更衣。皇长孙二十岁了，如今太子常把他带在身边，开始让他接触政事。

皇孙微微摇晃着，脸红得涂了朱砂一般。穿过伶人席的时候，他一脚踢在翁须的膝盖上，险些绊倒，翁须急忙将他扶住。她左右看看，只见卫夫人皱着眉，冲她轻轻一点头。翁须便扶着皇孙往外走。周围很热闹，一支胡乐起了调子，正奏得铿锵。

一出殿门，皇孙的身子骤然沉了，几乎伏在翁须的肩臂上。他踉跄着，指指西北角。不用说，翁须也知道是要去如厕。她拖着皇孙，刚走到厕外，他就扶着栏杆吐了一地，翁须的裙裾也溅上些许。她忍着恶心，扶他进去，替他解了层层缠绕的礼服，把他安置好。又出来把呕吐物打扫了，从旁边的铜缸里盛了一盆水，候着。

过了好一阵，皇孙出来净手。他将手浸在水中，抬眼打量翁须。然后事情发生得好快。她不知怎么，就被压在栏杆上，然后觉得双股间一痛，一个陌生的玩意儿，插了进来。她想让自己变得柔媚一点，可是只觉得疼，腿间疼，后腰硌得也疼。她默不作声，只觉呼吸间都是酒臭，那双浸在水中的短而白的手，似乎依然在眼前晃。

皇孙走后，翁须整理好衣服，忽觉好笑。男人带来的滋味，各种各样，自己才十七岁，是不是都尝过了呀。她笑得弯下腰去，却听不见自己的笑声。她抹掉眼角渗出的泪水，直起腰，却看到卫夫人，正远远地望过来。

第二天，卫夫人把她带到一间陈设齐备的屋子。婢仆们正在擦拭几案，又展开几身度夏的新衣，让她过目。过了一会儿，史良娣来了，问问她的姓氏籍贯，赏了她一副镜奁、一匣粉，没说两句话，便走了。

从此，她不再是太子宫的舞女了。她是史皇孙的家人子。

* * *

武帝末，卫后宠衰，江充用事。充与太子及卫氏有隙，恐上晏驾后为太子所诛，会巫蛊事起，充因此为奸。是时，上春秋高，意多所恶，以为左右皆为蛊道祝诅，穷治其事。丞相公孙贺父子，阳石、诸邑公主，及皇后弟子长平侯卫伉皆坐诛。

充典治巫蛊，既知上意，白言宫中有蛊气，入宫至省中，坏御座掘地。上使按道侯韩说、御史章赣、黄门苏文等助充。充遂至太子宫掘蛊，得桐木人。

——《汉书·武五子传》

翁须被扔在后宫足有半年，皇孙突然驾到。翁须一直不明白，他是怎么想起她的。

皇孙说不准什么时候来。翁须每天望着太阳，看着光芒渐渐落下去，然后掌灯了，四处都安静了，她也躺倒了，渐渐迷糊了，就知道他不会来了。她并没等他，就是得预备着，比如每晚燃上熏炉，把被褥熏香。翁须觉得这个人不讨厌，就像他白白软软的小手一样，还有点招人疼呢。翁须就想，当初皇孙抛下她不理，可能是因为酒后失德，自觉羞惭。其实皇孙很害羞的，做那事的时候，宫人在旁边侍候，他老是不自在。这么一想，翁须就会在心里笑笑。

她抚着自己硬硬的肚皮，觉得有点恍惚。自从有了身孕，她的身份立刻贵重了。日常用度好了许多，宫人们的殷勤小心，不是装出来的。史良娣竟拉着她闲谈，还教她做女红。她一针一线缝制婴儿的衣服，却怎么也抹不去奇怪的感觉——怎么腹中就多了块肉呢？好像和她一点关系都没有。

当然大有关系。道理她懂。她的将来，就在这块肉上。倘若是个男孩，倘若不出意外，那么将来是有可能做皇帝的。翁须至今还没见过皇帝呢，可是已经怀着一个皇帝。她觉得有点奇怪。不过，那是很久很久以后的事了，先得太子即位，然后皇孙即位，然后……她就能当上太后么？简直说不出还要多久，那时她已经死了吧？翁须觉出一团轻飘飘的渺茫，还有一丝惧怕。据说细腰的女人生孩子很难，弄不好会丧命的。

太子和皇孙好像不怎么在意这个孩子。近来父子俩不太对劲。正月新春，朝贺完毕，他们就一直阴沉着脸。一天，史良娣亲自为太子奉酒，也不知说了句什么，他衣袖一拂，案上的盘盏掉落一地，他看都不看，起身走了。

翁须挺着肚子，慢慢走回房中，不料皇孙竟然在，人呆呆的，细看，眼睛下面，还有一道泪痕。翁须迟疑着，手搭上他的肩，他也不回身，声音有点抖："丞相死了。敬声叔叔也死了。灭族。公孙家完了。”

翁须无话。她连敬声叔叔是谁都不知道。后来她悄悄去问卫夫人。她也黑着一张脸，不过还是把其中的利害细细和她讲了。原来，公孙氏和卫氏关联甚密。多年前，丞相公孙贺便随故大将军卫青——也就是卫皇后的兄弟、太子的舅舅——出征，交谊甚笃，他娶了卫皇后的姐姐，生下公孙敬声。本来父子并居公卿位，显贵无匹，敬声却行为不检，擅用北军银钱，下狱。公孙贺收捕京师大侠朱安世有功，想以此为子赎罪。不料朱安世狱中上书，告敬声与阳石公主私通，埋偶人，行巫蛊，诅咒皇帝。这就犯了陛下最大的忌讳。卫夫人连连叹气：“但愿不要牵连皇后，不要牵连太子，如今是刀在颈上啊……”

陌生的人名、层层缠绕的关系让翁须觉得心里乱糟糟的，她顾不上想这些。她临盆了，叫得死去活来，到后来，她连自己的声音都听不见了。有那么一瞬，她飞到屋顶上，看着两个产婆、几名宫人正按着披头散发、双腿大张、拼命嚎叫的自己，情形怪异又好笑。她的身子从未这么轻，是真的飞起来了，莫非已经升仙了？她刚想张开双臂，却一头栽了下去，掉在一片血污里，一声响亮的啼哭里。

皇曾孙诞生了，贺礼流水般抬进来，就连皇帝也从甘泉宫送来一份重礼，说等病好了，要看看婴儿。太子和皇孙似乎松了一口气。宫中的气氛，莫名地轻快起来。

婴儿被抱到翁须身边时，她还是有点纳闷，囫囵一团的肉块，怎么就长成这么个有手有脚、活灵活现的小身子了？皮肉软得人心里发甜，眼睛还闭着，小嘴已摸索着叼住她的乳头。多奇怪的小东西，这就是我的孩儿吗？她还没回过味儿来，眼泪却已湿了枕头。

翁须很快就觉出了乐趣。她摇着小鼗鼓，又开始咯咯地笑，就像少时在乡间一般。看着婴儿肉嘟嘟的小腿，她杵一下，婴儿闭着眼，咯地一笑，她也咯地一笑。睡着的小胖脸，她弹一下，婴儿醒了，哇地一哭，她还是咯地一笑。就连史良娣给她白眼，她都不理。太子宫的人都说，家人子有些痴癫。

然后婴儿满月了，被史良娣抱走了。她说，长孙非比寻常，不可丢给一个舞女出身的家人子，得亲自教养。翁须哭着哀求皇孙，他着实安慰了她一番，道："有什么可担心的？母亲难道会亏待了孩儿？"可翁须还是哭个不停，他就有些烦了："你懂什么！这孩子生的不是时候！还不知有几天的福可享！”

翁须愣住了。她不懂这话什么意思。皇孙重重地叹口气，将跪着的翁须拉起来，道：“想要什么，尽管说。”

翁须终于吃上了东市的烤肉串，可她觉得一点滋味都没有。她想了想，又要那面身毒国的宝镜，就是从前侍宴时看见的，竟然也得到了。皇孙忽然待她特别好，人虽不怎么露面，东西却源源不断地送过来，屋里变得明晃晃的：一匹长乐明光三色锦，两匹孔雀锦，一枚五色纹玉环，一支同心七宝钗，一扇七尺屏风，一套六博具，甚至一个蟾蜍嵌宝铜砚盒——翁须不知道拿这东西做什么，她又不识字。

四月，又传来诸邑、阳石两公主，长平侯卫伉也就是卫青长子的死讯，罪名也是巫蛊。皇孙变了个人，整天醉醺醺的，更奇的是太子和史良娣看在眼里，却几乎不说什么，他们原本对长子要求甚严。宫中宴饮不断，翁须听着远远飘来的乐声，觉得腰腿发沉，身子往下坠。一切如她过去所想，她果然跳不动了，而且也生了孩子，只是不在邯郸，而是在长安的太子宫。

哪里都一样。如今的日子，不长也不短。每天早饭后，她都可以去史良娣那里看看婴儿，冲他摇摇小鼗鼓。他能坐起来了，小嘴唇湿乎乎地冒出些泡泡，还能咯咯笑着爬。可是，不管翁须怎么摇小鼗鼓，他总是会爬向拍着双手的史良娣。玩不多久，就被乳母抱走了。翁须的胸前，总是湿漉漉的，乳房胀痛，平添了许多烦恼。

但是儿子终归是她生的，日子也总得过，习惯了就好。七月初七，彩女们都在开襟楼穿针。翁须也铺开一块斜纹锦，让宫人拿来一枚七孔针，几缕丝线，想给婴儿做件冬衣。灯火在室内晃动，四处都是长长短短的影子。她哼着歌，东一句西一句，总是忘词，幼年时最爱唱的那首歌，几乎忘光了。针穿进六孔，第七孔怎么也穿不过，线头都毛了。她集中精神，可是针孔依然和她作对。没来由的，她想起了仲卿，他细长的、微微笑着的眼睛，还有李遂，那对跳来跳去的黑眉毛……她突然大叫一声，把针扔在地上。她跳起身，在屋里转圈，越走越快，直到哗啦一声，碰倒一株摇钱树。她呆立着，忽地扯下罗袜，冲了出去。

铺了砖的地不比家乡的土路，又硬又凉，硌得脚疼。她飞跑着，上楼，穿过复道，再从另一栋楼阁咚咚地跑下来，执守的宫人迎上前，她就绕到另一侧接着跑，她哪儿也不想去，就是要跑个痛快，她觉得身子还很轻盈，腿还像野兽一般有劲，他们捉不住她。一个宦者跑过来拦她，被她一把推开。她咯地一笑，冲过侧门。

眼前忽然变得明亮。一束束火把，点燃了黑夜。大殿前的台阶上都是人，太子、皇孙、史良娣，还有十来个披甲执剑的侍卫。殿前的人更多，皆是羽林军的服色。周围一片静默，只有锄镐撞击石板的声音，叮叮当当。翁须不敢相信自己的眼睛，太子宫的地面，已被连片翻起，更远处的黑暗中，还有些模糊的人影，闪动的火把，晃个不停。

没有人理会翁须，她的出现，似乎未被察觉。所有的目光，都聚在一个人身上，羽林军的火把，簇拥着将他照亮。是个身材魁梧的男子。眉目俊朗，神色冷冷的，却从容不迫。穿戴甚是新奇，头上一顶步摇冠，身上罩着件纱縠禅衣，层层叠叠，曲裾交缠，极为华丽。翁须从没见过男人穿成这样，就连李遂装扮起来都没这么好看。

黑影里，一个人跑过来，须髯丛生，看模样是个胡人。他双手捧着一样东西，呈给华服男人。男人高举着那件物事，凛然道："殿下，这是什么东西？"

太子肃立不动，一言不发，嘴唇却微微哆嗦。皇孙向前冲了两步，抬手指着那人："江充！卑鄙小人！这分明是你埋下的！还敢诬告我们！”太子一把扯住皇孙的衣袖：“不可对绣衣使者无礼！陛下自会明察。”

男人躬身施礼：“殿下说得极是。臣当驰马甘泉宫，禀告陛下。”

江充带着羽林军，转眼走得干干净净。眼前只剩一地的狼藉，掘碎的石板、刨开的土地，好似一张张怪笑的大嘴。皇孙一屁股坐下，双手掩面，呜咽声低低地响起。侍卫、门客、宦者纷纷围过来，惊慌的面容、愤怒的叫喊、嘈杂的谈论，云雾般淹没了太子一家三口。

没有人理会站在一旁的翁须。她忽然觉得疼。掀开裙裾一看，赤足上都是血，左脚内侧，不知何时割了个口子。她瘸着脚，向寝宫走去，星星点点拖出一条血迹。

方才那样东西，映着火光，她也看得清清楚楚。是个八九寸长的木偶人，上面扎的针，被火把映得金光闪闪。翁须还数了数，一共三枚。

走到半路，翁须改了主意。她撕下一角裙裾，包住流血的脚，然后向右转，朝史良娣的宫室走去。她要去看看婴儿。

* * *

太子使舍人无且持节夜入未央宫殿长秋门，因长御倚华具白皇后，发中厩车载射士，出武库兵，发长乐宫卫，告令百官曰江充反。乃斩充以徇，炙胡巫上林中。遂部宾客为将率，与丞相刘屈氂等战。长安中扰乱，言太子反，以故众不附。太子兵败，亡，不得。

太子之亡也，东至湖，臧匿泉鸠里。主人家贫，常卖屦以给太子。太子有故人在湖，闻其富赡，使人呼之而发觉。吏围捕太子，太子自度不得脱，即入室距户自经。

——《汉书·武五子传》

帝生数月，卫太子、皇孙败，家人子皆坐诛，莫有收葬者，唯宣帝得全。

——《汉书·外戚传》

婴儿哭个不停。哭声撞击着牢狱的四壁，响亮得惊人。翁须的乳房上，都是青紫的指痕，她拼命挤压，却只流出几滴奶水。原本胀痛的乳房，突然就干瘪了。

牢门哐当一声打开。一个穿着廷尉服色的男人走进来，身后跟着个壮健的女人，头发刚刚过耳，身着囚衣，是个女犯。男人先向缩在角落的皇孙行礼。皇孙照旧呆坐着，双目不知望向哪里。女犯默不作声，从翁须怀中接过婴儿，脸冲墙角，解衣喂乳。

前两天，也是这个治狱的使者丙吉，送来些汤羹，勉强喂饱了婴儿。翁须的泪水，簌簌落下。

丙吉的脸忽然涨得通红，他背过身去。“家人子保重。还有一事与你商量。”

翁须这才发觉，自己还敞着襟，半个乳房露在外面。她连忙整理好衣裙，看着皇孙。他还是那副样子。

“大人请讲。”

丙吉慢慢回过身来，道：“此处狭小潮湿，皇曾孙年幼，日子长了，只怕禁受不住。我想替他在狱中另择一个敞亮干燥的地方，家人子意下如何？”

翁须愣住了。羽林军前来抓捕之时，她抢先抱起婴儿，死也不肯撒手。数日来，婴儿几乎不曾离怀，真正成了她的孩儿。有了这块软乎乎的肉，狱中的日子也没那么难熬。他很强壮，吃饱了就不会哭闹，咿咿呀呀嘟囔着，在铺草上转来转去，但最终一定会爬到她怀里。他已经钻出一颗小乳牙，还张嘴笑呢，眼睛亮得像落进了星光。

“家人子不要多虑。这个女犯很稳重，必能照料好皇曾孙。我也会多加小心，绝不让孩子有什么闪失。”

她把会唱的歌，挨个给婴儿唱了一遍。她觉得自己的声音变得明亮了，就像幼时在家中一般。然后她想起父母哥哥，他们还看得见这孩子吗？她不愿意想下去，就再找一首歌唱。婴儿的小腿一蹬一蹬，发出些奇怪的声音，像是在呼应她……

丙吉垂下了头：“倘若……”

“大人稍待。”

时光静得凝乳一般。翁须看着女犯喂奶，然后从她手中抱过婴儿。他已经吃饱了，睡得正酣，上唇还沾着一层奶沫，翁须笑笑，用手指轻轻抹去。她把婴儿放在干草上，解开襁褓。真是个胖小子，四肢的肉，一圈圈堆着，像白嫩的虫子。她给婴儿换了尿布，他小腿蹬了蹬，还是沉沉睡着。她又从颈上解下身毒国的辟邪宝镜，仔细系在婴儿的左臂上。离宫之时，她只带出了这个，原本怕镜子沉，婴儿受不住，想等他大一点再戴的。翁须重新将襁褓裹好，交给女犯。然后她对着丙吉跪下，磕了个头：“请保住这孩子一条命。其他的，都无所谓。”丙吉看看她，又看看两眼空空的皇孙，叹了口气，关上牢门。

自从婴儿一走，翁须觉得心中空了，却也轻松了。她依旧哼着歌，幼时最爱唱的一首歌，很长，那时便记不全歌词，她拼命回想着，零星的词句断断续续冒出来。她不住地劝慰皇孙，甚至给他跳舞。如今她只能赤着脚跳了，觉得很痛快。渐渐地，皇孙脸上的阴霾退了一些，他开口说话了，有时还把她搂在怀中，夜深的时候，便腻在她身上，下死力要她。听着他野兽般的喘息，翁须的身子也热起来，她觉得快活，这个男人在依靠她呢。

他们开始被提审，有时是丙吉，有时是别的官吏。除了不曾见过桐木偶人，不曾见过宫中夜祀巫鬼，她什么也说不出。倒是从官吏们口中，她断断续续知道一些事。太子起兵失败后，卫皇后自杀，史良娣与太子失散，为追兵所害，太子的长女嫁给平舆侯嗣子，也死了。太子带着两个年幼的皇孙逃向长安东边，还没有下落。另外，那个模样英俊的祸端、被太子斩杀的江充，居然是邯郸人，有个妹妹还嫁进了赵王府呢。她回来一说，皇孙立刻咬牙切齿：“他害了赵国从前的太子，如今又来害我家！这等畜生，斩首是便宜他，应该灭他全族！把姓江的都挫骨扬灰！”翁须不敢再问，她想象不出，害了两个太子，得是什么样的手段啊。不是都说，皇家尊贵无匹吗？

大约过了一个月。这天，皇孙受审后，是哭着回来的。翁须正喜滋滋的，幼时那首歌的后半部分，她终于想起来了。皇孙一进门就扑倒在铺草上，嚎啕大哭。

太子死了。他藏匿的人家，用度艰难，他让一位故友送些钱来，结果被发现。太子自经，两个年幼的皇孙，不知怎么也死了，也许是被捕吏们砍了吧。

皇孙拉着翁须跪下，向东方叩首行礼。他久久伏在地上，一动不动，翁须扶他起来，才发觉他已软作一团，浑身抖个不停，喃喃道：“死了……我也要死了……都死了……”

翁须一把抱住他。此刻，她忽然察觉，她是真的嫁了这个人，他才是她的丈夫，不是仲卿，不是李遂，更不是那些来往的客人。出身卑贱的邯郸倡，一样有自己的丈夫，而且，还是个差点就要做皇帝的丈夫呢。以前怎么没想到这个呢？他说得对，他们都要死了。也许皇帝明天就会下诏。枭首。弃市。腰斩。鸩杀。他二十二岁，她十九岁。

翁须轻轻道："别怕。就算荒郊野坟，就算破席卷尸，没有殓衣，没有陪葬，我们还是在一起。坟墓里，日子也要过。天地这么大，何处不可以居？"

皇孙瘫在她怀中，呜咽渐渐停了。

翁须觉得心中平坦，就像家乡的夏日，蝉鸣声中，庄稼都睡着，四野青翠。她轻轻哼唱着："使君自有妇，罗敷自有夫。东方千余骑，夫婿居上头。何用识夫婿？白马从骊驹；青丝系马尾，黄金络马头；腰中鹿卢剑，可值千万余……"

她拿起小鼗鼓，轻轻一摇。线绳末端的两个木珠，敲在鼓面上，咚咚两声。她侧耳听听，周围还是很静。这些天，她一直盼望听到婴儿的哭声。狱中的墙壁可真厚。他住在清洁敞亮的囚室，吃得饱，就不哭了吧。天要凉了，襁褓得换厚的。他命好，就能活下去，万一不行，就来找父母吧，一家三口，过得更热闹。

翁须微微笑着，有些出神了。鼗鼓清亮的声音越来越急促，叮叮咚咚，从墙壁间冲了出去。

鬼生曰：武帝末，巫蛊祸起。征和二年，宣帝生数月，戾太子败，阖家遇害，唯帝得全。坐太子系狱，治狱使者丙吉怜孤儿，私给衣食，养护甚周。积五岁乃遭赦，丙吉载以付帝之祖母史氏家。及昌邑王废，帝入承大统，追思身世，数遣使者求外家。地节三年，帝外祖母王媪，舅无故、武诣阙，具白帝母王夫人少年事，杂考相关人等辞，皆验。帝思母恩，谥曰悼后，外家赏赐逾巨万。

赵都邯郸，自战国及汉，多倡优，游媚富贵，遍及诸侯。《汉书》记宣帝母少时为人骗卖至邯郸，其事多有曲折，及入宫，寥寥数句耳。佳丽充后宫，罕有见于载籍者，笔墨亦多施于权后宠妃，余者事迹皆不彰，盖得幸、生子耳。然翁须一生波澜，岂逊于飞燕合德哉！故想象敷陈，以补青史之阙也。

《西京杂记》云，宣帝系狱，臂戴史良娣所系身毒国宝镜，故为天福佑，得脱大难。及即尊位，帝每持此镜，未尝不感慨流涕。然帝下狱时仅生数月，焉知宝镜之所从出者？小说移用于翁须，以明母子之至情也。

身毒，今谓之印度。《西京杂记》所载之宝镜，不可尽信。然身毒之物见于大汉，殆非无稽之谈。《史记·大宛列传》云，张骞尝于大夏见邛竹杖、蜀布，大夏贾人市之身毒也。则汉武时，中华之物已见于身毒。盖商贾之迹，早于使臣，其筚路蓝缕之功，不可没也。

又，七月七日，汉彩女穿七孔针于开襟楼，亦见于《西京杂记》。然《史记》《汉书》以干支纪日，七月七日云云，盖魏晋人作书，附会汉时之七夕风俗，殆不可信。本篇移用于翁须故事，小说家方便之辞也。然江充掘蛊太子宫，在征和二年秋七月，于史有征也。

所谓历史小说，以文学想象为本，然摹画枝叶，当秉承史家态度，精益求精。奈何风俗渺远，细节纷繁，考据不暇，以今人之语写古人之事，如履薄冰，力有未逮，错漏瑕疵多矣，识者或可谅之。

2011年7月29日

别　史

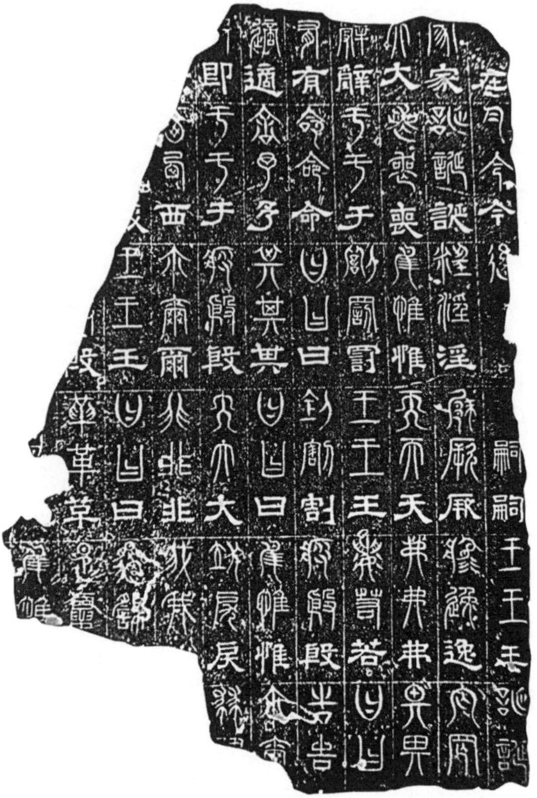

三体石经拓本

曹魏正始二年
以古文、篆、隶三种书体刻
《尚书》《春秋》《左传》于石上

刑余之人史成昧死以闻皇帝陛下：平通侯杨恽失爵以来，不思悔过，反炫财扬己，惊扰乡里。新起一宅室，殚极土木，楼阁周通，回环相望。又置安车一，驾驷马，张华盖，连日游于咸阳原。其淫奢之状，难于一一具奏。伏乞陛下明察。

真是辆好车。漆得光灿灿的，车厢上的铜扶手，错了金银云雷纹，车盖上围着一圈六瓣金华。而且不是中看不中用的东西，每个木件都缠筋施胶，一丝不苟，轮轴光滑得几乎没声音，不用赶自己也会走似的。我一上手就知道了，这辈子驾过的车，属它最好，又快又稳。唯一的遗憾是，只能张个白布车盖，显得灰溜溜的。他没资格用黑缯盖了，那是千石以上才能用的。我心中暗笑。

他正往新宅里走。身边没人。我溜下车，悄悄跟过去。

宅邸四处生光。他可真有钱。他哪儿来这么多钱？穿过正厅的时候我直眼花，满地黼黻，地砖上似乎有字迹。眼睛越发坏了，看东西模糊，偶尔还会一片昏黑。我蹲下身细察，相互嵌套的菱纹图案间，浮出四个字：富贵未央。

俗气。他生来富贵，但是能不能“未央”，可不好说。

室内已经搬进几件家具。一张带屏的大床前，奴婢们正在铺席，在床上方张设承尘，见了他纷纷行礼，他嗯了一声，脚不沾地就走开了。我敢说，要不了几天，他就能用金的、银的、玉的东西把宅子填满，离开它们他一天也过不下去。不过，说句公道话，他这种有钱人，和商贾之辈确实不一样。他是宰相之子么。这个不一样，就在于他有个不爱钱的清高名声。据说他父亲杨敞死时，留了五百万钱给他，继母死后，数百万钱也都归他，结果上千万他全都散给宗族亲戚了。他的钱来得太容易。结果怎样？他官场失意，马上现出原形，一个贪图享乐的纨绔子罢了。没志气。

在第三进院落，他进了东厢的一间屋子，许久不见出来。西厢传来敲打声，还有匠人在室内忙碌。我顾不得许多，凑到窗扇前，绮疏纹的窗格不大不小，刚好容纳我的眼睛。

这是书房。我一下就意识到了。虽然仅仅铺了席，没有笔墨没有书案更没有半根竹简，但这里必定是书房。我闻也闻得出来。只有书房，才会散发这样安逸的气息，当墨香飘起，还将增添一分华贵的隐秘，就像当年中书令大人那间小屋一般。

他背对着我，左顾右盼，手也不肯闲着，一件明晃晃的东西，绕着他右手的食指飞转。眼睛酸胀，头也莫名其妙地疼。待他把手放下，我才发觉，是那柄书刀。他用丝绦系在腰间，日常佩戴，从不离身。

是柄好刀。象牙鞘，黄金柄，刀柄上的圆孔，刚好可以舒舒服服地把食指插进去。刀刃看上去脆弱得像冰，却锋利之极，竹简上的错字，轻轻一刮就掉了，几乎不留痕迹，好像刮掉的只是一层薄墨。最初为中书令大人抄写的时候，它帮了我许多忙。我差点请大人把它赐给我，又一想这是御赐之物，不该令大人为难。我敢说，我若开口，大人一定会答应的。他视我如子，连那么重要的书都交给我抄写。我越写越流利，几乎不会出错，字迹端庄优雅，笔墨与竹简像夫妇的房事一般亲密，那种感觉真是没法说。大人夸过我好几回。慢慢地我也把这柄书刀忘了，不料大人竟给了他。这也没什么。大人这么做可以理解。他是大人的外孙么，他就喜欢镶金嵌玉的宝贝。我能想象，他是怎么缠着大人撒娇，要来了这柄书刀。

他和我同岁。第一次见面，我们都是十岁。那时中书令大人刚教我认字不久，每天我不是对着《仓颉》《史籀》习字，就是帮大人治简。官家输给的笔札，数量足够，但大人对竹简的要求很高，编连竹简，更不肯假手旁人。他只信任我。

很快我就把治简的工具用熟了。我将官简仔细修整，刻出编连的缺口，一一排好，大人随用随取。大人写毕，我便用麻绳编连成篇。大人说我天生就是干这个的。我编的竹简，松紧适度，绝不会散落，而且易于收卷。

大人每日写个不停，从不懈怠，就像没有明天似的。我猜他是长安城最后一个睡下的人。夜间的书房安静极了，就连毛笔吱吱吃墨、帷幔被风扬起都能听见。他下笔很快，就像在驰道上飞奔的骏马。但我能跟上他的速度，竹简从没断过。有时大人收笔后，会诵读一段给我听，他脸色苍白，颧骨上映着一点灯火的亮光。可惜当时我年纪小，只觉得大人的声音飘来飘去像做梦一般，要是现在我肯定能全部记住。没办法了，《太史公书》已入藏秘府，不要说我，就连一些诸侯王求书都得不到。如果这辈子还能看到大人矫健的笔迹，让我立刻死了也情愿。都怪他。

那时他父亲还没当上宰相，只不过是故大将军霍光门下的红人，但他纨绔子的习性已经掩不住了。我进境飞快，“仓颉作书”之类的已经烂熟，就开始学习传记。我好好地在念书习字，边读边抄，用的都是尺寸不合的废简和大人写秃的毛笔。我又没招惹他，可他在旁边大声嘲笑，一会儿说少了一画，一会儿说间架不整齐。关他什么事？他还非要做示范，一把抓起我为大人治的简，我再三恳求他放下，最后不得不跪下了。他似乎吃了一惊。然后他涨红着脸，“啪”的一声，把竹简掰断了，扔到我面前。我什么都没说，捡起断简，继续练我的字。

我根本不想和他说话，他却缠着我不放。他在我对面坐下，脸上笑嘻嘻的：“你一个寺人，为什么要学《论语》？”

我应该把笔扔到他脸上，但愿墨点像黥面一样永远洗不掉。但我忍住了。大人若知道自己的外孙恶语伤人，会难过的。

寺人的意思我懂。中书令大人给我讲过寺人披的故事，他刺杀过晋文公，有勇有谋，有节有义，是了不起的人。但他肯定不知道寺人披，他一脸嘲弄。他就知道我比他少了一样在世人看来很要紧的东西。

那时我下身的伤口还没完全好，有时还会流出些黏糊糊臭烘烘的脏水，疼得不如死掉。多亏了中书令大人，他亲自去找御医为我求药。我知道大人为何要讲寺人披的故事给我听，因为他是和我们一样的人。如果能像大人那般博极群书、腹藏锦绣，不要说腐刑，就是车裂也无所谓——啊，手和身子分家就不能写字了是不是？这不行。

我不和他计较——看在大人的面子上。大人没有子嗣，只有一个女儿嫁给了杨敞。他是唯一的外孙，他的长兄杨忠并非大人之女所生。据说杨敞是个懦弱胆小之人。孝昭皇帝薨后，霍光带头废昌邑王，扶立当今皇上，他本来不敢参与，要不是大人之女替他决断，他就当不上丞相了，杨家就没这么富贵了。不过我看杨敞是个明白人，他以杨忠为嗣，是保全杨家的明智之举。他料到杨恽会有今天了吧……

他怎么站了这么久？他怎么对着一面墙发呆？他自幼如此，常有些奇怪的举动，说些文绉绉的句子，好吸引长辈的目光，渐渐就成了习惯，没人的时候也装模作样。要是没人关注，比如像我这般在角落里沉默一辈子，他早就疯了。但是我无所谓，我不需要他们的目光，千秋万代之后，他们化为尘土，无数双眼睛注视的——将会是我。这是中书令大人的愿望，我不会令他失望的。

从这个角度看，他的侧脸多少有点像中书令大人，特别是眼角和下颌的线条……不，一点都不像。眼睛真的坏了。大人虽然慢慢发福了，但鼻子始终挺拔如峭壁。他的鼻子一看便知是酒色之徒。

大人过于溺爱他。他一出现，大人就会停笔，指点他念书，陪着他玩耍，我也什么都干不成。到后来，他年纪大些了，常和大人对席而谈。每到这时，大人就打发我去干些别的，不让我在身边。有一两回我悄悄听了听，都是他在谈天下大事，连西域的形势都说到了，高谈阔论不休。他懂什么？还没行冠礼呢。不过我绝不会怪大人。他宠爱外孙，是人之常情。他不愿我与闻朝政，也是为我好。大人生怕他的经历在我身上重现。

奇怪。他敲墙做什么？还一副心满意足的样子，活像刚饮饱了酒。糟糕，他转过脸来了。我把头一缩。他的脚步响起，还有衣襟的簌簌声。我连忙跑到院子中央，冲着西厢里干活的人大声问："看到杨大人了么？"

他已经站在门口。我连忙转身行礼，说许久不见大人出来，所以跟进来看看。我立刻意识到自己转身太快了，好像早知道他站在背后一样。太大意了。我应该听到西厢工匠的回话再转身。还好，他的目光从我身上掠过，就像没看见也没听见一样。

赌上多少钱都行，我敢说他早把我忘了。所以一年多前，他从朝中被赶回家，我投入他府中，一点都不担心。三十五年了。孝武皇帝征和二年那夜之后，我们再没见过。我的模样变了许多。而他，只不过比少年时胖大些。模样没变，心也没变。就是这个人，毁了我的心血，抢走了我的命根子。

> 老奴史成昧死上言：杨恽新置女乐十人，少者十四五，长者二十许，皆邯郸倡，披绮罗，着袿衣，樽前做长袖舞。尤恐不足，复为其建戏车，树高橦，箫鼓不绝，上下翩翩。其妇亦无德，瑟音荡，谓恽曰："愿日日为君作郑卫声。"恽抚掌欢笑，白昼淫于幄内。
>
> 恽精于牟利，锱铢必较。置田百顷，皆膏腴之地，贱于市价，倚势而得之也。或曰京兆尹张敞颇与力焉。老奴身残行秽，不通政事。然豪家与民争利，囤地搜奇，贪求无厌，乱之本也。唯陛下深查明辨，厚为宗庙计。
>
> 陛下所嘱之事，尚无踪迹。老奴顿首死罪，伏请陛下宽宥，唯细查秘访，以报圣恩。

阳光真好。味道、颜色都和宫禁之中不同。宫中的太阳很薄，是发黄的丝绢，有股霉味。而外面的阳光，洁净、醇厚、舒展，照在将要萎落的草木上，激起一股干爽的芳香。四五岁时，和邻家的双文在草丛中捕促织，她头发上都是这股好闻的味道。如今，她多半是黄土下的枯骨了吧，促织在她头顶跳来跳去，一到秋天就为她唱歌。

父母有灵，一定会奇怪我怎么能活到今天。我记不起他们的模样了。父亲因为盗铸五铢钱被砍了头，母亲不知被卖到哪里。我从小病恹恹的，顶着一张夭亡的脸。如今除了眼神不济，全身的骨头都硬邦邦的。莫非是因为被发卖入宫之后能吃饱了？

说起来，为陛下效命，监察杨恽的动向，是天意。我和陛下也算有点缘分。他的祖母家与我同族，不过隔得比较远。陛下幼年遭巫蛊之祸，阖家尽诛，流落民间，他从狱中被抱到祖母家时，我早已入宫了。谁也没想到我们住的那片地方，会出一位天子。不过我才不会和陛下攀亲，想想都觉得恶心。势利之辈，如今都扬扬得意地站出来了，就连当年给过陛下一碗水都拿来夸耀，不知羞耻。我敢说，他们都曾把那个孩子看作烧手的祸殃。

那样东西还没有线索。很有可能被他私藏了，他一向胆大妄为。一听到风声，我立刻请命动身。还有谁比我更适合做这个呢？宫中的宦者，识文断字的没几个，更何况，找出那样东西，认得几个字远远不够。

我辱身折节，当然也有自己的打算。如果不是为了中书令大人，我怎能为他驾车驭马，向他屈身跪拜？我虽身份低贱，但世上之人，跪谁也不能跪他。我心中放不下的是中书令大人。他老人家一生坦荡磊落，如果说有什么秘密，就在那件东西上。

大人所著《太史公书》，十二本纪，十表、八书、三十世家、七十列传，凡百三十篇，篇篇锦绣，字字珠玑，是古往今来第一等的不朽之作。然而其中有一篇，十分奇怪，当年为大人抄录副本的时候，我就觉察到了。

那时我的字已经写得很好了，甚至和中书令大人有点像，我本来就是以大人的笔迹为蓝本习字的。大人十分欢喜，命我抄写副本，他说这比治简重要得多。起初我战战兢兢，写得又慢又涩，字迹大小不均。大人一根竹简通常写三十字上下，而我有时写二十五六个，有时竟挤进将近四十个字，疏密不一，难看之极。我自己也看不下去，不知怎么，眼泪就一滴一滴地掉下来，声音响得跟冬天的冰凌折断一般。这下完了，竹简上的墨迹洇开，成了一朵朵墨花。

大人亲手用书刀——就是如今杨恽手中那柄牙鞘金柄的刀——为我将写坏的字刮去，还说这根竹简最值得珍藏。他冲我笑了。平日大人脸上难得有笑意。我真想大人的笑脸能像冰一般冻住，我愿意每天睡在未央宫的凌室里，好把他的笑容拿出来看看。

我越写越好。有一天，大人奉诏到御前，我悄悄地把自己抄写的一根竹简换了大人的原文，重新把《刺客列传》编连成篇。做这件事的时候，我心里直哆嗦，但是没办法，手好像不是自己的，非要这么做不可。一想到等我死了，这根竹简还活着，甚至能活到千年之后，就觉得有一波一波的浪头涌起，把一颗心托得起伏不定。这就是大人说过的不朽吧。虽然我只是大人的影子，但这是比泰山还重的影子，就算拿丞相的位置给我，我也不换。古往今来的丞相不知有多少，而我这个影子独一无二。

傍晚大人回府后，察看了我当天的抄写，表情如常。我的字迹混在他的笔墨里，浑然一体，根本就看不出嘛！不过我只干过这么一回，我隐瞒大人的，只有这一件事。我只要一根竹简，一根就足够。

大人写，我抄。时间唰唰地过去，我直心疼，故意放慢了速度，我不知道抄完了副本还能做什么。大人或许再也不需要我了。

大人却写得很快。他是洞彻天命之人，或许那时就已意识到灾祸在一步步逼近了。

《太史公书》中有一篇，刚抄了个开头我就觉得不对劲，因为笔下的文字异常熟悉，似乎不久前刚读过。抄到大约第十五根竹简的时候，我猛然意识到，这是三天前刚刚抄录过的《封禅书》的内容。这个发现令我惊喜，但我立刻就责备自己了，大人出了差错我有什么好高兴的？我捧着编连好的《封禅书》小心翼翼地询问大人。他却微微一笑："错了么？"然后便命我去抄录其他篇章，说《孝武本纪》他要自己抄写。

这个疑问是一团云雾，浮在我胸中不肯散去。后来我悄悄看过大人抄录好的副本，他根本没有改过来，除了开头几句，《孝武本纪》确实和《封禅书》里有关孝武皇帝的内容一模一样。

《孝武本纪》是《太史公书》里最难写的一篇，那时候孝武皇帝还在世呢，中书令大人时常要传宣诏命。大人变成和我一样的残缺之人，是拜他老人家所赐。此事大人从未提起。不过在我看来，其实孝武皇帝对大人恩宠有加。那时他老人家春秋已高，很难伺候，宫内外的人都战战兢兢的，但是他对大人却以礼相待，不时地还有些赏赐。

大人眉心有一副川字纹，刀刻般清晰，我想是他常常皱着眉头所致。从御前归来，他的面色愈发阴沉，我做什么都轻手轻脚，生怕弄出一点声响，打碎了周围沉甸甸的静默。有件事我从未和人提起——其实关于大人的事我都埋在心里。一天半夜醒来，我觉得腹中饥饿，想去庖厨找点吃的。黑沉沉的夜里，飘着一星灯火，是大人的书房。我正要去问问大人，要不要些吃食汤水，忽然就听到一声嚎叫。那声音很低沉，拖得很长，压抑得几近消失之时，又突然蹿起，从一根飘摇的蛛丝变成了山上的野兽，叫声里夹杂着阵阵喘息，最后彻底劈裂、嘶哑了。我呆呆地站在墨黑的庭院里，好一阵才发觉，衣衫已经被汗水湿透。

那时我年纪小，没见过世面，不明白大人的举止为何如此怪异，为何作《孝武本纪》要照抄《封禅书》，如今自然明白了。大人辞世后，他以往的经历、下蚕室的前因后果我也陆续听说了。大人用心良苦。我对天发誓，就是死，也要保全大人的心血。天意昭昭，大人言传身教的史官职责，就落在我这微贱之人身上。

但是消息可靠吗？真的另有一篇《孝武本纪》？征和二年，我眼看着自己手抄的《太史公书》副本被杨恽母子装车运走，副本和留在府中的正本《孝武本纪》皆与《封禅书》相同，是我亲眼验证过的。

那一夜，长安城杀声震天，尸骨累累。三十五年了，我依然能看到大人的身影，他安然端坐，怀中抱着几卷竹简，被金红色的火焰包裹着。不知为什么，他在冲我微笑。

史成昧死再拜上疏皇帝陛下：恽连日闲居。田庄来一人，盖租赋事也。

昔孝武皇帝在位，公孙弘治《春秋》而为卿相，天下靡不从之，孝昭皇帝举贤良文学，增博士弟子员满百人，愿陛下祖述先帝遗业，遵道明儒，广励学官之路，则公卿士大夫"文质彬彬，然后君子"矣。

我写给陛下的奏议，和朝中大臣们洋洋洒洒，动辄尧舜禹汤的文章不同，我认为奏章应该简洁明确，一目了然，而非炫耀自己，卖弄辞藻。而且我没抄书，我在自己写文章，写自己要说的话。不用面对面，不用动嘴，别人就能知道你的想法，这事很奇妙。

字迹闪着墨光，挨个儿从笔尖流出，她们都是我的女人，全身盛装，容貌端丽，任我摆布……嘿，她们居然擅长跳丸之技。一个接一个地飞起来，映着灯火，弹出一圈圈七彩的光晕……眼睛花了，但这挺有趣的。宫中最好的百戏艺人，不过跳九丸。我的眼福都超过陛下啦。

我的奏议都是在马厩里写的。添夜草是绝好的时机。我在干草垛下藏了一副笔砚，几块木牍。没有人会起疑。灯火暗淡得摇摇欲坠，我看不清自己的笔迹，可心里却亮堂堂的。

委我以重任，陛下确实有眼光，我不会辜负他的。能找的地方我都找了，就连杨恽的寝室都悄悄察看过。除非他埋入地下。我对天起誓，就算把这栋宅邸翻过来，我也要找到真正的《孝武本纪》。中书令大人究竟写了什么呢？

杨恽最近很少出门，可能是因为天凉了。秋风一起，心中便无端地空阔起来。

昨天，我抱着一捆干草去喂马，忽然听到抑扬的童声：“厩焚。子退朝，曰：‘伤人乎？’不问马。”

厅堂之中，杨恽安然而坐，身边是他的幼子。他目不转睛地盯着我。

那一刻，心里响起了急促的鼓点。他想起来了。他要认出我了。我们初次相见，就像他身边的孩子一般大。

他低声对那孩子说了几句话，然后抬手指着我，面带笑容。

可恨。他笑起来眉目舒展，眼睛的形状如一尾小鱼。居然很像……中书令大人。

这样的笑容我以前也见过。那时我们都长大了，不再像幼时那般别扭，至少表面上都能以礼相待。回想起来，征和二年初，孔安国大夫来长安的日子，我们甚至相处甚欢。

孔大夫是孔夫子的十一世孙，名满天下的儒者。中书令大人也曾问学于他。那一阵，孔大夫时常造访，有时还留宿府中，与大人做彻夜之谈。大人入宫的次数、公文往来也骤然密集了。他们好像在商议什么重要的事情。有一次我在旁边侍酒，见大人皱着眉头，声音有些焦躁：“《尚书》古文本若能列入学官，必可扫除旧习，推陈出新，令研习经史的格局为之大变。可恨巫蛊之事，弄得宫廷秽乱，人人自危，不是跳起来诬告，就是垂下头保命，像安国兄这般真正有意义有作为之事，反倒无人理睬！”

孔大夫却只是笑笑，他侧过头看看我，说：“你们大人的脾气，一点都没变啊。”

孔大夫不似大人那般严峻，他是我见过的最和气、最好相处的人。他好像并不觉得和我说话是辱没了身份，相反，我觉得他挺喜欢我呢，特别是看到我用废简抄录的《论语》之后。

孔大夫说他来长安是为了献书。然后他就讲了一件事，听得我心里很畅快。

他说，在他的家乡曲阜，鲁共王想要扩建宫室——他的宅邸本来已经很大很壮丽了，可是还不知足——他就把相邻的孔家旧宅给拆了。那时候孔大夫在临淮，闻讯夜以继日地往家赶。好容易到了家门前一看，吓了一跳，哪有什么残砖断瓦的凄惨景象，简直就是翻修一新，连院墙都刷得雪白，比原先的老宅漂亮多了！

孔大夫眨眨眼，脸上的笑容有点狡猾：“你猜，这是怎么回事？”

“必是夫子有灵，庇佑后人！”

孔大夫捻着胡须，呵呵笑了起来。

原来，孔府的老宅拆到一半，推倒一堵墙的时候，空中忽然传来悦耳的丝竹之声，工匠们不由得停了手，细听，乐声又没了。再一看，地上的土石之间，散乱着一些竹木简。原来那堵墙竟是中空的。鲁共王闻讯大惊，立刻下令停工，修复孔宅。

孔大夫后来整理了夹壁墙中所出竹简，共有《尚书》《礼记》《论语》《孝经》等数十篇，皆是年代久远之物，据说是秦始皇以前的六国古书呢，珍贵无比。

啊，我想起来了，应该承认，孔大夫不是冲我眨眼，他是冲着杨恽。当时我站在他的右侧，他们两人对席而坐。他听了杨恽的回答，笑眯眯地说："孺子可教！"

那有什么关系？孔大夫对我也很看重的，要不怎么能允许我站在一边，听他们谈话呢？

那段时间，杨恽总是拿着一卷书，向孔大夫请教，中书令大人也时常坐在一旁，两人一同指点他。他们说的话，我一点也听不懂。但杨恽也好不到哪儿去，看得出他学得颇为吃力，像个刚启蒙的童子一般默默记诵，从前那种轻狂的神情全然不见。

我很纳闷。我想看看他在学什么高深的东西。我肯定比他学得快。中书令大人总夸我记性好，孔大夫也说，从没见过像我这般出身微贱却有志于学的人。

趁着替杨恽收拾书案的机会，我摸到了那卷书——“你看不懂的。”

我哆嗦了一下。杨恽站在我身后，裹着一袭轻软的纱縠衣。那年我们都是十五岁，他长得比我高也比我壮实，强健的胸膛在轻衣下微微起伏，下颌已经冒出了青色的胡茬儿，脸上依然带着一点轻嘲。

“我学的你也想学，我会的你也想会，你的心思，没有人比我更清楚。但是你真的看不懂。”杨恽俯身将竹简拿在手中，“这卷《尚书》，出自孔大夫家的夹壁墙中，是用秦代以前、齐鲁之地的文字写的，天下能懂的人没几个，我也要从头学起。而你，只读过今本的《论语》，恐怕一个字都不认得。”

看他的神情，不像在骗我。但一个字都不认得，我不信。他素来瞧不起我。

“不懂也好。”他忽然叹了口气，“像我外祖这般博通经史，未见得是好事。你能够认得几个字，心中存住些先贤的事迹，明白为人的基本道理，但永远不需参朝政写文章，刚刚好。”

我不知他在说什么。相识以来，他从未和我说过这么多话，语气居然还这么恳切。他的声音也和以前不一样了，带着一点低沉的喉音。

“为什么？我也能写很好的文章！我……”声音尖利得很不体面，一点不像我的。我决定不再和他争执。只要我帮中书令大人把《太史公书》抄完，就可以着手自己写文章了。那时他妒忌我可就来不及了。

杨恽冲我笑笑。他没再说什么，拿着竹简走了。我不知道他的笑容是怎么回事，没有傲慢和轻蔑，也没有惯常的讥诮，就是毫无内容地笑了一下——今天他也是这么冲我笑的——眼睛活像两尾鱼，在脸上欢快地游着。

那孩子看着我，用力点点头，又低下头去看书。杨恽换了个姿势，屁股着地，一腿曲起，一腿盘在身前，极其不雅。他脸上带着一抹悠然的笑，手中照例玩着那柄书刀，他抬起头——大朵的白云，镶着灰黑的边，沉重得好似害怕自己掉下来，在天上跑得飞快。

他在教幼子诵读《论语》。他不当官了。他做生意发了财。他悠闲地看天。他装着不认识我。他没有理由认不出我。他认出我就必须解释为什么独占了我的《太史公书》。他不敢面对我。他胆小如鼠。他倨傲自负。他该死。但我都可以不计较。不妨放他一马——只要我找到《孝武本纪》。

突然间，有个念头在心中一闪，嗖地就不见了。有件重要的事，刚才被我忽略了。我不知道是什么，但肯定是非常要紧的事，就藏在他的笑容里。

臣成昧死言：淫雨绵绵，臣连日卧病，口唇焦躁，神思昏乱，伏乞陛下垂怜，宽宥时日。

“大人！老奴给您叩头！您康健如昔，老奴欢喜之至！”

我听见自己的头把地撞得咚咚响。中书令大人站在面前，他的模样一点没变，青色的深衣光洁平整，正是他飞升时穿的那件。哈，原来大人的衣裳是西域的火浣布所制，经火一烧，就焕然如新。

这些日子，大人每晚都来看我，那都是梦，一觉醒来，就剩下浑身的虚汗。今晚却不是。我特意咬了自己的舌头，很疼。

我抬起头，大人深黑的眸子冒着热气，一眨不眨地盯着我。

“大人，您怎么不说话？您在责怪老奴吗？这些年没能去服侍您，老奴该死！”

大人摇头。不知怎么，他的脸旋转起来，像一枚飞翔的弹丸，还嗖嗖地带着破空之声。原来人升仙了是这么摇头的。

“那么，您是希望老奴饶恕杨恽？我也是奉旨行事，并不曾刻意与他作对！”

大人抬起手臂，右手拿着一支笔，笔尖正对着我。

我全身发抖。原来大人什么都明白，他非但不曾责怪我，还要把自己的笔传给我。也就是说，大人决意立我为嗣，他把司马氏代代相传的史官职守交给我了！

我郑重地磕了头，刚要接过笔——光芒突现，笔尖蹿出一簇火焰，愈烧愈烈，大人的手臂变成了一只火把。

大人举着火把向我走来，真亮啊，刺得我双目流泪，什么也看不见。

我的《太史公书》被杨恽抢走了——大人竟然背叛我，把副本交给他！我的心烧着了，那种感觉很怪，能听到吱吱的响声，就像东市上胡人烤的羊肉一般，但是一点不觉得疼。我将火把扔到屋顶上，我的心在那里尖叫，爆裂出一片耀眼的光芒。

我呆立在院中，金色的舌头舔食着周遭的一切，屋瓦纷纷坠下，木窗噼啪作响，黑灰的烟雾平地升起，翻着筋斗向空中钻。

“大人！使不得！”我拼命嘶喊，被烟雾呛得喘不过气。

大人怀抱着一堆竹简，用尽全力往外扔。

《太史公书》的正本。我要去帮大人。可我怎么动不了？我在杨恽府中，他发现我的意图了，他绑住我，带着我抄录的《太史公书》副本驾车跑了。

大人的影子在烟雾和火光之间出没，一根梁木伴随着一簇簇小火球落下，他黑色的身体霎时间变成了一团金色。他向我走过来了，他燃烧的手臂笔直地伸到我的眼前——

“老奴有负于您！”我终于喊出来了，我听到自己的声音，像劈裂的竹简，在火焰中挣扎得没个形状。

身体泡在汗水里。一阵急促的夜雨，携着风，扑在门板上。然后，四周就沉静下去，静得听不见自己的心跳。

大人不见了。

臣成昧死上言：臣顿首死罪。陛下所托之书，臣秘访暗搜，尚未见其踪迹。《太史公书》正本，泰半毁于巫蛊之祸，副本为杨恽所得，陛下入承大统，恽遂宣布于世，盖仰陛下之威德。然《孝武本纪》另有机奥，恽匿书不报，罪莫大焉。伏请陛下宽宥时日，臣定以真本还归石室金匮。

秋意深了，走在路上，凉气从脚心往上冒。然而阳光却很明澈，周围的一切都亮堂堂的。最近眼睛有些奇怪，只能笔直地看到正前方的东西，再宽一点，两侧还有些什么，就不知道了。所以我想还是不要驾车骑马的好，走走路更舒服。再有三里多路，就到邮亭了。这点路不算什么，何况我不是一个人走，中书令大人在我身旁呢。

杨恽命我将给安定太守孙会宗的书信送到邮亭，却不知我正好可以把给陛下的密报一并送出，还不用像以前那般偷偷摸摸。我的封泥是特制的，入宫之前无人敢开启，他的封泥么，做点手脚易如反掌。

田家作苦，岁时伏腊，烹羊炰羔，斗酒自劳。家本秦也，能为秦声。妇赵女也，雅善鼓瑟。奴婢歌者数人，酒后耳热，仰天抚缶而呼乌乌。其诗曰："田彼南山，芜秽不治。种一顷豆，落而为萁。人生行乐耳，须富贵何时！"

我为大人背诵了杨恽信中的段落，大人似乎对我的过目不忘感到惊异，随即就露出欣慰的笑容。

平心而论，杨恽这封信颇有文采，像一道溪流，依着山势，忽缓忽急，哗哗作响，读起来很畅快。不过一看就是在模仿中书令大人当年的报任安书，只是并无大人的沉痛真挚之气，失之轻佻，泄愤的意味重了些。大人轻轻点头，显然很认可我的看法。

以前大人只是夜间来看我，如今他也会出现在阳光下。就连轧草、喂马、套车的时候，大人都会在一旁看着。

我问过大人《孝武本纪》的事情，他微微含笑，却不作答。我立刻领会了大人的意思，如果最终竟找不到《孝武本纪》，我应该重新写一篇，那样《太史公书》就完整了。

我心头涌起一股热泉，大人原谅我了。或者说他终于明白，传承《太史公书》的重任，只能落在我身上，杨恽是担不起的。

“拾遗补佚，成一家之言，阙协六经异传，整齐百家杂语，藏之名山，副在京师，俟后世圣人君子。”大人写下这段话的时候，我就守在一旁，将石砚中的墨粉搅拌均匀。深深的春夜，回荡着一缕缕墨香。黑色的字迹，鼓点般一个接一个跳跃在竹简上，每个字都在告诉我，《太史公书》就要完成了。

我大着胆子问：“大人想把书藏在哪座山？”

“你说呢？”

“泰山？”我一座山都没去过。但我记得《封禅书》中反复写到泰山，那是皇帝都要敬拜的神圣之地。

大人微笑着摇头。写完最后一根简，他放下了笔，脸色很平淡。只有我知道，那平静里隐藏着秘密。

“也许正本最终不能得见天日，那么至少要让副本流传下去。”大人的声音很轻，在静夜中像刀锋一般闪着光。

这是大人对我的嘱托。不过那时我不能完全明白他的意思，正本和副本不是一模一样么？是我亲手抄录的。得知另有一篇《孝武本纪》后，我心中雪亮。

几片半枯的槐叶，飘在大人肩头，我连忙为他拂去。秋阳披在大人身上，他果然是没有影子的。不过他气色很好，脸颊红润了许多，一派仙家气度。

大人忽然问我，是不是因为责怪他，迁怒于杨恽。我心中一酸，连忙摇头。有大人这句话就够了。我什么都不计较，虽然他抢走了我的一切。

三十五年前，孝武皇帝征和二年七月，长安城被太子谋反的消息摧垮了。天子坐镇建章宫，命丞相刘屈氂领军，太子赦囚徒、发武库兵，双方在长乐西关下血战五日。

巫蛊之祸究竟死了多少人，破了多少家？现在也难以估算。而在当时，没人知道太子冤枉，是被江充和一干胡巫陷害，城内四处流传的是，太子反了。厮杀声震天，路边的沟渠里血水溢了出来，尸臭扑鼻。这些都不可怕，我最怕的是乱兵和夜间晃动的火把。中书令大人的府邸离西关太近了。

别看我现在摸起来浑身硬邦邦的，其实不过是个影子。大人违背前约，将我手抄的副本交给杨恽母子，我的身子就没了重量。然后那天夜里，兵火从天而降——大人用衣袖为我擦去额头的汗水，很肯定地说，是从天而降，绝对不是我扔的火把，我怎么可能做出这等不忠不义之事呢？

我本应和大人一同驾着火焰升天，但是为了散乱在瓦砾中的竹简，为了被杨恽抢走的心血，我留下来了。一定是这样。要不怎么三十五年来，我时时能感到烈焰灼身的疼痛呢，我身上明明一个伤疤都没有。

巫蛊之乱连绵数年，好容易平息下去。记得是在太子昭雪之后，黄门侍郎问过我《太史公书》之事，内府从大人府邸中捡出的竹简残缺不全，已烧掉一半以上。我没说出副本的下落。传承《太史公书》是我的责任，杨恽不配。怎么能让他拿着我的心血去招摇呢？何况那时，我已经开始凭着记忆，默写《太史公书》了。它将在我的手下复活。《太史公书》是我的。

那十几年艰难透顶。孝昭皇帝在位之时，除了日常的执役，我都在做这件事。宫中的小屋不见阳光，而且弄不到写字的竹简。我没去申领官简和笔墨，我可不想让他们知道我的打算——到了完成的那一天，皇帝将我宣上正殿，大加褒奖，那时，惊得他们眼珠都掉出来！

反正我会治简。我在禁苑收集掉落的树枝，或者从御厨偷些粗大的木柴，削出一个平面，打磨光滑，没有笔墨，就用木炭代替。我有的是办法。难的是记起大人的词句。它们很顽皮，总是藏在我找不到的地方，更坏的是，它们探出头来向我招手，等我要去抓它们，就嗖地一下跑开，边跑还边冲我眨眼。太可气了！

不过大人既然把《太史公书》交给了我，它们就跑不了。我想起一句就写下来，藏在床下面，其他的句子会跑来找它们的。

可恨那些低贱的宦者，居然怀疑我偷东西，还来查找过一番。明明什么都没发现，看见床下堆积的木简，他们又开始说我疯了。都是些蠢猪。

眼睛大约就是那时候弄坏的。大人的府邸起火那夜，我眼前一片通明，从没见过那么亮的光，把一切都烧成了白色的影子，一直烧到天上去。之后这个世界就变得黯淡了，越来越暗，木简上的字总是灰黑的一团，在油灯下飘来飘去。它们被我抓住了不服气，老想着逃跑。

在我床下挤满木简，连一个手指头也插不进去的时候，杨恽又跳出来了。那时孝昭皇帝已经驾崩，陛下即位了。他居然好意思说自己手中握有《太史公书》！他为大人做过什么？他知道哪根竹简是我写了三遍的吗？哪一篇是我编连得最完美的吗？他有钱，有家世，他是大人的外孙，所以他第二次抢走了我的《太史公书》。

大人默默地听着。目光中都是怜惜。我不要大人可怜。我已经长大成人，我已经老了，我快要死了。杨恽对我犯下的罪过，我都可以不计较。我就剩一个心愿。

天地清朗，秋风扑面。我跪下了，我对着大人起誓，一定找到《孝武本纪》，复原《太史公书》。

路边的行人一个个从我身旁绕开，边走边回头盯着我看。我心中暗笑。他们若知道我的真实身份，都得忙不迭地磕头。

我是新任太史！陛下命我潜入杨府之时决定的。只要找到《孝武本纪》，我就可以回朝复命了。所以现在我必须加倍小心，隐藏好自己的身份，否则杨恽又要横加阻挠，毁掉一切。

中书令大人冲我颔首微笑。我忽然发现，大人长出胡须了，很浓密地飘洒在胸前。这真让人高兴。

臣成昧死以闻陛下：安定太守孙会宗与杨恽相善，书信往还甚密。前日孙书又至，杨即还报。其书暗讽时事，多悖逆狂妄之词。书曰："君父至尊亲，送其终也，有时而既，臣之得罪，已三年矣。"以守丧比之于事君，此岂人臣之言？恽佯为旷达，实怀怨谤，目无君父甚矣！

录恽之报孙会宗书以呈陛下，若老奴有诬蔑大臣，欺罔陛下之意，愿伏诛。

我被剥得只剩一条犊鼻裈，寒气一刀一刀割着后背，胯间的白布裈忽地一松，我急忙用双手护住裆部，蹲下身去。四周一片笑声。阖府的奴婢盯着我指指点点，连他的妻妾都从后堂跑出来看热闹。不过还好，没有人发觉我残缺的秘密。

杨恽也笑了，带着点矜持，装出一副文雅而尊贵的态度。他微微发福的身体，裹着件青色孔雀锦襜褕，看上去暖和极了。

浸了水的鞭子，乌黑发亮，我听见它抽在皮肉上的脆响，随即是一声怪叫。原来是我在叫。胸前有条红色的蛇在爬。水顺着鞭梢，一滴一滴掉在地上，慢慢地，水滴也变成红色的了。

眼前越来越暗，一切都在模模糊糊地晃动。似乎有个女人，凑在他耳边说话。

“抽他三十鞭，扔到马厩里！再敢犯上作乱，给我砍了他双手！”

是他的声音。真想看看，他若是知道我握住了他的秘密，是什么表情。我很想冲他笑一下，可是脑袋沉得一个劲往地上掉。

醒来之时，北斗已经升空，舀起墨黑的夜，泼洒下来。一股暖烘烘的骚臭味四下弥漫，马儿喷着鼻息，蠕动着唇吻，食槽中的草料簌簌作响。

我想扒些干草盖在身上，胳膊却疼得抬不起来。一条犊鼻裈熬不过寒夜。我曲着身子，一拱一拱地爬向草垛，皮肉磨着地面，吱吱地响，这有失体面，应该像蛇那般无声无息。

他瞎了眼，把我当成小贼，辱我清白，当众鞭打。可我不怪他。我真的一点都不在乎。我在心里放声大笑，这辈子都没这么痛快地笑过。

终于找到了！《孝武本纪》!

我三天没合眼了。每天夜里躺在床上把杨府搜查一遍。我心里燃着一支火把，将每个角落都照得雪亮。一切进行得有条不紊。我从府门开始查找，仓廪、畜圈、鸡埘、庖厨、望楼，内院的主楼、厅堂、书房、寝室，直到最后面的一块菜畦，每块瓦每寸土都被我翻过来了……往事从地底下往上冒，一簇簇的小火焰，高高低低，每朵火焰里都暗藏消息，逗引着我，一时间却理不出个头绪……正所谓“欲速则不达”，我不由得叹息，然后忽然就想起了《论语》，孔安国大夫，还有杨恽那天的举止！我心头一热，猛地坐起身，谁敢不佩服我心思缜密！

第二天我就找机会潜入了他的书房，等不及天黑了。是右手那面墙。我曲起手指，狠狠地敲。并无异状。我换个地方，上下左右接着敲。还是没有我期待的声响。一股凉气从头顶漫过。难道杨恽不曾学孔氏造了堵夹壁墙？

我仔细回想他进入新宅的情形。也许是我眨眼的时候错过了什么。我一寸一寸地摸索着这面墙。挪动一步足足花了半个时辰，可想而知，我是多么耐心而周密。这样的细致不可能没有回报。检查到靠近拐角的墙面时，我终于听到了——空空的声音。原来他并未将整面墙挖空。

可惜我来不及看个究竟。一个拿着抹布的婢女，站在房门口，呆呆地看着我，这个蠢丫头，要是跑得慢一点，本可以得到很多好处，我完全可以在给陛下的奏章里提她一笔。

难题在于，这封奏章该怎么写呢？要是立即上报，《孝武本纪》必定入藏秘府，我还有机会读到吗？不管怎么说，杨恽是个障碍，有他在，我就无法打开那堵墙。

夜风是柄锈了的斧头，慢吞吞地把人剁碎。我蜷起身子，伤口似乎又裂开了，被干草摩擦着，疼得我哆嗦了一下。我得忍住，打哆嗦会让人口渴。嘴里着火一般。把身子缩小些，就不会渴得那么厉害。脑袋像一只被踢上天的球，转个不停。马厩的柱子歪斜着压了过来，马儿们都不吃草了，直愣愣地盯着我。

奇怪，在这种时候，我居然会想女人。下身冒出一股热乎乎的东西，鸟儿在扑棱翅膀。我这辈子从未和人谈论过女人，他们都以为我不配。其实我在宫里也有个相好，她说我的手能让她化成水。这都是十多年前的事了。我突然想喝掉那摊水。就像笔尖蘸饱墨，沉甸甸地闪光。

白布裈湿漉漉的，一片冰凉。尿骚味、血腥味和干草的涩味混在一起，往鼻子里钻。我忍着困意，摸索身上的伤口，我得确保它们每一个都在，要是这些小蛇钻到我身子里，明天就会下雨。

中书令大人到哪里去了？他讨厌马厩的气味。不过他一定会为我高兴的。

太史令臣成昧死上言：恽兄子安平侯谭前日过府，言谈多讥刺，谓罪臣盖宽饶、韩延寿冤死，恽复曰：“有功何益？县官不足为尽力。”

天地昏昧，日有蚀之。恽骄奢不悔过，诽谤当世，悖逆绝理，日蚀之咎，此人所致。

四下昏黑。无数的影子在晃动。莫非又日蚀了？

按说不会，引得上天震怒的那个人，已经偿还了他的罪孽。

日蚀那天，我本以为自己瞎了，从头凉到脚。慢慢地才明白过来，是太阳瞎了，我还好好的。

我伏下身子，没错，凹凸之间，还能辨出黼黻的花纹，我伸出食指，慢慢地摸出了“富贵未央”四个字。

偌大一栋宅邸，竟然已空空荡荡。我本想回来亮出自己的真实身份，看看他们脸上的表情呢。

陛下的动作太快了。杨恽腰斩于市，妻儿徙酒泉。奴仆们卖的卖，逃的逃，竟然连个看门的都没留下来。

马厩空了。一堆破木头横在厩前，好一会儿我才认出，是我驾过的那辆车。镏金的构件想必都被抄家的人或者仆人们拿走了。多好的一辆车啊，可惜了。

咕咕的叫声。是只鸡，东一口西一口地啄食，不紧不慢地溜达着。我看不清它的毛色，不知是不是杨恽最喜欢的那只蓝羽雄鸡，它战绩累累，在这一带很有名气。突然冒出这么个活物，周围更显得凄凉。

我没想要杨恽的命。不料陛下雷霆一怒，事下廷尉，定了他一个大逆不道。说到底是他自作自受，谁让他骄慢轻狂，和我作对——也是和陛下作对。

一个月前，逃离杨府之后，我给陛下寄出了最后一封奏章。我思量再三，没有提及夹壁墙。我对陛下不忠，我未尽人臣之责，无论如何我都得在《孝武本纪》的真本入藏秘府之前看上一眼。

不知为什么，心里也和这宅邸一样空荡荡地响彻了风声……不该胡思乱想，我得定定神。我能闻到自己身上的臭气，有一堆白乎乎的小虫子，在我的伤口里安家了。出逃的日子里，饿得狠了，我吃过几只，还挺肥的。它们吃我，我也吃它们，谁也别瞧不起谁，谁也别埋怨谁。

我在柴房摸索了一阵，翻出把斧头。我大模大样穿过宅院。再也没有人会干扰我了。

书房的情形还好。一张小书案翻倒了，原本堆在上面的竹筒和笔砚散落在地。漆案边的金羊灯里，还凝着半盏油脂。我用手指蘸着，舔了一口。好久没尝过油的味道了。

墙面似乎是用蜃灰抹的，和一般的白灰不同，摸上去特别的细腻平整。壁带上垂下一样东西，就悬在那个最紧要的中空位置，孤零零的。一阵风扑来，它打了几个转，轻轻叩着墙壁，看上去忽近忽远，越发的模糊。

我摸索着把它摘下来。触手冰凉。这个形状，不会错的——象牙鞘，黄金柄，是那柄书刀。我把食指插进刀柄上的圆孔，光润如玉，感觉真舒服。书刀嗖嗖转动，飞出一轮雪亮的光。这片光，本来就是我的。

他把书刀挂在墙上，什么意思？他被族人草草掩埋，在坟墓里没有金银珠玉陪伴，也不知是否过得惯……不过这和我有什么关系？

大人！我们等待的时刻到了。

第一斧，蜃灰簌簌而落。手腕一阵酸麻。又沉又快的刀斧，能把他的血都喝干，死，比疼来得快。

大人！这些年真是难挨。可我不后悔。我不曾辜负你吧？

第二斧，灰砖露出来了，磨砖对缝，砌得真讲究。他被斩作两截，也不知是不是给好好地缝起来了。

大人！这些日子你到哪里去了？为什么丢下我不管？

第三斧，砖墙上有裂纹了，小灰渣飞溅，蚊子一般咬我的脸。他该不会变成厉鬼吧？好歹要去他坟前拜一拜，我们自幼相识。

大人！你怎么还不现身？我用生蛆的伤口起誓，我没想杨恽死，更没想害他的妻儿！我只是想要《太史公书》！不，我只是想看看《孝武本纪》！再看看你的笔迹！然后我会把它交给可靠的人，立刻去服侍你！大人，你命老奴传承此书，俟后世圣人君子，我可曾有半点懈怠？你不该把它交给杨恽！你把我害苦了！你也害了自己的外孙！你和杨恽一样，都是自命不凡之人！你们从不把我放在眼里，你善待我，教养我，就和杨恽养他那只斗鸡一般！谁规定了笔墨史册是你们的？你们司马氏就了不起吗？任谁生下来都是大字不识！孝武皇帝的公孙弘丞相不是也起于布衣？大人，饶恕老奴！别把我赶走！我神志昏乱，不知道在说什么！我害你葬身火海，辜负大恩，犯上作乱，我该死！

墙被砍得稀烂。我真蠢。用不着使这么大力气，右手竟然抬不起来了。其实我已经发觉，齐胸高的地方有几块砖是活动的，没有抹上泥浆。但我不着急。最可口的要留到最后。

我取下青砖，把手探进去，一下子就摸到了。

一共两卷竹简。三十五年了，色泽暗淡了许多，但我一眼就认出，正是我取齐、抛光的竹简，绳结不是一拽就开的蝴蝶扣，而是盘旋缠绕成一个花蕾般的圆扣，这样的结，只有我会打。

我坐在地上，抖抖竹简上的灰，把它们摊开。

大人。你不来也没关系。我知道现在你心里不好受。

杨恽。你死而有灵。我们两不相欠。

竹简上，绽开了一朵朵黑色的小花，密密麻麻。我用尽全力睁大眼睛。是大人的笔迹，每一个点画蘸墨的浓度，内含的劲道，我都很熟悉。但又不是大人的笔迹，这些笔画为何这般弯弯曲曲，又这般连接在一起？她们像傲慢的舞女一般扭动起来，横画一扬，伸出袿衣的长袖，竖画一歪，穿上绣金的舞鞋。她们在我眼前闪闪烁烁，眼波里都是挑逗和戏弄，我一靠近，就被她们嗤笑着一把推开……

我一个字都不认得。

头疼得要裂开，眼珠胀得要挤出眼眶。四周的光亮骤然收缩，尖锐地刺向我的双眼。本就模糊的字迹在迅速缩小，转眼就成了黑点，像夏末的苍蝇般，沉重地飞起，消失在那一小束光芒之外的黑暗中。

不能慌。这应该是一个气定神闲的时刻。我得捉住所有的苍蝇。

黑暗像浓稠的墨汁一样漫过来，光束越来越细，只剩针尖大小了。

大人！《太史公书》是你的。我只想看看真正的《孝武本纪》，这也不行么？

一切都融化在微弱的光点中，它跳跃着，躲闪着，扯出一道小小的七彩光晕，真漂亮啊。我将竹简举到眼前，字迹已经没了形状，我得赶快用眼睛吃掉它们。

杨恽！你果然没有骗我。我一个字也不认得。大人和我开了一个玩笑。

我闭上眼睛——其实睁着也是一样——开始思量这一切的前因后果。

杨恽所献、秘府所藏的《太史公书》副本，《孝武本纪》一篇是假的，是大人布下的疑阵。至于真正的《孝武本纪》，大人担心它因为忤逆圣意被毁，又希望它完好地流传，就采用了常人无法辨读的古文字来写。大人和孔安国大夫本想教我古文的，好让我把《太史公书》一篇不缺、原原本本地传之后世，可是巫蛊之乱一起，什么都来不及了。必定是这样。只有这样才解释得通。

大人！你在吧？我眼前漆黑，看不到你了，但我答应你的事一定会做到。我将竹简卷好，揣在怀里，摸索着站起身。

我知道应该去找谁。我对当世的名儒是很留意的。听说，宗室子刘更生通五经，博学多才，待诏阙下，想必能认得这种古奥的文字，可以奏请陛下，命他转写成当今通行之字，如果他对前朝事迹不了解，对中书令大人的文法不熟悉，我也不妨指点一二。

我仰起头，觉得眼皮上有一点热。看来太阳还挂在头顶。我伸出手，摸索着向前走，估计这个姿势很不雅观，伤口里的蛆虫们都清脆地笑了起来，笑得我浑身痒痒，越抓越痒。我一边训斥它们一边走。小畜生们一点都不懂得我身上的担子有多重。

去未央宫要出门先向西。走了大约半里路，我就辨不出方向了。我循着人声，问他们去未央宫是哪条路。然后我突然听到一阵大笑，有个人问我去未央宫干什么。我说回朝复命，将《孝武本纪》的真本还归秘府。然后我就听不到任何声响了。没办法，我只好继续向前。走不多远，有人往我手里塞了样东西——是根长木棍。这一带的风俗还是很淳厚的。

我好歹寻到路的时候，眼皮已经感觉不到阳光，身上冷得透骨，所以我想天已经黑了，这对我没什么分别。衣裳早已破烂不堪，所以蛆虫们也感到冷，一个劲往我的伤口里钻，又疼又痒，都能听见脓血叽叽咕咕地叫唤。我命它们动作轻一点，它们却毫不理会，这下把我惹火了，我从怀里摸出书刀，把它们一只一只挖出来。小畜生们，这可是修订过《太史公书》的刀，从来只闻得惯上好的墨香，能被这么尊贵的刀问斩，你们应该知足。

无边的黑当头压下，是夜色，也是永久的黑暗。原来黑色是一床比泰山还重的被子，又沉又暖，摊在身上让人困倦。我得睡一会儿了。

两卷《孝武本纪》硬硬地硌在胸前，隔开了我和冰冷的土地。金柄牙鞘的书刀，也终于回到了我手里。一切都很完满。

大人！你又笑了。你生前总是板着脸，让我担惊受怕，死后倒是经常冲我笑。

杨恽！你笑什么？我还是看不懂你的笑容。大人已经答应了教我辨读那些弯弯曲曲的古字，我不会输给你的。

眼前忽然涌起一片柔和的亮光，比春天的太阳还要温暖。原来在那个世界，无须眼睛就能洞彻古往今来。一驾华贵的马车停在面前了，高悬着黑缯盖，车厢描金绘彩，轮轴闪闪发亮，骏马神气地喷着响鼻，他们来接新任的太史令了，我这就回去复命。

> 京兆尹臣敞白陛下：杨恽坐大逆无道，伏诛，与其厚善者皆免。驺马猥佐史成首告恽有功，陛下欲召拜为郎。然臣遍寻三辅，未得成踪迹。唯一邮亭吏，云成屡投书于此，其人状若痴癫，语多狂乱，每每自谓“新任太史，即刻赴任”，闻者莫不失笑。吏复曰，成貌寝陋，目近盲，面黑无须，嗓音尖利，有若阉人，疑为宫中逃奴。成上告恽之书，连篇累牍，尚余数封未达阙下，臣披览之，似涉前朝太史令司马迁，言辞昏乱不可解，呈请陛下圣裁。

鬼生曰：余览《汉书》之杨恽传，不胜悲慨。恽之恃才扬己，孤傲刻害，结怨于人，诚非君子之风，然其轻财好义，为政机敏，言谈磊落，亦不辱先人志业。因言获罪，又为小吏成诬以日蚀之咎，身陷大辟，妻子流徙，友朋左迁，不亦悲夫！恽之《报孙会宗书》，可与史迁之《报任安书》并读，虽略逊一筹，然血脉相连，辞气贯通，皆千古之名文也。

历史疑诡处，或可作小说家言。司马迁之死，约在武帝末，或曰寿终正寝，或曰为巫蛊所累，死于非命，《西京杂记》谓其“有怨言，下狱死”，皆难辨真伪。然史迁若为《史记》死，可谓死得其所，重于泰山乎？

《汉书·司马迁传》载：“迁既死后，其书稍出。宣帝时，迁外孙平通侯杨恽祖述其书，遂宣布焉。”则恽之于《史记》，亦有莫大关联。然《史记》于两汉之典藏流传，正副本之归属，难有定论。

《太史公自序》云：“藏之名山，副在京师，俟后世圣人君子。”唐司马贞《史记索隐》曰：“言正本藏之书府，副本留京师也。”是谓正本藏于汉庭秘府。近人陈直曰：“所谓名山，即是藏之于家。”是谓正本付杨敞家，副本当在汉廷天禄阁或石渠阁。众说纷纭，不一而足，此司马迁所遗之谜题也。

今之《史记》，大体完备，然非史迁手书之原貌。东汉班固兰台校书，云《史记》阙十篇。三国魏人张晏曰：“迁殁之后，亡《景纪》《武纪》《礼书》《乐书》《兵书》《汉兴以来将相年表》《日者列传》《三王世家》《龟策列传》《傅靳列传》。元成之间褚先生（褚少孙）补缺，作《武帝纪》《三王世家》《龟策》《日者传》，言辞鄙陋，非迁本意也。”

又，《汉书·艺文志》载冯商续补《太史公书》七篇；刘知幾《史通》则曰：“《史记》所书，年止汉武太初已后，阙而不录。其后刘向、向子歆及诸好事者，若冯商、卫衡、扬雄、史岑、梁审、肆仁、晋冯、段肃、金丹、冯衍、韦融、萧奋、刘恂等相继撰续，迄于哀平间，犹名《史记》。”诸说未可尽信，然《史记》之阙无疑也。

《孝武本纪》之亡，尤令人浮想翩翩。时人或以《史记》为谤书。及三国之世，魏明帝尝问于王肃曰：“司马迁以受刑之故，内怀隐切，著《史记》非贬孝武，令人切齿。”对曰：“司马迁记事，不虚美，不隐恶。刘向、扬雄服其善叙事，有良史之才，谓之实录。汉武帝闻其述《史记》，取孝景及已本纪览之，于是大怒，削而投之。于今此两纪有录无书。后遭李陵事，遂下迁蚕室。此为隐切在孝武，而不在于史迁也。”如是，《武纪》果毁于汉宫耶？史料阙如，亦难明矣。武帝之于史迁，主上也，寇仇也，择事、措辞、毁誉，非良史之材、雄健之笔、慎重之心不能为之。《武纪》亡佚，千古恨事也。

秦灭六国，李斯正定文字，齐楚诸国文字遂不传。汉袭秦制，以篆、隶行世，六国古文少有能识者。司马迁“年十岁则诵古文”（《太史公自序》），从董仲舒学今文《春秋》，从孔安国学古文《尚书》，非今古文兼通，焉得博采史籍，成一家之言？

孔壁之书，齐鲁之古文也。《汉书·艺文志》曰发于武帝末，孔安国献书，遭巫蛊之祸，未列于学官。后刘向以孔壁之古文《尚书》与伏生传之今文《尚书》互校，异文七百有余。今古文之争，两汉学术政治之大脉络也。小说所涉之刘更生，刘向也。本名更生，及成帝即位，始更名向。

汉庭虽不燃秦火，惠帝时即废挟书律，然秘府藏书，非有诏不得观。成帝时，东平王来朝，求《太史公书》，不予。王侯尚若此，吏民可知矣。书写阅读，亦权力之一种，微贱者难与其事。宦者史成，史上必无其人耶？抑或有其同命者耶？史成之悲，青史不载，当为之作别史哉！

附　录

（小小说一组）

崔 某

山西人崔某，开了个小煤矿，一夜暴富。仅在北京，就买了三套极贵的商品房。他的钱是怎么挣的，那也不必说了，至少那些埋在他煤窑里的农民，已经没法子站出来说话了。

突然有一天，崔某给所有雇工上了三险，然后买了很好的设备，从此主抓安全，不促生产，稍有风吹草动，就不让人下井了。大家都很感激，叫他崔善人。

这是怎么回事？细心的人就开始打听，消息拐着弯透了出来。原来，崔某做了一个梦。

梦里，崔某来到一个陌生的地方，是个小院，挂着块牌子，上书“人矿院”。门庭肃穆，简直像个政府办公机构，就是没有武警站岗。崔某好奇心起，就进去了。

刚进去他就吓呆了。小院竟然大得看不到边，正北有个人，一身古代将军的装束，面前放着个册子。中间是块足有几平方公里大的石头，几十个青面獠牙的厉鬼，就跟他小时候看的电影《画皮》里那般模样，正挨个把一些披枷戴锁的人扔到石头上，抡起大铁锤砸……

崔某吓得僵在那里，不过他想跑也来不及了，那个将军眼睛一斜，先看看他，再看看册子，手一挥。

然后崔某的脸就感到了石头的凉意，还没来得及闭上眼睛，就觉得背后遭到重重一击，脊柱断了，鲜血飞溅，又是一击，一团像土豆泥般黏糊糊的东西飞到了他脸上，他意识到那是自己的血肉，他只恨自己怎么没死干净，竟然还能感到疼痛……将军的声音嗡嗡地在耳边回响："给我砸碎了，做煤球！"

不知过了多久，崔某看见——应该是他的意识看见，一个文官模样的人在将军耳边说了几句话。将军略一沉吟，道："既然命不该绝，就送他回去，如能改过，再见面就饶了他。"

崔某觉得，一堆药粉落在自己被砸成烂泥的身体上，然后他就像做蜂窝煤一样被团出了形状，不知谁的手一挖一刻，然后托着他脖子喊了声"起"，他就站起来了。再然后，他就醒了，发现自己从床上掉到了地上。

这就是崔某变成崔善人的故事。据说，他身上长出了一块块红斑，仔细辨认，特别像锤子头。皮肤科医生说，从没见过这样的怪病。

鬼生曰：崔某故事，脱胎于唐人《玄怪录》。捶人为矿石，想象奇诡，动魄惊心。惜善恶之报，见于载籍而未见于人世也。

孙笔振

孙笔振在一个中等城市的海关工作，十年过去，职位越来越高，房子越来越大，胆子越来越小。

他是平常人家出身，自幼听话，刻苦学习。命运青睐好孩子，平平安安把他送上一所不错的大学，一毕业就进了海关这样旱涝保收的单位，再谈一场虽不惊心动魄却也甜蜜愉快的恋爱，然后结婚生子。三十岁生日的时候，他环顾娇妻爱子，觉得生活真美好。

就在三十岁那年，他提了副处，一种他从未想过的绚丽生活开始了。有源源不断的名烟、名酒和购物卡，有将数万元一扫而空的晚宴，有 KTV 包房里美丽姑娘的笑靥，当然更重要的是他的顶头上司以及上司的上司赞许的目光。不过他接过内容充实的信封时，总是脸红心跳，有时还推搪一阵。大家很喜欢拿他这点开玩笑，说他是模范公务员中的模范。他深感羞愧，狠狠自责，心想自己不过是大海里的一只小虾，毕竟在这个坚不可摧的铁幕下，他的信封是最薄的。

他们这个团体的核心成员有五人，三人信佛，见庙必拜，而且每年都要到普陀去烧香。这一年孙笔振也跟着去了，心想拜拜总没坏处，而且可以到江南玩一圈。

四人在普陀拜罢，到上海转了转，就包辆车奔杭州。正是暮春时节，水光潋滟，草长莺飞，大家都陶醉了，纷纷说应该在杭州买房。

夜晚的西湖更美。他们包了楼外楼的船，开至湖心，一只只小船川流不息地把酒菜送过来。觥筹交错，酒兴正酣，忽然一道闪电照亮酒席，随即是一声惊雷。孙笔振心想西湖夜雨多么诗意，号召大家走出船舱。不料湖心狂风乍起，大雨如注，这艘本来很稳当的船竟在黑沉沉的水面上剧烈地摇荡起来。众人心里正在打鼓，忽见空中出现一个模糊的人影，轮廓越来越清晰，瞬间奔至头顶。孙笔振惊讶得眼珠都快掉出来了——竟是一个金甲神人，模样活脱脱是庙里四大天王中的某位，他认不出。这位天王肃立在夜空中，闪着淡淡的金光，沉默不语，手举一块木牌，上面三个金字在黑暗中格外清晰：孙笔振。

孙笔振终于反应过来，掏出相机就要拍照。忽然一只手横伸过来，夺下了相机。随即，他看到顶头上司冷冷的目光。然后，另外两双满含敌意的眼睛也盯住了他。

孙笔振冷汗淋漓。他再次望向空中，金甲神人却已不见，只有一片模糊的灯光，耳畔还有轻柔的音乐在流淌。一转念间，孙笔振长吁了口气——根本没有什么夜游西湖，他们白天走得腿酸，晚上就找了家洗浴中心做足底。他不过是睡着了，做了个梦。那三位伙伴，不是都好好地躺在他身旁吗？

孙笔振笑笑，向旁边看去，却见三人都支起身子，正默默地看着他，那眼神，竟和梦中所见一模一样。孙笔振打了个冷战。只听一人问，你们也梦到了？另两人点头。然后，孙笔振听到上司低沉而清晰的声音：天谴。

两周后，孙笔振辞职离开海关。一年后，一个特大走私团伙落网。又过半个月，检察院将孙笔振的上司带走。至此，当初那个五人团体，只有孙笔振一人平安无事。他在市文联谋了份闲差，朝九晚五。唯一的遗憾是卖掉了车，接送孩子不太方便。

每当有人称赞孙笔振的先见之明，他就严肃得令人诧异："船要翻了，有人救我。"接下来那句话更让人莫名其妙："你知道庙里那四大天王，他们叫什么名字？"

鬼生曰：孙笔振之梦，竟与聊斋故事同。异哉！蒲留仙托梦于今人乎？自古云天网恢恢，疏而不漏，然惩大恶而警小贪，亦天机之变、好生之德也。

薛 伟

股市形势一片大好，不是小好。仅三天，薛伟的一万块变成了三万两千块，羡煞众人，在同事间号称“薛股神”。不料财旺家不旺，他偏偏有个拖后腿的老婆，死攥着存折上的十万块不撒手，说钱是给孩子上大学用的。争吵从孩子的前途逐步升级到家庭责任、夫妻感情和男人的尊严，备受伤害的薛股神一怒之下，叫上张弼、赵干、王士良三位股友，跑到怀柔去吃虹鳟鱼了。

那个周末应该是发生了什么，让“薛股神”又变成了薛伟，他不但再也不提那十万块钱，还彻底从红火的股市里抽身了，并整天挂着一副高深莫测的表情。这下倒弄得他老婆惶惶不安，悄悄向那三位股友打探消息。三人的回忆是一致的：什么也没发生。他们不过是打了一天牌，赵干钓上一条三斤多的鱼，王士良要显摆手艺亲自下厨……至于薛伟，就是抬头出牌，闷头数钱，牌运也好得吓人。后来他说困了，是头天在家里吵了一夜闹的，一觉睡过去，晚饭就没吃……

薛伟的老婆觉得很幸福，丈夫终于开窍了，知道家庭和睦比金钱更重要。那天薛伟一下班，就看到老婆的笑脸，桌上热腾腾的菜肴，竟然还有一盘他家菜谱上罕见的清蒸鳜鱼，鱼嘴微张正冲着他……然后他就冲到卫生间去呕吐。

夜里，薛伟拍了拍老婆焦虑的脸，告诉她自己曾变成一条鱼。

“就是那个周末，可能是被子太厚了，睡着睡着，我忽然觉得很热，就跑到外面去散步。山里的花都开了，鲜艳得出奇，眼前有一条河，水清澈得不像在北京。我跳进去游了一会儿，心想人在水里总不如鱼自在。这个念头一动，我发现自己就变成鱼了，呵，这辈子都没游得这么畅快！

“过了一会儿我觉得饿了，周围什么吃的都没有。然后就看见赵干坐在岸边，手里拿着鱼竿。我觉得好玩，心想我明明是个人，还能上你的当？瞧我吃了你的食，还不上你的钩。

“大概是变了鱼大脑小脑一起退化，刚一碰到鱼食，我就觉得上嘴唇被穿透了，疼死了，我双腿乱踢……哦，那时候我应该没有腿了……张弼走过来，说了句口福不浅，就把我扔到桶里，提了就走。一路上我拼命叫他，是我！我是薛伟！他根本不理，我急了，连他祖宗八代都骂了，他看都不看我一眼。

“然后我被扔到案板上。太恐怖了，竟然是王士良拿着刀在等我！我流着泪哀求他，士良，我们是最好的朋友啊……他笑嘻嘻地，一边跟张弼和赵干吹牛，一边按住我的脖子，一刀剁了下来……”

老婆哆嗦了一下，摸摸薛伟的脖子。薛伟笑笑：“没事，连个印儿都没有。那一刻我就醒了，还躺在被窝里。他们在外面叫我吃鱼。”

老婆很心疼：“这样的朋友，别交了……还有，你要愿意做股票，我也不拦着，真没想到，你心里这么不痛快，做这种噩梦……”

薛伟叹了口气：“你还不明白么？这和他们没关系，他们不过是看见条鱼，嘴巴一张一合，什么也听不见……这个梦说的是股市！有人是刀宰人，有人是鱼挨宰，不定轮到谁……这么说吧，我以前赚的，根本不是企业增长的钱，全是小老百姓争先恐后扔进来的血汗钱，说不定就有他们三个的，反过来他们当然也可能宰了我，这由不得我们……”

薛伟的老婆不知道该为他的品质自豪，还是该为他的神经担心。这个故事慢慢传了出去，张弼、赵干、王士良一聊天，就不免叹息，说股市太容易让人患上心理疾病。只有像他们一样，精神健全、谨慎小心、半点不贪婪的人，才扛得住大风浪。毕竟天上掉钞票的事，人生能遇到几回呢?

鬼生曰：薛伟化鱼，同僚相残，唐人李复言撰《续玄怪录》，言之凿凿。痛哉！人为刀俎，我为鱼肉，世代如此，于今为烈。天下熙熙，竞逐刀锋之利；人心扰扰，遂忘砧板之悲。恃长波而倾舟，得罪于晦；昧纤钩而贪饵，见伤于明。慎之戒之！

戒　色

——有感于李安影片《色·戒》

“再等等，我就来。”

他的目光被这声音吊着，斜飞出去，透过绛纱帐子，落在她身上。

她背向他，通体皎洁，一头乌发，沉沉地挽在脑后，腰间的线条，更添风致。桌上的一点烛火，闪闪的，熏得整个人暖了起来。她从桌上拈起只水瓶，银线一泻，而后啧啧有声。

她在做最后的洗浴。他抑制住一个酒嗝，后悔喝得有点多，手脚都软了。不过刚才她一杯杯递酒过来，他也不好意思不喝。她嘴角藏着笑，话里话外，总捎上他的性急，还说他手下都等着听房看笑话呢。那么，她应该是个老手了，说不定还是风月场中做惯的人。没错，这种事，文火慢炖，滋味最好。

她似乎觉察到他的目光，忽然扭过头来，冲他一笑。就连脖子上的皱痕，都那么轻巧。

他出溜到枕头上，把身体放平。他没想到，在这兵荒马乱的年代，还有这等遭遇。

他选了一条最难走的路。那些凶险的经历倒也罢了，最难面对的是平平常常的日子。旧朋散尽，偶有来往的，多是求他帮忙。他总觉得，那谦恭的笑脸里藏了把轻蔑的刀子。

“忠义”二字，他早已参透。国已不国，何必陪葬？再说，他不也是在尽一个中国人的本分么？他也想这个国家变得更好，路不同，目的却是一个。乱而后治，这是铁律，他这么个小人物，乱世中自有宿命。再大的道理，大不过琐碎的日子，大不过岁月流转。总有一天，化尘化土，众生平等。

眼前的她，很踏实。温热的身子，甜得人心里发酸。

烛光一暗，纱帐上飘过一片影子。她走过来了。

她眼睛闪光，脸柔得要滴下水来，几缕湿头发，打着卷儿垂在鬓角间。他想起最初见到她的样子，她被他几个手下掠到马背上，一声不响，双腿乱踢，像只发狂的兔子。

他不指望她的感激。他们是乱世男女，命如草芥，能抓住的，不过是眼前的一点悲欢。说到底，这欢喜骨子里也是凉的。

她上了床，挨着他跪下，脸上很静。他挪了挪身子，让出些地方，握住了她的胳膊。她忽地跨过他的腿，骑了上来。他一惊又一喜，倒不料她如此野性。

一切发生得好快。他只觉她的一头长发落下来，砸到他脸上，随即胸口扑地一热，有什么东西流了出来。

“贰臣贼子，卖国投敌，你也有今日！”她满脸绯红，额头都是汗，左手下死力捂住他的嘴，右手握着什么东西，向他胸口猛戳。

他觉得席子已经湿透了，身子像是漂起来了，原来血是这么暖和、滑腻的东西。他竭力睁着眼睛，看到胸口露出一个银色的凤头，凤嘴里一颗小珠子，好工艺。

纱帐外，她手执水瓶，洗去身上的污渍。她还是那么皎洁，身上并没有他的血。

他忽觉银光一闪。她把凤头拔出来，挽起了头发。

头发真黑，他眼前的光都消失了，只剩了一个念头挣扎着奔过来：终于还是着了道儿。她才不是平常女子，那根银簪，四面都开了刃。

鬼生曰：诛贼除奸，警世道人心，明春秋大义，自古巾帼不让须眉。蒲柳弱质，无红线盗盒之能，惟以色诱，以身殉，或成或不成，均不掩其立意皎然，志节高远，岂可推委于情根孽缘乎？此故事隐去年代，然审其蛛丝马迹，盖脱胎于《夜雨秋灯录》之《大脚仙杀贼三快》。

秀　秀

又是在机翼旁。到底什么人才能弄到紧急出口旁边的座位？那个好运气的家伙正把随身的包放在前方地上，又把脚搁在包上，舒舒服服伸开了他那双并不算长的腿。而我这个一米八二的大个子，只能把腿塞在前排座位下面，谁让我买不起商务舱呢？而且居然倒霉到要坐红眼航班。

每当坐飞机，我就会羡慕身体小巧玲珑的人，比如我旁边那个女人，她穿一件红色羊毛开衫，右腿自在地搭在左腿上，上身完全扭过去，盯着窗外看。这对我肯定是个高难度姿势，可她一直到飞机升空都是这副模样。

我很幸运，飞快地睡着了，直到模模糊糊听见餐车滚动的声音。这是夜间航班最让人恼火的地方，你只想睡一觉，他们却非要塞你一堆吃的。

“先生，牛肉饭还是鸡肉饭？”

我决定继续装睡，我本来也没醒。

“我要鸡肉饭，给他牛肉饭。再来一听啤酒。”

像有一道凉水灌进我脑子里，我当然认得这声音。我的眼睛毫无困难地睁开了，就像上下眼皮这辈子再也不打算碰面。我面前的小桌板已经放平，摆着一套标准的机上正餐。

“吃饭了。”秀秀为我揭去饭盒上的锡纸。她一袭红衣，冲我一笑。

两片发黑的牛肉，四根胡萝卜，三朵西兰花，八九粒干瘪的青豆。

秀秀已经在吃她那份饭。“算了，真难吃。把你那份蛋糕给我吧。反正你也不爱吃甜的。”她伸手拿走了我的巧克力蛋糕。

“你怎么穿红衣服？你不是最讨厌红色吗？要不我早就认出你了。”话一出口，我觉得更尴尬。

“别找理由了，吃你的饭吧。”秀秀的语气倒是很轻快，“你早就把我当陌生人了。”

我低头拨弄着饭盒里的牛肉。这也未免太巧了。

“很巧吧？还是不巧？”秀秀一贯能猜到我的心思，“我在机场看着你办票。坐你旁边，也不是什么难事。”

“你去哪儿？”天哪，我太蠢了，我们的目的地，当然是同一个。

“去哪儿？”秀秀的声音里不知为什么带了一丝疑虑，

然后她忽然说："去找我丈夫。"

"哦。"我心里一下子踏实了，但又觉得空落落的有点难受。

"怎么样？放心了？舒服了？"

她又来了。她一向是这么折磨我的。她准确得像雷达，尖锐得像银针，总能刺到我最疼的地方，可她不知道我除了疼也会难受。

我不说话。她也沉默了。

过了一会儿，她叹了口气，轻轻说："真怀念。"

我也怀念啊。我们有过最好的时光。我们刚认识的时候，她最爱穿淡绿衣服，像春天里一只轻快的小鹿。这只小鹿跑得比我快，我还在挣扎的时候，她已经扔下了有钱有地位的丈夫，跑到了我身边。

很奇怪，她最着迷的，是这个年代的女孩子几乎不会做的一件事——刺绣。不是十字绣之类的玩意儿，她在绣架前一坐就是一天，各种我叫不上来的针法，精细之极。

我们从什么时候开始吵架的？记不得了。那是个既平常又庸俗的过程，我回家越来越晚，话越来越少，她的话倒是越来越多，而且就像她娴熟的针法，一针一针变着花样刺进我心里。直到一个月前，我看见她丈夫的车停在楼下。我没上楼。一星期后，我回到家里，看到地上扔着一块丝绸，我的脸沿着鼻梁裂开，左眼炯炯放光，右眼茫然无神，古怪地微笑着。那是她给我绣的像，在就要完工时被剪成了两半。那一刻，我伤心得要死，可又有一种奇怪的轻松感。

“我还是很爱你，这辈子，就你。”秀秀身子微微向前探，扭脸盯着我，黑眼珠闪亮。

我就怕她这种目光。眼睛像着火，那火焰却是冷的，让我全身收缩，像被绳子捆住一般。我抬手把头顶的阅读灯关了。

秀秀的脸在一片昏黑中宛若光滑的青瓷。“你总是逃。你都不肯对我说一声就逃走了，当初如果不是我抛下一切去找你，你呢，就逃得更早。”她忽然笑了一下，伸手拉住我的胳膊。我把胳膊往回缩，她却拉得更紧，另一只手也毫不迟疑地伸过来，五指扣紧了我的手，寒冷如冰，“现在咱们是在飞机上，你还能往哪儿逃呢？”

我想站起来。腰间一阵勒紧的疼痛。啊，安全带。一只很温暖的手在轻摇我的肩膀。“先生，需要帮忙吗？”

我睁开眼，灯光刺眼，空中小姐正把一张精心修饰过的笑脸俯向我。这就对了，今天我罕见地好运。我第一次要到了紧急出口旁的座位。这是红眼航班，乘客不多。我旁边空无一人，只有安全带无精打采地瘫在蓝色的座椅上。

“您还用餐吗？飞机半小时后降落。”

我摇摇头。空中小姐端起餐盘。

我一上飞机就睡着了。我做了个梦。我什么都没吃。可是，我无意中向餐盘瞟了一眼——牛肉饭的锡纸被揭开了。那个放甜点的塑料小盒，是空的。

“今天的甜点，是巧克力蛋糕吗？”我听到自己干涩的声音。

空中小姐的身体忽然一歪，飞机剧烈地颠簸起来。安全带指示灯伴随着警示音急促地闪烁。机舱里传来一阵阵惊叫。

我想起来了。五个小时前，我接到一个电话，里面是陌生而低沉的男声，告诉我秀秀从16层楼飞了出去，明天是她的葬礼。我可以参加。

我在座椅上抖得像个上发条的玩具。我把脸转向舷窗，外面是沉重的黑夜。秀秀青瓷般的面孔破碎着消融在黑暗里。

“秀秀，这次我没想逃，我是要去看你的啊，你信不过我？非要跑来找我？”我的身体被抛起又被摔落，“天哪，秀秀，你要带我去哪儿？”

鬼生曰：余少时读《碾玉观音》，惊怖莫名。秀秀养娘岂非至情之人？罹祸惨死，然魂魄不灭，人鬼同衾，宛若生时。一朝事泄，即迫死崔宁，以绝别离之患，亦纠缠怨毒之极矣！问世间情为何物？世间只有情难诉！

刺　客

——有感于林兆华戏剧《刺客》

我已经死了吗?

这不可能。事情还没有完。他到哪里去了?明明刚才还在眼前，我的剑还在手中嗡嗡作响。

这是个多么奇怪的地方。高大的石头房子，屋顶有四个字在闪光——“首都剧场”。什么意思?前厅很华丽，空无一人。推开门，是一片黑暗。却不是我经历过的那种彻骨的黑和凉，而是带着一股轻柔的甜香。黑暗中浮现出许多人影，他们穿着怪异的衣服，一个挨一个，坐在一排排更为怪异的东西上——姑且说他们是“坐”着吧，我从没见过这种姿势，双腿垂着，不雅，而且傲慢。

唯一的光来自正前方，这些人的目光都汇聚到那里——是个高出地面的台子，台上有两道黑色的墙。墙中间站着一些人，穿的衣服倒是跟我们稍微有点像。两个人在说话，一个披着袍子，一个哑着嗓子，只能听懂个大概，我正琢磨他们奇怪的口音，忽然，哑嗓人很慢、很艰难地拔出了剑!

我一激灵，手紧了一紧，还好，剑还在。他也要杀人么？黑暗中的人影笑了起来，我也笑了一下，他用剑的姿势太笨了，连只兔子都杀不死。

披袍人在说话，一副高高在上的样子：“豫让！……”

他在叫我吗？还是那个持剑的笨蛋也叫豫让？我不明白。难道赵襄子逃到这里来了？我盯着那个披袍人，不可能，赵襄子比他矮，气度却比他威严和从容，即使我真的杀了他，也会照样尊敬他……上天！我这是在哪里？大事未了，你真的不肯成全我吗？

披袍人解下了袍子，在身前展开，哑嗓人却几乎举不起剑，他受伤了？可是看不见血。他竭尽全力，而剑锋只是轻轻地划过袍子，连一条丝线都没有割断。哑嗓人跪倒在地抬不起头，披袍人面带微笑，把袍子覆在了剑尖上。黑暗中传来更多的笑声。我前面有一个带笑的声音轻轻道：“恐怖分子呀……”

恐怖分子？什么意思？这个古怪的地方，这些莫名其妙的人，太愚蠢了，我怎么会在这种时候做这样荒唐的梦呢？我必须醒来！我举起剑，刺向那让人昏昏然不知所措的黑暗——

消失了，那些人，那片黑暗。明亮的阳光重新在我的剑锋上跳动，赵襄子神情严肃地看着我，眼睛里一闪一闪，似有泪光。周围站满了他的人。是啊，刚才他说了，这次，他不能再放过我了。

智伯之仇，终于还是报不成。死不瞑目，就是我的命运。这就是最后的时刻了，我只剩一件事可以做，这是最容易的一件事。我忍不住笑了。

忽然，我想起刚才那片滑稽的黑暗，那件袍子——不是也聊胜于无吗？我放下横在颈上的剑，向赵襄子行礼，说出了我最后的愿望。

他没有丝毫犹豫，脱下了外衣。他的属下接过外衣，向我行礼，随即庄重地把衣服展开。我一跃而起，身体从未像此刻这般轻盈，我和剑融为一体，欢唱着刺向黑色的深衣，一次，两次，三次，我洞穿了那片固执的黑暗，它再也不能把我窒息和毁灭。

最后一剑，我当然留给了自己。很快我就能见到智伯了吗？也许吧，比这更重要的是，我尽了臣子的责任，也实践了自己的诺言。

世上最后一缕阳光，穿透衣服上的破洞，带着永世不灭的荣耀，照亮了我的死亡。

鬼生曰：曹沫、专诸、豫让、聂政、荆轲，得太史公作《刺客列传》，赫赫荣名，千载不灭，而今人非之。以己之心揣度古人，惑于自我而困于时代，遂使勇士蒙污，大义不彰，可悲亦复可叹。

冒牌蜘蛛侠

一阵噪音把我吵醒，然后我看见一件古怪的事：那个男孩盘坐在沙发上，专心致志地挥着右手食指，挥两下，看看指尖，再接着挥。他的指尖上有一道很小的伤口——我的作品是什么症状我很清楚，那点伤应该不会使他对茶几上的零食丧失兴趣，而且挥手指是不能治愈炎症的。

我将目光移向电视屏幕，看见一个穿红衣服、戴红头套的家伙在高楼上乱爬，并从手指间弹出一道道银丝，我猛然明白过来，一阵抑制不住的大笑，害得我几乎从蛛网上翻下去。

这孩子想干什么？他差点要了我的命，就因为想变成一个蠢货？

也怪我，昨天出门散步的时间太长，当我发觉闯入禁地——也就是沙发上方的墙面时，已经晚了，男孩的眼睛正盯着我。我魂不附体，心想这下要跟世界说再见了。果然，男孩的食指朝我按了过来，就像一条我毕生都没见过的大肉虫子，要用它的体重把我压死。也许我还来得及跑，但是不知怎么，我想起一个遥远的家族传说……长话短说吧，送到眼前的毕竟是一块肉，而我竟然也足够机灵——我不但躲过了那根手指，还及时地咬了它一口！逃回家后，我觉得很难受，人肉的味道让我恶心……

现在看来，这孩子可能存心挨咬，他以为自己也能变成那个号称“蜘蛛侠”的小爬虫呢。我们已经被迫把这部烂片看了好几遍，特别是我那个住在电影院的表兄，说宁愿此生少吃一千只苍蝇，也不愿意看到那只冒牌蜘蛛。人类怎么懂得吐丝的辛苦和奥妙？而且那片子里的爱情也很虚伪。

我忽然有点悲哀。传说中的英雄时代已经逝去：我的一位祖先，生活在遥远的大唐帝国，通体白色，英俊而勇猛。为了给两个枉死的兄弟复仇，他袭击了一个凶恶的御史，只在那坏蛋的手指上小小地咬了一口，就令其左臂溃烂而亡。然后他结了一张很美的网，捕捉到御史母亲的梦境，他走入那个梦，告诉那个女人，她儿子的死是咎由自取。

传说中，人类的梦是用清晨的露水做的，有的苦，有的甜，还有的散发着青草的味道。每一片蛛网，只能承受一个梦的颤动。每一只懂得捕梦的蜘蛛，都是世代传诵的英雄。我是一只平凡的蜘蛛，不过我猜，今天人类的梦一定变得坚硬了，散发着铁锈的酸味。或者他们只剩了一个梦——变得更强大，变得无所不能，比如妄图占有我们的天赋。

电视上的红衣冒牌货正和一个绿色怪物扭在一起，男孩看得入神，不再挥手指了。我真想走进他的梦境，告诉他：孩子，你该去看病了。

鬼生曰：白蜘蛛杀御史事，载于《宣室志》。生存发展，人之欲也。然欲求渐强，杀伐日盛，傲视万物，颠倒自然，据公器以谋私产，贪小利而致大患，祸无日矣！

小鱼日记

7 月 5 日　晴

一入夏，蚊蝇照例多起来。不过今年应该好过些，后院的花草我只留了木栅边的蔷薇，其余的全铲了。昨天，玻璃房竣工，四面的玻璃都可以打开，既能通风观景，又免去了被蚊子叮一腿包。

这两天心绪不宁，书法课竟荒废了。为翘翘的事，警察来了，进门连鞋都不换，弄得我擦了半天地，真够烦的。

“易求无价宝，难得有心郎。明月照幽隙，清风开短襟。”好端端的，怎么写了这首诗呢？荒谬。几天不练，字就退步了，那个“心”字的间架结构，还是不对。

笔画简单的字不好写，可猜透人心却不那么难。今天他看到这幅字的时候，目光一闪就滑开了。我也不想难为他，就煮了咖啡，请他到玻璃房中小坐。

说来好笑。他看上去也算个干净体面的人，可一坐下来就被苍蝇围住了，赶都赶不走。对于内心龌龊的人，这也算小小的报应吧。

7 月 7 日　雷阵雨

近来他有事没事地往我这儿跑，不出所料，今天终于说到正题了。他问翘翘去哪儿了？当时我好像忍不住笑了一下，不过我还是没揭穿他。我一向给人留面子。

我跟他说，一个二十四岁的姑娘去哪儿都有可能，最大的可能是为了男人离家出走。但翘翘毕竟是我的表妹，我不能都指望警察，你也想想办法。她的事，说不定你知道的比我还多呢。开始他连连点头，听到最后一句，赶紧摇头。

傍晚下雨了。雨水在大玻璃上爬行，像一条条透明的虫子。窗外，是灰黑色的寂寞。没有翘翘的日子，确实有些寂寞。

7 月 10 日　多云，闷热

他们掘开玻璃房的地面时，我是什么心情？作为一个弄文学的人，碰到这种题材，我大概也会在此关口渲染一番。

其实我什么都没想，就觉得周围很安静。只有苍蝇聚拢在破碎的地砖上方，嗡嗡地叫个不停。我倒想知道他是什么心情。现在我明白了，几天前，他就坐在翘翘上面。

我没想过还能见到翘翘。我把她扔到玻璃房的地基里，就是不想再看到她那张脸。

奇怪，她容颜如故，没有一点腐坏的迹象，苍白的脸衬着褐色的泥土，很漂亮也很安详。我没让她受罪，虽然她毁了我一生。

他一直不敢看我。在我被戴上手铐的时候，他跑过来说："相信我，我和翘翘……"我看了他一眼，他后半句话就咽回去了。是啊，这种时候再撒谎，还有什么意义呢？翘翘也曾冲我赌咒发誓，可我只需要看她一眼。弄文学的人，琢磨的就是人心，什么人什么事不明白？何况是这么件破事儿。

看守所的条件比我想象的好。就是没有笔墨纸砚，书法一事，算是彻底完了。

这真是一个庸俗的故事。那些小报该高兴了，美女作家杀害情敌埋尸家中，够它们炒一气呢。

鬼生曰："易求无价宝，难得有心郎。明月照幽隙，清风开短襟。"乃唐女道士鱼玄机狱中所作。机以诗名播于士林，然不自检束，疑婢女绿翘与己所昵者有奸，笞毙绿翘埋于后庭，事发致戮。事见《三水小牍》。

杀 夫

我们这个小镇，东边的人打个喷嚏，西边的人就感冒了。一天天的日子，都很平淡，直到尤阿婆死的那一天。

尤阿婆就住在我家隔壁，头发从我记事起就是灰白的，待我上了中学，也没变得全白，脸上的皱纹好像也还是那么些条。她衣服穿得花哨，门前红影子一闪，倒未必是哪家的小囡跑过，而是喜欢穿红的尤阿婆摇摇摆摆买菜去了。

我们都怕尤阿婆。据说她是个蛇精，她家的房梁上、橱柜里、灶台下面，都藏着蛇，一入夜，她就现了本相，那些长长短短、粗粗细细的蛇，都会跑出来，把捉来的鸟雀啊，老鼠啊，衔给她吃。反正我的小学同学小林是这么说的，有一年端午节的夜里，他拉着我去看尤阿婆变蛇。门缝里黑沉沉的，窸窸窣窣的声响，一会儿大一会儿小，真的好像有什么在爬。吓得我们转身就跑，我身上揣的雄黄都跑丢了。

尤阿婆死得干脆。头一天还闻到她家飘出甜酒酿的香气，第二天就听说她死了。是查水表的石家孃孃发现的，她说一进门就看见尤阿婆躺着不动，身边有个什么金色的东西哧溜一下就不见了，她推推尤阿婆，发觉她身子已经硬了。石家孃孃说，那个跑掉的东西，肯定是一条小金蛇。魂魄都跑了，人还能不死？

尤阿婆一死，镇上忽然冒出两个陌生人，说是她儿子。我一直以为她是个孤老婆子呢，这么些年，也没见她家有亲戚走动过。这两兄弟有点怪，年长些的干净斯文，穿着像大城市的人，说普通话；年少些的胡子拉碴没精打采的，一口我们本地的土话，听说是旁边一个县里的包工头。更怪的是他们彼此不说话，就像躲猫猫一样，一个住镇东头的旅馆，一个住镇西头的旅馆，可是办丧事终究得碰面，那就客客气气点个头，比我爸妈对老师还客气呢。外婆见到他们，总是摇头叹气地说："造孽，造孽。"

外婆不肯跟我讲他们造了什么孽，爸妈也说不要学镇上人乱嚼舌头。这可难不倒我，小林就是个包打听。这对兄弟到达的第三天，他就一脸神秘地跟我说："听说没？他们是仇人，杀父之仇。"

我有点糊涂："他们不是兄弟？"

"当然是啦，所以这事才复杂。不是亲兄弟。同母异父。"

难怪他们长得不像，难怪尤阿婆一死他们都得来。可要是仇人，彼此干吗那么客气？

“省事了，有人替死鬼报了仇。”小林就爱卖关子，我只好问：“谁？”

“尤阿婆啊，你可真笨！”

我一时绕不过来。综合小林提供的信息算了算账，我冲口而出：“你是说，尤阿婆杀了她老公？”

“那还用说！要不怎么说她是蛇精呢？有仇必报！”

小林是听石家孃孃讲的，石家孃孃是听国光伯伯讲的，国光伯伯是听他老娘讲的……我不知道这个传来传去的故事，有几分是真的。

他们说，尤阿婆嫁的第一个丈夫姓潘，夫妻俩开了个小杂货店，生了个儿子，就是那个长相斯文的家伙。尤阿婆年轻时是个大美人，全镇的男人不管住得远近，都跑去找她买东西，有胆大的还会调笑两句吃吃她的豆腐，她倒也不在意。偏偏有个姓陈的男人，贩卖茶叶发了家，是镇上最有钱的，他对尤阿婆一直恭恭敬敬，从不吃她豆腐。

姓陈的时常关照尤阿婆一家，据说还出钱帮衬过他们的小店，后来干脆把一单好生意给了尤阿婆的老公，说是跟着他到苏州走一趟，两年的生计就不用愁了。姓潘的欢欢喜喜上了路，回来的时候却是一罐骨灰。姓陈的说，老潘喝多了酒，船过险滩的时候站不稳脚，栽到水里淹死了，好容易才把尸首捞上来。他眼泪落个不停，连说自己没有照顾好朋友。

从此姓陈的对这孤儿寡母更是嘘寒问暖，还出钱送那儿子去省城念书。一来二去，不到两年，尤阿婆就嫁了他，成亲第三年也生了个儿子，就是如今那个包工头。要说尤阿婆和这姓陈的，那真是夫妻恩爱，好得蜜里调油，镇上的人不是羡慕就是嫉妒。尤阿婆日子过得宽裕，人也越发漂亮，皮肤滋润得能滴下水来。

嫉妒他们的人说尤阿婆克夫，好日子长不了。可是一晃十来年，他们也改口了，都拿尤阿婆夫妻来教育子女什么叫白头到老。然后就在他们模范家庭的奖状拿到第十张那年夏天，出事了。

我后来专门为那件事去问过从派出所退休的五爷爷，他说那天他查户口去了，没有亲眼见到。他也是后来听人说，尤阿婆一大早就跑到派出所，说要报案，说她丈夫为了娶她，谋死了她前夫。大夏天的她穿了件火红的衣服，头发梳得一丝不乱，脸白白的放着光。当时在场的人都觉得她疯了。

姓陈的坚决否认，但不知道尤阿婆拿出了什么证据，很快姓陈的就给抓起来了，好像还没审出结果，就“文革”了，镇上一乱，大家就把这事忘了。等有一天大家在街上看见姓陈的和尤阿婆生的儿子戴着黑纱，才知道他已经死在狱里了。尤阿婆呢，早就搬出了陈家气派的大屋，回到了前夫留下的小房子——也就是我家隔壁这一间。

我把这个听来的故事讲给外婆，她一直不说话，只是最后摇了摇头：“女人心狠哎！陈彩想见她一面，她就是不去，送饭都是叫儿子去……常言道，一日夫妻百日恩……”外婆忽然住了口，开始骂我不学习，跑到街上去听人家闲话。

嘿嘿，我再笨也明白，这句“一日夫妻百日恩”的老话，搁在尤阿婆身上该怎么讲呢？

尤阿婆出殡那天，只有她两个儿子送。之前我偷偷跑去看过，刚进门就听见一阵窸窸窣窣的响动，是蛇么？我顿时脊背发凉，向四周看看，除了堆在墙角的纸钱，什么都没有啊。我的心跳到了喉咙里，踮起脚尖探出头——黑漆棺材里的尤阿婆好像变小了，脸像一枚发黑的核桃，只是那身大红的寿衣，还像她往常的身影那样鲜亮。

鬼生曰：陈之美巧计骗多娇，出《欢喜冤家》，其书多男盗女娼事，君子不取，然记人间百态，亦有可观。尤氏不忘前情，毁家复仇，十载恩爱，弃若敝屣，天理昭昭可明，人情渺渺难判。情理二字，机锋暗藏，合情合理者，律法也，情理相悖者，小说也。

后 记

书末的附录，是几年前给《北京晚报》写的一组小文(《杀夫》未发表)，抽取古代笔记小说中的人物、故事或一点意象，放到当代背景下，进行彻底的改写。但很快就觉得在篇幅、构思等方面都束手束脚，于是我想试试自己能否承担真正的短篇小说。我暂时抛开了对鬼故事的爱好，将基本素材转向了《左传》《国语》《史记》《汉书》等史书，但当初那个“太平鬼记”的名目和“鬼生曰”的跋语却留下了。

史书停止的地方，小说就开始了。

在我的阅读经验里，历史是最为激荡心灵的，或许因为它常常也是文学。但史书往往留有一些空白，闪着幽微的光芒，即便是人们非常熟悉的人与事也不例外。找到这个空白，加以想象和描摹，将其融入基本史实，用文学的方式创造一种历史理解，承接先人对历史的独特情感，是我的愿望。

写作这些短篇，除了史书和古代笔记，还参考了一些今人的学术著作。我并无还原历史的野心，但饮食、服装、器物、风俗、环境等等是理解历史的重要元素。或许它们在小说中并不明显，而且我相信因自己学力不够，想必有许多错误，但我还是希望把这种强迫症似的关注保持下去，它们有助于小说的质感。

至于每篇末尾那段“鬼生曰”的拙劣文言，交代人物、故事的出处、背景为主，议论倒在其次。我没有能力用文言来表达复杂委婉的含义。谨以这样的文字和结构，向“太史公曰”和“异史氏曰”，向中国伟大的史书传统和小说传统致敬。

写作是艰难而有趣的体验。多蒙朋友们的鼓励，使我得以坚持。感谢袁敏老师和《江南》杂志抬爱，一气刊登了其中三篇小说。还要特别感谢李鹏飞先生，有几篇的“文言”是他帮助修订的，使它们看上去比原先像样多了。

历史是中国人的宗教，它不仅是逝去的人物和事件，也是深沉的思想与情感，而文学，是令它们灿然生辉的光与热。从《左传》开始，中国的史学与文学就汇入了同一条河流。在这生生不息的传统中，我只是一个刚刚走到门口的小学生。

影分身

这一组作品共九篇，是尚思伽在2013年8月到2014年12月期间，为《北京青年报》“趣书房”版的“同题小说试炼场”而作。这个栏目由编辑出题，邀请作者写一两千字的小小说。这些作品完成于《太平鬼记》初版之后，尝试了不同风格、题材的创作，在报纸发表时采用的笔名是“影分身”，所以此次以“影分身”为题附于《太平鬼记》初版后记之后。

——编者注

蓝　血

主题词：嘀嗒

嘀—嗒。

血从袋中垂落，滑过透明的管子，渗入淡蓝色的静脉。她想，莫非这鲜红的液体，进入这个身体就会变成蓝色？

医生一离开，四周就安静了。她端详着病床上的女人——黑发白肤，指尖纤细，睫毛在睡梦中轻颤。人们都说，睫毛下的眼睛更美，特别是在阳光下，瞳仁呈深绿色，犹如宝石。但是她知道，妹妹的目光看似幽深，其实空无一物。

嘀—嗒。

单调的声音敲打着耳膜，令她心烦。

她是自然孕育的最后一代人。她出生五年后，基因选择技术宣告合法，此前二十多年的辩论、抗议虽然还有回声，但人们终究把一切抛在脑后。谁不想要一个完美的孩子呢？

体型、肤色、眼睛和头发的颜色，皆可选择。如果付得起钱，还可以选择一个刚强的男孩或一个甜美的女孩，一个潜在的科学家或一个文艺天才。网络上有详尽的官方指南，对新生儿的外貌、性格及职业倾向都有精确的百分比估算。当然，这一切都在极为精细的科学监测、极为严苛的法律规定下进行，以确保个人意愿与社会需求之间的平衡。

她记得父母看她的眼神，小心翼翼，充满歉意。每时每刻都在为她黯淡的肤色、平庸的容貌以及同样平庸的学习成绩道歉。妹妹比她小七岁。这个甜美的女孩使得父母的歉意更为浓重。她十岁那年，父母试图给她改名，“自然”是她这一代人最常见的名字，他们想为她隐去这个标记，她离家出走。

她的社会综合评级是 E+，在系统中处于中下。妹妹是 A−。

母亲临终时搂着她哭，要求妹妹照顾她一世。她一边掉泪，一边怒从心起。

嘀—嗒。

妹妹的手腕轻轻一抖，她恢复知觉了吗？

自然一代的社会评级普遍很低，多半从事体力劳动，她过得辛苦，却深感自豪，为自己的名字，为自然得来的身体和血脉。她少年时就意识到，完美的妹妹是拼凑之物，是他人的选择，是人的赝品，和机器人没有本质区别。世间充斥着这样的赝品。人类社会总是赝品当道，这个时代也不例外。

得知妹妹出了车祸，大量失血，自然心中一跳。母亲去世后她们没见过面，足有五年了。她不需要这个妹妹，但是妹妹需要她。她将救她一命。

嘀嗒。嘀嗒。

自然周身的血流在加快。

通知她的护士在电话里说，医院储备的孟买血，不足400cc。她飞奔过去。妹妹昏迷着。她挽起袖子，对医生说，我们姐妹都是孟买血，抓紧时间，需要多少都可以。

医生眨眨眼睛，诧异地说，不对，病人是蓝血。

嘀、嗒，嘀、嗒。

血滴的声音压过了心跳，自然觉得透不过气。

手术很顺利。医生说，护士没弄清楚，抱歉。您不知道吗？病人一年前做了血液置换手术。孟买血这类稀有血型风险很高，现在很多有条件的人都这么做。

医生侃侃而谈：基因选择技术再度创造奇迹，实现了血液的改良和置换。病人选择的蓝血是最棒的，虽然培育技术复杂，价格昂贵，但是配型率高，而且把白血病的风险降低到了不足千万分之一。建议您也考虑置换手术。

嘀嗒嘀嗒……

医生走了。贵宾病房的墙，白得刺眼，血滴之声，响如擂鼓。她忽然发觉，血袋右上方有个繁复的蓝色图案，像贵族的纹章。

她想起初次见到妹妹。一个精致的小人儿，瞳仁黑得发绿。她拈起一只粉红的小手，贴在自己脸上。

这个女人连父母的血脉都不要了，彻底变成赝品了。

嘀嗒嘀嗒嘀嗒……

蓝血喧嚣。但赝品不可能战胜真品。自然拧了一下输液的开关，滴答声停止了。于是，她听到了自己体内的血流，一片鲜红，浓稠、静默而绵长。

2013 年 8 月

倾　盖

主题词：逆转

我的曾祖文举公是清光绪二十三年丁酉科举人，为了满足寡母光耀门庭的愿望，筹银捐官，光绪二十六年也就是一九〇〇年，授聊城令。是年秋，离乡赴任。

聊城地处要冲，是大运河与黄河的交汇处。文举公赁舟北上，只带了两名健仆，三四箱书，一架琴。文牒官凭，贴身秘藏。一是生性不喜张扬，二是对仕途兴味索然。离家时他对友人说，聊城乃不祥之地，唯有海源阁令人惦念，据说杨氏所藏宋元珍本逾万卷，若能略窥一二，也不负平生。

秋风卷起大片的寒凉，掠过运河两岸。自道光以来，这一带灾害频仍，盗匪蜂起，太平军、捻军、黑旗军、义和团、洋人、官兵，石磨一般轮番碾过，自古的礼仪之邦一片残破，沿途还能看到烧得只剩残躯的教堂。就在这年二月，聊城知县曹和浚被拳民杀死。一想到自己是补此横死之人的缺，文举公就悒悒不乐，沿途的萧瑟景象更令人感时伤事，他站在船头，思量着作一首怀古诗。

夕阳在水面上投下片片金鳞，忽然，一艘华丽的大船冲破光带，从后面追了上来，与文举公的轻舟并肩而行。大船上旗帜招展，赫然是新任聊城令的字样。船头站着一个青年书生，看到文举公，略一拱手，面带微笑。

文举公示意仆人勿妄动。他想，不料小小的聊城令，也有人冒名。更不料这般俊雅人物，竟是个骗子。天网恢恢，旅途寂寂，何妨与他周旋一番，明日即到聊城，那时再捉了他也不迟。

文举公遂躬身为礼。那书生是江浙口音，自称姓韦，名君弼。文举公说自己科场失意，沿运河经商糊口，不想有缘拜见父母官。他装作不经意，问其授官领凭的时间，韦生所答，竟与自己领凭之日相同。文举公不动声色，又闲扯几句，但觉此人举止安详，堪称雅贼。

晚霞稍纵即逝，黑夜覆盖了河流，两船并肩停泊。文举公投了自己的旧名刺，正式拜访。很快，他被请入大船中。舱中明晃晃的，仆役穿梭，红男绿女，煞是热闹。主人一声吩咐，顷刻间一桌雅洁的酒菜便端了上来。

酒香袭人，文举公的神经渐渐放松了。韦生谈吐不凡，论诗文每每自出机杼，间或谈及翰苑逸事，风月场的流言，南北风俗的差异，文举公皆闻所未闻。两人越谈越深，话题渐渐转到了国事上面。

文举公大为讶异。一涉国事，韦生的老道分毫不存，竟套话连篇，说什么当今朝政清明，物阜民丰，读书人当拿出毕生所学，好好做一番事业，下不负黎庶，上报效国家。文举公暗自感叹，这人显然是个不谙世事的公子哥儿，除了读书宴游一无所知，他以为自己生活在何年何月？洋人已攻陷北京，太后偕皇帝外逃，朝政危如累卵。文举公忍不住反驳一句，说帝后西狩，安危不明，李鸿章与各国议和，必受大屈辱。国将不国，不宜自欺欺人。

韦生愣了一下，道："死不了。"随即莫名其妙地大笑数声，吩咐仆人温酒添菜，话题又转回到诗词风月上面。

文举公想，此人性情磊落，不似歹人，假冒之事必有隐情，十九为人所骗，花了成千上万的银子，跑到这么个荒凉的死地来过官瘾，实属可怜。到任之后，也不必拿他了，不妨招待一番，打发他回乡，也算还了今夜之情。

两人做长夜之谈，极为投契，不觉东方渐白。文举公告辞，韦生送出舱外，依依不舍。文举公登上小舟，笑着挥手，说后会有期，到聊城后必去县衙拜见。韦生忽地一揖到地，语声奇特，若喜若悲：“小弟履新，思展平生之志，乐极妄言，望兄勿怪。想来人世凋零，则冥府繁盛，实可叹息。与兄倾盖如故，亦属天缘。日后思见，可来城隍庙一叙。人生不寿，国祚不永，后会可期。彼时一樽酒，重与细论文。”言讫，人船俱渺，唯余一天星斗、黯黯波光。文举公默然肃立，直至朝霞染红了他的衣襟。

文举公到任不足一年便辞官回乡，以诗文自娱，自印《倾盖集》二十卷，传之子孙。宣统三年病逝，享年四十。他殁后一个月，武昌新军的枪声响起。

2013 年 9 月

四十九度灰

主题词：起风了

巨大的十字路口，空空荡荡。我站在马路中心，像个交警，车辆驯顺地从我身旁绕过，没人鸣笛，没人骂街，没有堵塞交通。唰唰的车声，带来更深的空旷和安静。

太棒了，网上说的竟然是真的。以前，停留一秒钟都不可想象，而现在我已经站了十分钟，经过的车，估计有三四十辆。毕竟是商业区，比住处热闹多了。路边竖着一面电子屏，上面显示：49 天。

口罩的带子勒得耳朵有点疼，我稍微松了松，闻到了自己嘴里的臭味。左上的牙龈又发炎了。我稍微算了一下，30＋365＋49=444。据说，数字一天天变大，会加重人们的心理负担，所以政府采纳了专家的建议，每到年底就清零，从头计数。

是从前年冬天开始的。没有风，没有雨，没有雪，什么都没有。空气静止了，只剩下浅灰色的白天和深灰色的夜晚。灰色的天空悬在头顶，越积越厚，马上就要掉下来似的。444天。据说灰色容易引发负面情绪，我认为这没有依据。习惯了之后就会发觉，灰色的层次最为丰富细腻，每天都不一样，像今天，就是令人舒适的四十九度灰。

不过大多数人都被灰色吓跑了。最初只是口罩脱销，不久开始流传一种很不靠谱的说法：铅灰色大气中，含有阻碍空气流动的粒子，且具有高辐射性，暴露其中，即使身体好的人，最多也就撑三年。于是，人们就像当初奋勇争先地涌进这个城市一样，又唯恐落后地跑了。我的故乡，就像一具被吃光血肉又敲骨吸髓的干尸，悬挂在停止的时间中。

我无处可去。没有钱，没有旅伴，不想求他。我只想吃牛肉面。这家店从我上中学的时候就有了，好吃得要命，所以想吃的时候，要随时能吃到。

店里热气腾腾，吓了我一跳，好像全城的人都跑到这里吃面来了。据说开始计数之后，饭馆和电影院的人不减反增。只要东西好吃，不管多贵，都被一扫而光。手里捏着钱，挤挤挨挨地排队，高高低低各种颜色的味道让我恶心，但也新鲜，那个每天给我送外卖的小哥，什么味道也没有。

我要了大碗面，足足淋了三圈香醋。汤鲜肉烂，面很筋道，和记忆中一模一样。

埋头大吃之际，我听到一个声音，从店里不知哪个角落起跑，就像波涛由远及近，最终推开一切嘈杂，轰轰作响——我看看周围，奇怪，人们没有反应，污浊的热气中，依然是吸溜吸溜吃面的声音。但是我分明看到，风踏着一双轮滑，经过窗外，从窗户上揭起一张巨大的不干胶，于是我面前这个灰色的世界就被掀起了，大厦和车辆像水珠一样纷纷滚落。原来在不干胶下面还有一个世界，不知为什么，天是蓝的，路只有一半宽，树很高。我坐在面馆里等他，门开了，一阵风钻进来，他笑嘻嘻地站在桌前。雪落下来了，脚下咯吱咯吱地响。他抓住我的手，放在自己的大衣兜里。我丢了一只手套。

我咽下最后一口汤，从后门出去。我很清楚，一切都是幻觉。风不会来了，也许他已经死了。这家面馆只不过和中学时那家在同一地点，我只是假装它们的味道一样。

我坐电梯至最高层，推开一扇小门，面前是一个空荡荡的平台，四十九度的灰色天空悬浮其上。对于我这样的人，蓝天毫无意义，这沉静的灰色才理所应当。没有一丝风。世界广阔无比。安静是一种美德。

一切都很自然，你们会理解的。我要在你们抛弃我之前，抢先抛弃你们。

我向地面飞去。耳边掠过一个声音，熟悉又陌生。我忽然意识到，是风在呼吸。终于。

2013 年 10 月

拜猫教研究提要

主题词：猫眼

本文旨在研究我们的祖先地球人普遍崇拜一种小型哺乳动物的习俗。该动物因地域分布的不同而拥有不同的名称，如cat、咪咪、汤姆、neko、kot、凯蒂、哈罗凯蒂等，鉴于本课题组主要考察的是该星球B444地区（古称华北—北京）的风俗，按照著名语言学家克罗诺皮奥先生的研究，该地区的人称这种动物为猫，发音为M-I-A-O。

猫的身长约1.8米，重约16.8格里格，杂食，胎生，繁殖能力属B—M3级，未发现野生种群。地球人相信猫来自外太空，他们称之为“喵星”，有可能位于仙女座——当然我们知道这种看法十分荒诞，低等哺乳动物只属于地球。

我们今天确实很难理解地球人崇拜低等生物的习俗，容易将之归因于其脑容量有限。但不妨尝试着理解，人类的习俗既然随文明程度的提高而不断演进，其诞生阶段即不免披着蒙昧的外衣，地球拜猫教就是一个例证。

猫崇拜与地球的繁荣时代同步。依照地球人混乱的历法计算，至少延续了超过五千年。有人认为猫崇拜起源于A479地区，即尼罗河流域，我们对此持保留意见。考古遗存表明，B444地区的猫崇拜更具原始特征，也更为丰富多样，在正文中我们将对此进行充分的论证。

这一地区的拜猫教风俗可概括为如下几点：

1. 供养。为猫建造名为“公园”的保护地。在B444地区发现的公园遗址约有200个，大小不等。克罗诺皮奥先生认为，“公园”与地球上古时代的“神庙”的功能是相同的，这一名称的变化浓缩了地球人从多神、一神、无神到民主或曰公众崇拜的历程。我们有若干考古证据可以佐证这一观点。在公园里，猫可以得到供奉（精美的食物和饮水），而且对信徒无须履行任何义务，可以完全自由地行动。拜猫教徒相信，能够触摸到猫的皮毛会带来好运，他们去公园的主要目的就是献上供品，争取触摸猫。

如果一只猫青睐某个信徒，允许其接近，那么这个幸运儿就有机会把猫带回家中供奉，这无疑可以免除日常去公园的义务。很遗憾没有足够的文献资料阐明家奉猫的特征、习性及其与人相处的状况，但我们大体可以推测出，家奉猫的权力很大，只有全心全意的教徒才有勇气在家奉养猫，他们为此似乎不惜牺牲一切。发生在B435地区的一些例子表明，有的女性决定独身，因为担心结婚和生育会忽视家奉猫的需求。

2. 阉割。无论是公园猫还是家奉猫，无论公猫还是母猫，一般都会遭到阉割。拜猫教徒相信被阉割的猫更为神圣。但是只有在名为“Yi-Yuan”的祭坛上进行阉割是被允许的，此外任何虐待、残害猫的行为，都被认为将遭到残酷的报应。对待黑猫尤其要小心翼翼，有文献记载，一个名叫爱伦·坡的人把一只黑猫关在墙壁里，一种可怕的声音魔法从此缠绕着他——黑猫一向被视为巫术的象征，受到特别的畏惧和崇拜。

3. 猫眼崇拜及其他。猫的器官尤其是猫眼也受到崇拜。猫的瞳孔会随着光线而产生变化，夜视能力也比较强大，这些地球人不具备的特征应该是猫眼崇拜的基础。猫去世之后，眼睛会被取出，用一种特殊的防腐技术（在尼罗河流域的A479地区发现了应用这种技术的猫尸）处理，使其固化，用金属加以装饰，制成吉祥物出售。猫眼饰物分为两种，悬挂在门上的猫眼一般人都有能力购买，而随身佩戴的猫眼则是身份和地位的标志，它们用黄金等贵金属做装饰，十分昂贵，其中黑猫所拥有的蜜黄色猫眼价格最高。悬挂或佩戴猫眼，主要是为了辟邪。不仅拜猫教教徒，地球人普遍相信明亮的猫眼可以驱除邪恶，战胜黑暗（按照 A479 地区的古老传说，地球所围绕的恒星太阳，就是一只猫变成的）。在这一信念的支配下，猫眼贸易遍布整个地球。

此外，猫的排泄物也受到青睐。拜猫教教徒喜欢一种昂贵的饮料名叫Kopi Luwak。Kopi 又名coffee，是将猫的粪便磨碎后调和而成的深色苦味饮料。

本课题组在这份提要之外，还将提供更为详细的论文，但愿能为古老而野蛮的地球风俗画增添一笔色彩。特别提请委员会关注我们对猫眼崇拜的研究，这一系列在坚实的考古基础上诞生的富有开拓性的观点，令我们深感学术研究的艰苦和魅力。

2013 年 11 月

项　链

主题词：礼物

项链光芒璀璨。玛蒂尔德看了一眼，就知道是假货，最多一两千块。

他坐在桌对面，眼巴巴地瞧着她，玛蒂尔德反应过来，立刻露出一个惊喜的笑容。两人中间，烛光闪闪，酒红得华丽。

他的收入比她略微高一点，最大的优点是长得帅，每次两人上街都被人多看几眼。只可惜，品位上还是个乡巴佬。红酒总是倒得太满。生日礼物居然买条假钻项链，那么大的钻石，谁也糊弄不了，根本戴不出去。

玛蒂尔德姓马。她有时会说，起这个名字是为了在外企工作方便，公司之外叫晓红就好。不过大家像没听见一样，照样叫她玛蒂尔德。她越来越喜欢这个名字，听上去就那么娇小，惹人疼，好几个男人都是这么说的，不过到头来，他们都离开了她。没有激烈的争吵，玛蒂尔德不屑于吵架。他们只是在某一天没露面，她没找他们，然后他们也没再找她。

他讲起了自己的童年，怎么在村里的水塘摸鱼。玛蒂尔德安静地微笑着，心里打着哈欠。她坚信人生而平等，但是她对农村生活没兴趣。项链的光芒在烛光下流动，她想，该做决定了。这个年纪了，要速战速决。

他照例送她到楼下，告别的信号照例是将手轻轻搭上她的肩，目光里却传递着一些别的信号——她闪开了，微笑着说再见。

上楼的时候她想，如果他送的不是这么一条夸张的项链，而是……比如说一对耳钉、一条很细的手链，哪怕只是小碎钻镶的，那是不是一切都将不同呢？玛蒂尔德不介意礼物的价格，但爱是不能掺假的。

* * *

一看到小月兴冲冲的模样，德生就来气。越不理她，她越来劲，做饭还要哼歌，眼睛都不瞟他一下。

两人已经僵到第三天了，一句话没有。是德生起的头，他受不了小月亮闪闪的脖子，头两天吃饭的时候，摔了碗。

小月爱死这条项链了，要不是硌得慌，睡觉也不会摘，去买菜的时候，要塞到高领毛衣里面，胸前鼓起一大块。她说菜市场周围乱，怕被人拉掉。

小月说项链是望京的雇主送的，让她临时照看一下生病的妈。德生不信，他特地去天意看了，有条大小样式都差不多的，开价八百块。这么贵的东西，哪个女人会送给保姆？何况小月常说那个女人精明得很，很会榨男人油水的。

小月刚来北京的时候，马路都过不去，老被车流挤在中间，吓得要死——那时什么都靠他。没想到小月的钱越挣越多，竟比他高一大截了，给人扫地做饭洗衣服比在工地上流汗挣得还多？德生觉得不公平。

不知是谁先管小月叫“村花”的，十有八九是“盖沈阳”。村里住的尽是些打工的，天南地北哪儿的人都有，德生最讨厌“盖沈阳”。这个东北人不正经，白长了一副漂亮身板，到手的钱要么吃喝了，要么打牌输掉，就剩一张大嘴巴，到处忽悠。小月偏偏爱和他说话，还老是笑得花枝乱颤的。除了这个，小月哪儿都好，会过日子。

德生一琢磨，项链准是“盖沈阳”送的，除了他没人会花大价钱买这种花里胡哨哄女人的东西。

“咣”，小月把两碗肉丝面蹾在桌上。德生抬起头，吃了一惊，光闪闪的项链不见了，胸脯又成了小月的胸脯，红毛衣下面又软、又暖和。再往上看，德生就有点慌，小月的眼角噙着泪。

你的宝贝呢？德生尽量把语气放平。

卖了。小月气鼓鼓的。她回身从屋角拎起一个黑色的大塑料袋，扔到德生怀里。

盖沈阳不讲交情！杀价好狠，才给500块！我当时就讲了，他送给哪个女人戴，哪个女人脖子疼！

德生解开塑料袋一看，是件羽绒服，抓一把，又暄又软。小月一直说，北京的冬天，得有件像样的羽绒服。

德生觉得后脑门一痛，竟是挨了小月一记。女人撇着嘴道，小气鬼！去拿醋瓶子！

法老的诅咒

主题词：两面

第一眼看到这个小个子的时候，他刚从吉普车上下来，没完没了地掸衣服上的土，还掏出手绢擦了擦皮鞋。这让我觉得十分好笑。在国王谷，只要太阳高过树梢，你要做的第一件事就是找到任何一小块阴影站进去擦汗，而绝不是掸土。这里到处是土，蓝天和黄土，散发着我们的味道。

他长相古怪，两撇小胡子，又尖又翘，活像苏丹宫廷里的弄臣。他的口音也奇怪，我敢说他不是英国人，他和约翰·威拉德爵士的发音很不一样。后来我尝试着模仿他的口音称呼他“波洛先生”，他露出惊讶的表情，然后冲我一点头，眯着眼笑了。旁边那几个美国人笑得更厉害，艾姆斯医生拍着我的肩膀说：“好样的，哈桑！能让赫克尔·波洛先生感到意外，可不是件容易的事！”

这些白人，总是说：“哈桑，打点水来！”“哈桑，你们这里热得见鬼了！”“哈桑，你找来的那个家伙要是再睡觉，就别想拿到工钱！”渐渐地我懒得纠正了，就算他们在国王谷再呆十年，再挖开一百座法老墓，也叫不对我的名字。在他们看来，我们要么叫哈桑，要么叫穆罕默德。但是这个小丑般的家伙不同，我把他领到帐篷，交代了用餐、用水等生活事项后，照例报了自己的名字，请他有事吩咐。他依然笑眯眯的，眼睛里却闪着一种我没见过的光，他说我有个好名字。他显然在琢磨什么，我头一次见到认真听我说话的白人，不由得担心起来。

波洛到达那天，施耐德，那个美国胖子，死了。据说他的下巴断了，我听到从帐篷里传出的惨叫，像一头滚在泥地里的畜生。这些人平时讲究得要命，但死的时候都很不体面。我亲眼看到他们怎样被恐惧和欲望包围，没有一个人是在祈祷中高贵地死去的。

先是我侍奉了三年的约翰·威拉德爵士。死亡迅速抓住了他。法老的诅咒在他破门而入的时刻降临了。当他下令砸碎墓门封印的时候，我亲眼看到了他那张赤红、丑陋的脸。

墓里挖出的东西，被这些大英博物馆、大都会博物馆的绅士运走了。谢赫师傅说，那是些异教的偶像，不值得敬重，但是他们在我们到达这片土地之前几千年就已经在这里了。白人总是伸手拿走一切东西，连死者也不放过。

第二个死人是菲利克斯·布莱纳，美国富翁，掘墓的赞助商。他和他的钱一同受到法老的诅咒。他的侄子罗伯特·布莱纳其实是个心肠不错的小伙子，可惜，因为是他的继承人，因为拿到了那些被诅咒的钱，也得一枪打穿自己的脑袋。进入墓室的白人，抢走珍宝的白人，都该死。

加上施耐德，一连死了四个白人。这就是波洛到来的原因。他询问工人的时候，都是我做翻译。他总是挂着一副得意的神情，问些奇怪的问题，最后甚至装死。当时真的吓了我一跳，因为他的甘菊茶是我端进帐篷的，当他翻着白眼倒下，他的朋友第一个反应是叫人抓我——白人都是如此，出了事，首先怀疑我们——不管怎么样，这么查案虽然可笑，但也符合波洛的性格，他的确像个弄臣。

抓住艾姆斯医生之后，他们就把我放了。第二天上午，医生被几个从卢克索来的警察带走了。吉普车扬起大片的黄土，飞扬在明亮的蓝天下。我听到身后有人咳嗽。

波洛一边用手帕擦脸，一边为昨晚他弄出的闹剧道歉，这让我十分惊讶，白人从来不会如此正式地向我们道歉。出于礼貌，我赞美了他。他得意地笑了：“赫克尔·波洛不会放过任何线索！必须承认，艾姆斯医生很有想象力，他杀了三个人，手法既方便又不会引起怀疑。”

我试着提醒道，是四个人。波洛连连摇头，说约翰·威拉德爵士是心脏病发作，自然死亡。这启发了艾姆斯医生，让他以法老的诅咒做掩护，利用医术实施谋杀。

我摇摇头：“您不相信法老的诅咒吗？那为什么艾姆斯医生会如此贪婪，为了一点钱就把自己的朋友统统杀死呢？这不是人的行为。真主赐给人的生命不会这样丑陋。波洛先生——”，我再次模仿着他的发音，“这就是法老的诅咒。”

“不，不，这是人性……”

“你们的人性受了诅咒。你们看上去是绅士，骨子里是强盗。”然后，我犹豫了一下，终于没忍住，“还有，您不想知道，为什么威拉德爵士偏偏在打开墓门之际心脏爆裂吗？”

真主至大。最后一句话我是用阿拉伯语说的。但奇怪的是，这个滑稽的小个子似乎听懂了，他的眼睛里又闪着那种尖锐的光，他说：“也许你还有一些事想告诉波洛，萨拉丁先生。”

（故事参见《大侦探波洛》第五季之《埃及古墓历险记》）

2014年1月

陆　升

主题词：谣言

大清早，我起来扫地，哈欠一个接一个。从县衙里头一直扫出来，眼睛一瞟——果然，陆升哥哥还是站在那里，死死盯着石狮子。

我顿时有精神了，手上加力，大扫帚一扬，一片尘土朝他扑过去。

他转过脸来，冲我点点头，算是打了招呼。呆子。我就是扔块石头过去，他也不会有感觉吧。天天如此，太没意思了。我拖着扫帚往县衙里走。

他忽然尖叫起来："锦娘！快来看！糟了！你快来看！"

我知道他要说什么，但还是没忍住，丢了扫帚，跑到他身边。

果然，他一根食指戳着石狮子的左眼："一个红点！你看见了吧？刚才还没有呢，流血了！狮子的眼睛真的流血了！"

我用袖子擦了擦狮子的眼睛，告诉他我什么都没看见。

“真的？”他揉揉眼睛，又盯着狮子看了一会儿，不好意思地笑了：“我眼花了。”

陆升哥哥的眼睛好着呢，他是着魔了。要不然，他是多么俊秀的一个人啊，脾气好，心地也好。

“锦娘，你看这个石狮子，愁眉苦脸的，去年它还不是这个表情。真的，我觉得快了……我能感觉到，就在这一两天，你还是收拾一下东西吧……”

“你那么怕死就赶快跑啊！天天到这儿来干什么！”我没忍住，吼了出来。

他看着我，一脸困惑，嘴唇动了两下，但什么也没说出来。他的背影很单薄，宝蓝色的衣服洗得很旧了。我有点后悔，他孤孤单单一个人的样子，太可怜了。

以前陆升哥哥是好好的一个人，和谁都有说有笑的。他来县衙里送柴，总是顺手从街上给我买点吃食，一块米糕，一包栗子。等他把木柴放好，我们就坐在大树下面，一边吃东西，一边聊天。

他要不是打柴的时候，遇到一个崴了脚的老婆子，好心把她背下山，什么事也不会有。天杀的老太婆！那天陆升哥哥一下山就慌慌张张来到县衙，也不理我，径直闯进去给县令老爷磕了头，说他在山上遇到仙人了。仙人说，一看到县衙门口的石狮子眼睛流血，就要赶快跑，县城很快会被洪水淹没。仙人还不许他把这件事告诉别人，但是他绝不能丢下乡亲不管……

县令老爷将信将疑，但消息一下子就传开了。全城的人都忙着收拾家当，车行的价钱一下子翻了十倍。我也打了一个小包袱，把几件心爱的衣裳、首饰还有陆升哥哥送我的一只小木马都包得妥妥当当。虽说那时候城里的情形十分混乱，但大家都感激陆升哥哥，说他没有自顾自逃跑，是个大好人，还有人担心他泄露天机被仙人惩罚，特意求了符送给他呢。

但是一个多月过去了，什么动静也没有，连场雨都没下过。聚集在县衙门口盯着石狮子的人一天比一天少，奇怪的话一天比一天多。先是说陆升哥哥没爹没娘少家教，编了个故事消遣大家，然后又说他不甘心做个砍柴的想要做神汉，出了名才好敛钱……最初谁说一句陆升哥哥的不好，我就骂还过去，后来我也骂得不起劲了……再后来，大伙儿瞧着陆升哥哥的神色都有些异样，又有一种说法流传开来，说陆升哥哥是大有来头的人物，他是要聚众立教，自古以来谣言的背后都有大图谋……然后，陆升哥哥被县令老爷捕进了大牢，说他妖言惑众。

过了半年，城里率先逃到外地的富户带着家眷陆续回来了，慢慢地一切都回到了往常的样子，大家把陆升哥哥忘记了。只剩下我，央求了管牢的爷爷，时不时给他送点吃的。他不再是我认识的陆升哥哥了，每次见到我，他的眼睛都闪闪地放着光，问我狮子的眼睛流血了没有。

陆升哥哥被关了两年，放出来以后第一件事就是去看石狮子。大伙儿瞧见他，说笑两句，也就丢开了。他们说，他已经疯了，想当救星想疯了，怪可怜的。

我不信，陆升哥哥只是认死理罢了，他就是这么个人，认准的事，九头牛拉不回。我什么都明白，可我最近也老是冲他吼，给他脸色看……这天睡到半夜，我忽然醒了，我把刚才模模糊糊梦到的东西回想了一遍，一下子就醒透了，一股冒着凉气的快意流遍全身。月光好亮。

第二天早晨，我的扫帚还没迈过县衙的大门，就听见了陆升哥哥的尖叫。我不慌不忙地走过去，看到他浑身哆嗦，死死盯着石狮子——这蠢物的一对凸出的大白眼睛，成了两片血红。

有几个路人停住了脚，我告诉他们，我没压低声音，就是用平常的声调说的——狮子眼睛是我昨天半夜用朱砂涂的。他们笑笑，走开了。

然而陆升哥哥什么都没听见。他忽然一把拉住我："我们一起跑吧！"

他的眼睛那么热切，像流了血一样。我点点头。我说，我们各自回去收拾东西，带点吃的，逃难路上用得着，过一会儿在城门口的小山上见。他连连点头，说应该先往高处跑。他说，回家拿上父亲传下的斧子就走，让我一定要快，少带东西。

我到厨房包了两块米糕，几捧炒花生，还烫了一壶酒。我挎着篮子往城外走。再过一会儿，我就可以和陆升哥哥坐在俯瞰整个县城的小山上吃花生了，我一边给他斟酒一边告诉他——你看，什么事都没有。是个玩笑。难道我一个使唤丫头能招来洪水？别怕。有我呢。咱们好好过日子吧。

一想到这些，脚步就特别轻快，像飞起来一样，高低不平的路似乎都不见了。但是，怎么走了好久还没到山顶呢？难道天天走的路也会迷失吗？

我回头一看，奇怪，整个小城像被扯碎了一般，在水波中摇荡，就剩县衙前的石狮子稳稳地立着，眼睛上的朱砂化开了，漂出一抹血红。

我再看看自己，奇怪，全身盖披着漂亮的金色鳞片，本来挎着篮子的手，成了鱼鳍。篮子不见了。

我抬起头，看见自己吐出的一串水泡。透过水面，我看见了陆升哥哥哀伤的面容。他站在小山上，呆望着脚下的洪水，他孤零零的样子，真可怜啊。

2014 年 3 月

归来号列车

主题词：信

踏进地铁车厢，我吃了一惊，竟然有座。赶快冲到最近的地方坐下，四下一望，还有好多空位呢。车不挤，人们的表情也松弛下来，有的玩手机，有的发呆。我有点不好意思，刚才那两步，跑得太急了。不过回家的路实在太长。是加开的列车吧。撞大运了。我闭上双眼。刚才在站台上像虫子一样蠕动的人群，都哪儿去了？

“嗨，你也来啦。”一个胖子转过头冲我笑笑。他面皮发红，似乎每个毛孔都在流汗。

“你怎么来的？”

我还没反应过来，他已经自顾自地说开了：“酒是好东西。我十几岁开始喝，戒不了。你呢？这辈子醉过几回？我老婆十年前就说，你早晚死在这上头。不过一个人一辈子要是不抽烟不喝酒干净得跟机器人似的就知道灌满油干活儿，你说他活个什么劲儿呢……你闻闻，我身上还有酒味儿没有？”

他肥重的身体向我倾斜过来。我一向讨厌这种满嘴京片子见人自来熟的家伙，不过晚高峰能坐上这么一趟车，还有什么好计较的。我冲他摇摇头。

“唉！可不是，现在是什么都没啦，连味道都没了！”他叹了口气，但语气马上轻快起来，“你运气不错，赶上末班车了，而且马上到站。再晚一点，你就得在这儿坐上一年。一年一趟车！我给他们提意见了，会把人逼疯的！我三天前上的车，现在已经扛不住了。你瞧瞧这些人，都累坏了，一个个死气沉沉的……哈哈，可不是，死气沉沉！”

我望望四周。这才发觉，车门上方的电子屏，显示的并非我看熟的一个个站名，而是一副日历，过去的日子都熄灭了，只剩下一个孤零零的今天。

胖子压低了声音：“现在上这趟车的，不都是我们这种老弱病残啦，你瞧对面那个小伙子，连大学毕业都等不到，就自己从楼上跳下来了，还有那边的姑娘……漂亮吧？她最惨了，好好地在街上走，一刀捅过来……”

我心头浮现出一个模糊的画面，被人群覆盖的站台，虫蚁般没有表情的面孔，雪亮的灯光……仿佛刚刚发生，又仿佛非常遥远。

车厢里飘起了音乐，旋律很熟，但我说不出曲名，一个清晰甜美的女声，跟在几个乐句后面跳了出来："亲爱的乘客，欢迎乘坐归来号列车，一年的旅途就要结束，我们将在半小时后抵达终点。乘务员即将为您分发纸笔，请选择某位亲友，写下最后一封信，以弥补您突然离世的遗憾。出站口将提供投递服务……"

哗的一声，车厢间的门被拉开了。一只乌鸦走了进来，头上戴着黑色的大盖帽，帽子中央缀着金色的徽章。他胸脯鼓得老高，黑色的制服笔挺，从随身的挎包里抽出纸和笔，一一递给座位上的人。有人笑了起来，一个女孩子想要摸他的翅膀，他灵巧地躲开了，威严地扫了一眼车厢，大家都不作声了。

坐在对面的男孩说："不会手写。发电子邮件可以吗？"

乌鸦列车员说："系统正在调试，预计明年就可以发送电子邮件了。未来还可以用视频。现在还不行，请原谅。"

男孩咕哝一声，接过了纸和笔。

离近了我才发觉，乌鸦列车员帽子上的徽章是一个金色的骷髅，巧妙地和传统的铁路徽章融合在一起。莫非在天上飞的乌鸦嘴里都衔着一封看不见的信？我问他："你们怎么投递呢？"

"我们有我们的办法。每家公司的手法都不一样，竞争很激烈。所以需要保密，请原谅。"乌鸦列车员露出了职业性的微笑。

信纸是淡蓝色的，很厚，可以直接折叠成信封。贴邮票处，印着一个金色骷髅徽记。怎么看，这都是一张普通的纸。而这趟车，是横死者的列车。现在，每个人都干干净净，表情安宁，没有血迹，没有眼泪。

胖子跪在地上，把信纸铺在座位上，一笔一画用力写着。对面的少年用手机对着信纸拍照，双手在按键上忙活。难道现在还能发微信吗？我掏出手机，发现一条未读短信，是半小时前收到的：欢迎乘坐归来号列车。原网络服务已终止。如需接入新系统，请联系列车员。

列车在减速，车窗外的黑暗渐渐转为灰白，听不见引擎的声音，无声无息地，牛奶般的光芒浸润了整个车厢。车门滑开，我把信纸折起来，跟在胖子后面下车。

站台上很多很多人，却没有拥挤的感觉，可能是因为都已不具备空间感了。出站闸口一字排开，擦拭得闪闪发亮。

人们将印有金色骷髅的信件投入闸口，咔嗒一声，挡板开启。

像我这样也能顺利通过吗？我已经没有可以写信的人了。认识的人、熟悉的人自然是有的，但要用这种事情去打扰人家未免莫名其妙。

我把无字的信件投入闸口。咔嗒一声。

我来的地方，已经没有等待我的人。前方到处是隐没在乳白色光芒里的人们，那里有没有人等我，就不知道了。反正除了向前，我也无处可去。

迈过闸口的时候，我回头看了看。在烟雾般的人潮后面，伏卧着黑色的归来号，就像“死”的那一横，坚定有力。我终于想起自己是怎么上了这趟车。不管怎么说，这不是一个意外的终局。

2014 年 6 月

纸　寿

主题词：辞旧

爷爷回到家里，摆开茶床坐定，饮了一口茶，往嘴里扔了枚干果子，兀自摇头晃脑地感叹：“天纵之才！天纵之才啊！”

我绝不会再和他一道出门。我本该带上书悄悄溜走。这辈子都不可能再见到苏学士了，唯一的机会，被爷爷毁了。

我家的铺子在杭州是很有名气的，用纸讲究，雕工漂亮，审校精严，价格虽比别家贵了点，应试的举子依旧络绎不绝地来买书。父亲从雕版的学徒做起，又将手艺传了我，一块书版刻得如何，我们闭着眼摸一把就知道。而且父亲是有眼光的人，早年我们也不过是刊行些应试的经书诗赋，和别家一样。自从王安石执政，改了规章，废了诗赋，父亲就尽力搜集科考的经义卷子，又找了个相熟的老儒评点，第一版出来，后面印跟不上前头卖，铺子一下就兴旺了。等别家回过味儿来跟着做，甚至摹刻我家的书版，父亲又开始印名家的诗文集子，讲究的是纸墨和刻工，价格比寻常的书高了数倍，照样卖得红火，莫说有闲钱的士绅喜欢，就连官府想弄些清雅的礼物，也来寻我家的书。已故晏殊大人的《珠玉词》，我敢说，十人里有九人读的是我家的本子。即便如此，我们也没想到，有一天能刊印《东坡集》，这可是苏学士的书啊！

我们足足干了大半年，用的是上等的竹纸和徽墨，我亲自上手，钦慕之情，一刀一刀都刻在书版里了。他是名满天下的苏学士，也是我们杭州的恩人啊！我不该答允爷爷一道去送样书。出门前我问他，携的包袱里是什么，他白我一眼，而后忽然又笑了："道不行，乘桴浮于海，从我者，其由欤？"说罢扬长而去，我只好憋着一口气跟在后面。

爷爷这一辈子磕磕绊绊，不知道考了多少回，把薄薄的一点积蓄都耗光了，弄得父亲十三岁就去书铺做学徒，起初还得照顾他的体面，瞒着他。等爷爷明白东华门外再也不可能唱出他的名字的时候，父亲的书铺已经开张了。他对这个营生大为不满，天天骂我不读书不应试，我们印的书，他是坚决不看的。他屋里的书倒也有好大的一堆，其实总共没几种，都是些手抄的卷子，好些都生霉了、虫蛀了，守着这堆烂纸，有他烦恼的呢。记得是前年，他要查《史记》里的一句话，一卷卷展开横七竖八铺了一地，最终也没找到。我见他懊恼得一头汗，悄悄命铺子里的工匠把卷子割了，按我们印书的样式一页页重新装订成册，翻动自如，结果很容易就把那句话找出来了。爷爷一边翻书，一边气哼哼地说："找到了又怎样？找，就说明我老了，不中用了，书是要记在心里的，一字不差地记住！你和你爹能记住几本书？弄个板子印出来，又快又挣钱是吧？你们是在祸害天下的读书人！"

我万万没想到，当我在苏学士面前，恭恭敬敬呈上刚印出的《东坡集》时，爷爷也解开了他的包袱。他一步跨在我身前，双手捧着一摞书，道："这是小民誊写的，请大人鉴赏。"

苏学士面露诧异。想必是敬老的缘故，他命我把书放到一旁的鹤膝桌上，先翻开了爷爷的册子。我一眼就瞟见，分明是按我们的样式订成的蝴蝶装，心里更来气了。

苏学士翻了几页书，忽地笑了，连胡须都微微抖动："老人家，这书要不是你亲手呈上来，我还以为是自己抄写的呢。"

"大人说笑了。小民无缘得见大人真迹，唯有西湖堤岸上的诗碑，日日参详，若能得大人笔意之一二，已是万幸。小民自幼研习诸家书法，最擅颜体，不过颜体似与大人的诗文不相匹配。小民以为，书体当与内容相得益彰，读之方觉快慰。如今我浙江书铺雕印书籍，无论经文诗赋，一概用欧体，实在是……”爷爷说到这儿瞟了我一眼，又道：“小民思之再三，大人之书，相宜者莫过于大人之书体。”

“言之有理。只是欧体瘦硬齐整，适于匠人雕版。”苏学士竟微微点头。

爷爷这下更来劲了，竟把他天天念叨的那套老话又搬出来了。说什么他小时候读不到《史记》《汉书》，后来侥幸借到，连夜抄写，日夜诵读，终于把每句话都牢记在心。可见由抄写而记诵，才是读书的不二法门……我在一旁，听得既愧且愤。爷爷素来拿这些话教训我和爹。我们虽身份低微，但日夜劳作，我大宋千百家书铺，使得书籍种类既多，又价廉易得，分明惠及天下读书人，爷爷为何这般食古不化呢？

然而苏学士竟起身握住了爷爷的手，命人设座。“老人家，我明白你的心意。如今能读到的书，数倍于往昔，可是学问见识超过先辈了吗？书多则弊由利生，易得则不加爱重，或束书不观，或无力精研。后生科举之士，皆游谈无根……老人家，我读《汉书》，和你一样，也是自行抄写，如今已抄过三遍了。雕印书籍，或为时势所趋，经书佛典，官家亦大肆刊刻，苏某不便置喙。若论自己，凡要紧之书，我是宁愿手抄的……”

两滴清泪，从爷爷的眼眶里滚了出来。我呆住了。我们离开的时候，苏学士甚至没翻一翻我印的《东坡集》。

回家后我把经过和父亲说了。不料他毫不在意：“只要《东坡集》可以印就好，你和爷爷置什么气！我刚弄到一块李墨，难得的宝贝，你给爷爷送去！”

爷爷的快活日子又持续了三天，第三天起夜的时候，他一跤跌倒，再也没能离开床榻。有一次我给他喂药，他忽然直愣愣地盯着我问：“万卷，你说，我抄写的这些书，能传下去吗？”

我连连点头。我们会好好收藏，传之子孙。

爷爷咧咧嘴，似笑非笑：“不用哄我。你和你爹，早就想把这些霉纸丢掉……人生若朝露，倏忽即逝，我一生苦读，抄写的都是先贤的著作，自己却留不下一部可以传之后世的书……”

药液从爷爷的嘴角流了出来，我心里一酸，给他擦拭干净。

爷爷安然一笑："也罢。又有什么是长久的呢？都说纸寿千年，那一千年以后呢？你印的书还在吗？"

爷爷的目光很清澈，但我觉得他的话问得糊涂。一千年以后的事，谁知道呢？

一个月后，我们给爷爷办了丧礼。按他的愿望，手抄的卷子都给他陪葬了。然后，我们开始发卖《东坡集》，生意好极了。

作者附记：

《北京青年报》的《青阅读》，2012 年 6 月创立，每周五出报。最初是 16 个小版，从 2015 年开始，变成 4 个大版，相当于缩减了一半，一些版面和栏目，自然也就消失了。这篇虚构的小故事，是为同事编辑的"趣书房"版的"同题小说试炼场"而作，这个栏目由编辑出题，邀请作者写一两千字的小小说。2014 年年底，同事给了个题目叫"辞旧"，我自告奋勇写了这么个东西，那是"趣书房"的最后一期，也是 16 个版《青阅读》的最后一期，之后我们就容貌大变了。所以写这篇东西，对我来说是一种"告别"。

编的虽然是北宋，想的却是今天。在我心里，这篇“辞旧”题目下的小故事，是写给自己以及像我一样和“纸”打交道的人们。作为报纸读书版的编辑，我既是一个纸媒从业者，要面向出版社来工作，也是一个长期的纸质书读者，而现在正是纸媒和纸质书衰落，被电子读物替代的转变时期，相应的是阅读内容和思维方式的变化。相比之下，纸媒急速衰退，即使电子化网络化新媒体化也还找不到有效的盈利模式；而纸质书今天仍是主流，出版社再艰难似乎也还可以生存，我并不认为这是由于读者对纸质书抱有的“情怀”造成的，这固然与几代人阅读习惯的延续有关，但在相当程度上也是因为中国读者习惯了免费、廉价的电子读物，使得出版社难以靠电子书或有声书养活自己，必须维持现状，无法迅速发展新的阅读介质。总之，报纸也好书籍也好，共同面对的，是“纸”以及“印刷文化”的一抹斜阳。

这都是老生常谈了。其实，一千多年前的中国，同样有一个大转变的时期，那就是手抄文化到印刷文化的变革。介质的改变必须有相应的技术来配合，虽然先人早就发明了纸，来替代简牍和丝帛，但是纸张只有配合印刷术的普及，才有爆发式的能量。由唐经五代而入宋，变化一点一点发生，书籍靠手抄来传播的时代逐渐过去，雕版刊印成了主流，“纸质书”的时代真正降临了，图书、知识和信息借助手工印刷技术第一次实现了爆炸式的增长，之后是工业化时代机器印刷带来的飞跃和普及，如今就是电子和网络时代难以量度的浩渺时空了。我猜想，每一次变革，都会点燃巨大的兴奋，同时也伴随着一些耐人寻味的迷惘甚至抵抗。

当年，苏轼大概和今天的我们一样，有过类似的心情，发过差不多的牢骚，一想起这个，我就觉得好玩儿。这个故事的基础，是苏轼的一篇文章《李氏山房藏书记》，我印象中是出版史、书籍史、文学史常常引用的材料，用来说明书籍从手抄到印刷的变迁：

> 自秦汉以来，作者益众，纸与字画日趋简便，而书益多，士莫不有，然学者益以苟简，何哉？余犹及见老儒先生，自言其少时，欲求《史记》《汉书》而不可得；幸而得之，皆手自书，日夜诵读，惟恐不及。近岁市人转相摹刻，诸子百家之书，日传万纸。学者之于书，多且易致如此，其文词学术，当倍蓰于昔人；而后生科举之士，皆束书不观，游谈无根，此又何也？

另外，还流传着一个苏轼三抄《汉书》的故事，见南宋陈鹄的《耆旧续闻》，讲的是苏轼贬谪黄州期间，一位朋友前来拜访，在等了许久之后，苏轼终于露面了，致歉说是因为做“日课”耽搁了，他的日课就是抄《汉书》。朋友就很诧异，说你是开卷一览终身不忘的天才啊，抄书干吗？苏轼说：“不然。某读《汉书》至此凡三经手抄矣。初则一段事抄三字为题；次则两字；今则一字。”朋友拿了一册抄本观看，按照苏轼拟的题目，只要说一个字，苏轼就能“应声辄诵数百言，无一字差缺”。

如果把这段逸闻对照苏轼本人的《李氏山房藏书记》来看，那么东坡居士也还是一个停留在“抄本时代”的人啊，他相信手抄才是“深度阅读”的诀窍，对印刷术带来的负面效果是有抱怨的：过去能看书多不容易啊，现在书越来越多了，越来越容易得到了，可你们好好读书了吗？你们一点都不珍惜，反而不读书了！

故事里写的杭州书肆刊印《东坡集》，是我随手瞎编的。我不了解苏轼作品在宋代的出版情况。苏辙在为兄长写的墓志铭里提到过《东坡集》四十卷、《后集》二十卷等等，那么总归是印行过的吧。

好了，考据癖到此为止。我要说的，无非是身处变化时代的一点感受。伴随着网络时代来临的，绝不仅仅是媒介和技术的变化，它真正深远的影响，我们还只是看到了一个开头。亲历变迁，感觉有点复杂，所以我宁愿编造一个故事来表达。

我去国图看过几次善本展，那些极为珍贵的唐人写经、宋代刻本陈列在展柜里，虽然看不出门道也美丽得令人着迷。纸寿千年，墨色如新，它们在深深的静默中，诉说着已经发生过的重大变革。我们又能给后人留下什么呢？今天无穷无尽的书籍，千百年后的归宿在哪里呢？我们写下的东西包括此时此刻我正在敲的这些文字，未来也许会是飘浮在虚拟世界里的一堆无法辨读的符码吧？

2014 年 12 月初稿，2016 年 11 月 11 日改定